JN084791

悪役王子に転生したので推しを幸せにします

Characters
ノクティス
小説『希望のフィオレ』の悪役のひとりで、
人間の国・オウトメル帝国にて
瘴気に穢れる領地を治めている。
ジョシュア
小説『希望のフィオレ』の悪役のひとりで、
獣人の国・アンニーク王国の第三王子。
家族の反対を押し切り、前世からの推し、
ノクティスのもとへ押しかける。

ズロー侯爵
小説の悪役のひとり。
反皇帝派。
サナ
小説のヒロインで、
オウトメル帝国皇妃。
レーヴ
小説のヒーローで、
オウトメル帝国皇帝。
ロイド
オウトメル帝国での
ジョシュア付き侍従。
レネ
ジョシュアの兄で
アンニーク王国王太子。
セラジェル
妖精族の第二王子。
実はまあまあ年かさ。

第一章　はじまり

「すまないが、ジョシュア、君とは結婚できない」

生まれた時からの婚約者。

約十九年を共に過ごしてきた幼馴染は気まずそうに、だが確固たる信念を瞳に宿して、そう告げた。

「僕よりもその女を取るのか？」

「ああ。本気なんだ。心から彼女を愛している」

僕が不遜(ふそん)に顎で示した先には、婚約者の背に庇われる女が一人。

確か、平凡な伯爵家の長女だっただろうか？

そばかすの浮いた笑顔が眩しい、気立てのいい令嬢だ。

僕と目が合うと、ゆらゆらと瞳を揺らす。だが、己を守る男と同じように、固い決意を抱いているようだった。

先ほどまでは小動物のように身を縮こまらせていたというのに、男の背から姿を現すと、僕を凛然と見つめて深く腰を折る。

「ジョシュア様。わたくし……っ、わたくしも――彼を愛しております！」

「ハッ、笑える」

婚約者がいる男に心を奪われておいて「わたくしも愛しております」とは、おかしくはないか？

何を綺麗ごとでまとめようとしているんだよ。

許してくれも何も、当然――

「――許す！　むしろよくここまで耐えたな！」

「は？」

「へ？」

満面の笑みで親指を立てた僕に、二人はぽかんと同じ表情を浮かべた。

きっと誰が見ても今の僕の笑顔は、心からの喜びを堪えきれない、といった風だろうか。だから、彼らが困惑する気持ちも理解できた。

なんせこれまでの僕は悪役らしくじめじめとこのご令嬢を虐めては、婚約者の僕への嫌悪感と彼女への気持ちを煽ってきたのだ。それもこれも、相手から婚約破棄されるため。

しかし、その生活も今日までか……

これでようやく、僕は小姑のような悪役を演じなくてよくなったのだ。

だが、そんな思惑を何も知らない二人は、僕に肩を叩かれてビクリと身を震わせた。

「まあまあ、そんな怯えないでよ！　というか、僕も散々意地悪なことをしてごめんね？」

「い、っいいえ、とんでもありませんわ……！」

「えー、本当に？　ほんとに許してくれる？　あとからあーだこーだ言わない？」

「はいっ」

戸惑う令嬢の顔を覗き込むようにずいっと顔を寄せると、彼女は振り子のように勢いよく頷いた。

「じょ、ジョシュア、意味が分からないのだが」

「あーん？　だからぁ、僕はお前たちを応援しているってことさ。あとで婚約破棄に同意する書類を送るから、サインをしてくれよ。あ！　あと、僕が令嬢にしてきたあれこれについて、不問に付す誓約書にもサインをよろしくね」

ひとつふたつと指を折り、言いそびれたことがないように思い出しながら伝え終わる頃には、二人は恐ろしいものでも見るかのように青白い顔をしていた。

「ん？　どうした」

「い、いや……」

「あ！　そうだ、最後に大事なことを言い忘れたね。婚約の証人になってほしかったら、僕が喜んでなるから言ってね。でも来月にはここにはいない予定だから、必要ならお早めに」

最後にパチンとウインクを残し、僕は軽い足取りで婚約者の部屋を出る。

いや、正しくは元婚約者、か。

屋敷の廊下に出ると、何やら大勢の使用人がこちらを見ていた。

僕が、たった今婚約破棄を突きつけられた人には見えないからだろう。

彼女を虐めていたという噂を知っていて、興味津々に聞き耳を立てていたに違いない使用人どもは、姿を見せた僕の様子が想像と違うことに驚愕を隠せていない。

誰も彼もが感情を押し隠すこともせず、いつまでも呆気にとられたようにこちらを見つめているのだ。

まあいい。今日は僕も念願が叶って気分がいいからね。

にこやかに彼らに手を振りながら、二度と訪れることはない屋敷を出る。

しかし、正門の前で待つ四頭立ての馬車に乗り込もうとしたところで足を止めた。

ふと、新緑の香りが身を包んだのだ。

振り返ると、美しく咲き誇ったバラ園が目に入る。

この家に初めて来た時。婚約者を心から想い、笑い合った時の、思い出の香りが。

「ばいばい」

僕はかすかな笑みを口元に乗せて、今度こそ馬車に乗り込んだ。


目に眩しいほど豪華な花々が咲き誇る、庭園の中心。

その美しささえ霞むほど華やかな容姿を持つ、三人の男女が僕を呼ぶ。

「可愛いジョシュア、シェフが新しいケーキを作ってくれたよ。ほらお食べ？」

「ジョシュア、俺のも食べろ。美味いぞ」

「お兄様、あたくしのもあげますわ」

ステンドグラスから射し込む陽光が、彼らの白銀の髪を照らしていた。

光のもとで微笑む姿は普段よりもうんと眩い。

僕は紅茶を一口飲むと、青色のソーサーにカップを置き、兄妹に微笑み返した。

ケーキが載った皿を僕に差し出した順に、王太子の兄レネ、魔導騎士副隊長の兄シエル、唯一の姫である妹のエステレラだ。

我が兄妹ながら宝石のような美しさを前に、思わず恍惚のため息が零れ落ちる。

髪の白銀は、獣人国――アンニーク王国の王族のみが受け継ぐ色だ。

猫の獣人である僕も、当然ながら白銀の髪を持っている。瞳は透き通るような空色に、肌は雪のように真っ白。さらに頭部にはふわふわの猫耳が生えていて……

どれもこれも前世では有り得なかった風貌だ。

いや、そもそも、この世界に転生したこと自体が、有り得ないことなのだけれど――

おかしな話だが、僕には前世の記憶が薄らとある。

元々病弱だった僕は、三歳の頃に死の間際をさまよった。

その時、ひとまず天啓と言おうか――とあることが起きて、僕は前世というものを思い出したのだ。

ただ、そこで思い出せたのは、ぼんやりとした記憶ばかり。

僕がどういう人間で、どんなふうに生きて、どうして死んだのか。

前世の世界がどういった場所だったかは覚えていることが多いというのに、僕自身がどんな人生を送っていたのか、「僕」という個については分からないことだらけ。

唯一分かったのは、前世の僕は二十歳で死んだということだけ。

とはいえ、前世を思い出した、というだけでも信じがたいことだろう。

しかし、僕に関する驚きの事実はそれだけではなかった。

三歳で前世を思い出して数年。僕は鏡を見るたびに違和感を抱くようになった。

はじめはその違和感が何か、分からなかった。

鏡に映るのは見慣れた自分の姿。

鎖骨の下あたりまで伸びた緩やかな白銀の髪に、色素の薄い空色の瞳と、泣き黒子（ぼくろ）。

いつ見てもふんわりと飾り毛のある美しい耳に、ふわふわで優雅な尻尾は、猫の獣人として誇らしく立派だ。

しかし、何よりも違和感を抱いたのは、庇護欲を煽（あお）る中性的なこの――眠たげな美貌。

くっきりとした二重瞼（まぶた）のくせに眦（まなじり）が垂れ下がっているからか、どこか重たげな目元で表情に乏（とぼ）しい印象を与える。

ぽやぽやしているようでいて、冷たい雰囲気がぬぐいきれないこの顔が……

違和感の尻尾を掴むため、じーっと鏡を見ていたある日、ハッとした。

――もしかして僕、アニメ化までされたあの小説に出てくる悪役の王子では？

その瞬間。前世で見た光景が、目まぐるしく頭の中に流れ込んできたのだ。

「テレビ」という映像の中で、カラフルに軽やかに動き回っていた彼ら。

――ああ、そうだ……やっぱり僕だ！

そうと気づいたらもう、受け入れざるを得ない。

成長するにつれて、僕の容姿はますます前世の記憶通りのものになっていった。

何より、事実を受け入れてから、真っ先に調べた彼が実在していると知った時の感情と言ったら、言葉にはできないものだ。

まさかまさか、前世で読んでいた小説『希望のフィオレ』に登場する悪役に、転生するとは。

もし、記憶を思い出せず、あのまま知らずに育っていたらと考えると、今でもゾッとする。

前世で一読者だった時は、ジョシュアに対して特別に注目したことはなかった。しいて言うならば、わがままで自分勝手な王子だなー、ぐらい。

だけど、それが今の自分なのだとしたら？

あんなどうしようもない悪役王子と同じ人生を歩むなど、絶対にお断りである。

物語の結末通りに奴隷になるなんてまっぴらごめんだし、原作と同じように好き勝手に生きていたら、大切な家族にまで迷惑をかけることになるのだ。

よりにもよって破滅する設定の悪役に転生とはツイていない。まあ、それでも、転生に気づいた時に安堵したのも事実だった。

なぜなら『希望のフィオレ』がラブコメ風の恋愛ファンタジー小説だったから。

もしも、これが世界滅亡の危機を救う話だったり、争いごとの絶えない世界観だったならば、苦労が多くなっていたことだろう。展開を知っていればなおさら気が気でないはずだ。

それを考えると、『希望のフィオレ』の世界は平和でいい。

恋愛模様がコミカルで可愛く、おまけに色んな種族のイケメンが登場するため、女性からの支持が絶大だった。アニメだけじゃなく、映画や舞台にまで発展した作品である。

主人公の名前はサナと言って、人間が治める帝国に住まう侯爵令嬢。ただ、侯爵とは名ばかりで、ほぼ没落していると言えるだろう。

一方、ヒーローのレーヴはサナが住まう国の皇帝だ。

殺伐としていて残忍だとも噂されるレーヴのもとに、稀少な光魔法を使えることが理由で、嫁ぐことになってしまったサナ。

最初はすれ違い衝突することもあるが、色んな困難を共に乗り越えるにつれて増していく、レーヴの無自覚な溺愛ぶりが人気のひとつだった。

この世界には人間、獣人、龍人、妖精族が共存しており、人間以外の種族は仲が良い。

つまり人間だけが孤立しているのだ。

だが、皇后となったサナの活躍で過去の傷や憎しみを乗り越え、他種族同士が再び手と手を取り合っていくという、王道なハッピーエンドを迎える話。

そんな『希望のフィオレ』には三人の悪役が登場する。

ベルデ大公にズロー侯爵、そして僕――ジョシュア・アンニーク第三王子。

物語の中で与えられた僕の役目は、皇帝レーヴに一目惚れして、皇后の座からサナを蹴落とそうとする当て馬のポジション。

まったくもって笑えない。

皇帝のために間違いを犯して、最後は酷い目に遭う運命だと？

そもそも、僕が好きなのは皇帝じゃなく――

「ジョシュア？　具合が悪いのかい？」

不安そうな声に、パチリと瞬く。

テーブルを挟んだ向かいに座るレネが、腕を伸ばして僕のおでこに触れていた。

心から滲み出るような不安げな表情に、チクリと胸が痛んだ。

僕は微笑むと、皆を安心させるために首を横に振る。

……こんなことではダメだな。いちいち心配をかけてどうする。

念願の婚約破棄ができて浮かれるのは仕方ない。しかし、家族に負担をかけていい理由にはならないのだから。

気を抜くとすぐに空想の世界へ飛んでしまう意識をしっかりとわし掴みにし、僕は居住まいを正した。

兄妹は婚約破棄の件を聞くなり、攫う勢いで僕をこの茶会に連行したのだ。

そして今、僕を溺愛する彼らによる、甘やかしタイムなのである。

「お兄様方、それにエステレラも。僕は元気ですし、何より婚約破棄には傷ついていませんよ」

「当然だろ！　俺のジョシュアをあんな軟派にくれるなど、もったいないと思っていたんだ」

勝気な双眸を吊り上げて、僕の否定に真っ先に食らいついたのは次男のシエルだった。

口調があまり優雅ではなく、騎士なのに少々短気で直情的なところが玉にキズだ。

ほら見ろ。今だって全く僕の声が聞こえていないのか、シエルは腹立たしげにテーブルに拳をついた。

おかげでティーカップが机の上で小躍りしている。

嘆息して、いまだに激しく揺れる紅茶の水面を見ていると、頭上からすっと影が差す。

顔をあげると、テーブルに倒れ込むのではないかと思うほど身を乗り出したレネがいた。

目が合うなり、とろんと目尻を甘く垂らし、僕の頬を撫でくりまわす。

「ジョシュア……もうどこにも行かず、ずっと私の傍にいなさい」

「お兄様。お言葉ですが、お兄様こそ早く婚約者を見つけて、お父様を安心させてあげてください」

レネの手から逃れながら言えば、彼のアメジストのような瞳が潤んだ。

「アァッ！　ジョシュアッ、なんて優しい子なんだいっ!?　こんな時にまで私の心配をするとは、この世の全てを捧げても君のような天使には会えないだろう！」

……大丈夫？　目が腐っているの？

僕が天使ならば兄様は神よりも尊い何かになってしまうよ。

王太子とはいえただのブラコンが神よりも尊いだなんて、その時はこの世界もついに終わってしまうね。

ハハッ、と乾いた笑みを浮かべると、今度は左手をぎゅっと掴まれる。

「お兄様。あたくしも賛同いたしますわ。レネお兄様の言う通りです。結婚などせずにずっとここにいてくださいませ」

まだあどけない顔に悲愴な色を乗せて、末っ子らしくエステレラが言った。

あざといことに、するりと長い尻尾を僕の脚に巻き付けてくる。

エステレラは知っている。この甘え方が、僕には一番効果的であることを。

我が妹ながら、その策士的思考に拍手を送りたいぐらいだ。

考え方が僕によく似ているから、今後はますます狡賢くなることだろう。

「エステレラ、お前もいずれは好きな人と出会うんだ。なのに、僕だけがここにいたら一人ぼっちになるだろう？」

「そんなことはない！」

僕の言葉に三人が声を揃えて否定する。

先ほどよりも燃え上がった熱量に、どうやって落ち着かせようかと途方に暮れた。

この後の展開を考えると、頭痛がしそうだ。

だって僕は——もう一人の悪役と婚約するのだから。


白亜の宮殿の最奥には王の間がある。

そこへやってきた僕は、厳かな雰囲気に呑まれて、いささか緊張していた。

僕の背よりもうんと高く重厚な扉の両脇には、国王陛下をお守りすべく鍛え抜かれた騎士が凛然と立っている。

二人の騎士は僕を見て礼をとると、金の意匠が施された真っ白い扉を開けた。

大理石でできた道を行き、玉座に繋がる階段が見えたところで足を止める。

目線を下げたまま国王陛下を前に片膝を折り、ご挨拶を述べようと口を開いた時。

「――よい。こちらに来なさい」

「はい、国王陛下」

すっ、と伸びるように耳心地のいい声音が鼓膜を揺らした。

そこで初めて視線をあげた僕は、ギクリと身を固める。

深い藍色の瞳に、僕と同じ白銀の髪。ビロードで作られた、紺色のマントに身を包んだ美丈夫。

白虎である国王陛下は、威風堂々とした居住まいで僕を見下ろしていた。

しかし……その背後で揺れる尻尾はどうしたものか。

ぶんぶん、ぶんぶん、と左右に揺れていて、溢れんばかりの感情が丸見えなのだ。

「あの、国王陛下――」

「お父様だ！」

僕の言葉に被せて、国王陛下がそう叫ぶ。

僕は思わずスッと目を細めた。

「いや、パパと呼びなさい！」

さらに続いた呆れる言葉に、げんなりしてしまう。

そうだ。この人の威厳はもって五秒。いや、三秒ほど。

先ほどまでの国王然とした姿はどこへ行ったのだろう。

今はまるで初孫を見るおじいちゃんのように、もしくは好きな女の子を見る変態のように、緩みきった表情をしている。

「こく──」

「おや、パパに逆らうのかな？」

「……お父様。周囲の目もありますから、そういった態度はやめてくれません？」

呆れてものも言えない。

にこにこと優しく微笑みながら権力を振りかざすなんて、さすがは僕の父親。腹黒い。

国王陛下──いや、お父様のもとへ行くと、熱烈な抱擁に歓迎された。

頭部におでこに耳に頬に……。唇を除いた至るところに口付けが降ってくる。

こうしてされるがままでいるのにはわけがあった。過去に一度だけ拒絶したことがあるのだが、お父様は大層傷ついたらしく寝込んでしまったのだ。当時のご機嫌取りに比べれば、我慢をするほうが労力は少ない。

お父様が満足する頃を見計らって、僕はようやく「いい加減にしてくれ」と、背中を反らせて顔を上げた。

視界を占めるのが華やかな美形であることが救いだな……

これで、見た目がでっぷりとした中年親父だったら、流石に耐えられなかった。魔法で燃やしていたかもしれない。

想像に身を震わせた僕は、腕の中からもがいて脱出すると、居住まいを正した。

二歩後ろに下がり気を引き締め、率直に例の件を口にする。

「お父様、婚約破棄できたので、僕との約束を守ってくれますよね？」

「ジョシュア」

「お父様？」

攻守交替である。

今度は僕が、にこにこと微笑みを浮かべて首を傾げる。

うっ、と口ごもったお父様は、右に左に視線をさまよわせるばかり。

「お、と、う、さ、ま？」

「だってぇ！」

やめろ。やめてくれ。さすがの美形でも中年の「だってぇ」にはきついものがある。

ぶわっと鳥肌が立ち、僕は腕をさすった。

「だってもクソもないですよ。僕と約束しましたよね？　相手から婚約破棄された場合に限り、あの人を婚約者にしてくれるって」

五年前の約束を持ち出すと、お父様は肩を落とす。

「まさか、本当に婚約破棄になるとは。……お前たちならば、少なからず上手くいくと思っていた」

思わず零れてしまった、といった言葉に、胸の奥がかすかに痛む。

「……そうですね。確かに僕たちはお互いを好きでした。恋をしました。でもそれは、愛にはならなかった。ただ、それだけの話です」

今は亡きお母様と、その親友だった元婚約者の母親が交わした約束。自分たちの子供を婚約者同士にする、と。

初めて出会った四歳の頃から、僕たちは確かに互いを好き合っていた。結婚すると信じていた。

でも結局のところ、それは恋心でしかなく、愛には育たなかった。

僕は無自覚に左胸の辺りをぐっと掴む。

こみ上げてくる苦い思いを振り払うように、話を変えた。

「それに、オウトメル帝国より手紙が来ていますよね？　瘴気の原因解明のために力を貸してほしいと」

「確かに届いてはいるが……」

ハッとしたお父様は、顔に怯えを浮かべて僕を見た。

どこでそれを知ったのかという思い、そしてこの先の展開が読めてしまって、現実逃避をしたいのだろう。

僕は満面の笑みで口を開いた。

「取引として僕を婚約者に迎えるよう、契約書を送ってください！」

「ダメだ！」

大きな声に驚いて咄嗟に耳を手で覆う。

心臓はドキドキとうるさく、尻尾はぶわっと毛が逆立っていた。

何もそんなに拒否しなくてもいいじゃんか……

落ち着きを取り戻し、僕は冷々とお父様を見つめ返した。

「ふーん。じゃあ僕との約束を破るんですね？」

「いや、だが、しかし！」

「お父様。こうして僕が大人しくお願いするためにお父様の前にいるのと、勝手に城を抜け出してどこかへ行ってしまうの、どっちがいい？」

「……」

長くも感じる数秒の後、お父様はしょんもりと耳を伏せて頷いた。

「…………分かった。ジョシュアとの約束だ。オウトメル帝国ノクティス・ジェア・ベルデ大公との婚約を認めよう」

「ふふっ、お父様だぁーいすき」

「ぐっ」

胸を押さえたお父様にギュッと抱きつく。今度は僕の顔がでろでろにとろける番だった。

オウトメル帝国とは主人公のサナたちが住まう小説の舞台だ！

そして、ノクティス・ジェア・ベルデこそが僕の推し……！

そう、相手は三人いる悪役の中の一人である。

けれど、彼は悪役ながらも悲しい過去を背負い、最後まで報（むく）われなかった裏の主人公だ。

あまりの救いのなさに、ベルデ大公に落ちるファンも多かった。

小説の設定でも現実でも、ヒーローであるレーヴ皇帝の「腹違いの兄」とされているが、実は同じ母を持つ双子の兄なのだ。

だが、オウトメル帝国――人間たちの間では、双子は不吉だと忌み嫌われている。

そのせいで、本来なら愛されて育つはずだったベルデ大公は、不幸な境遇で育った。

……実は彼が不遇な扱いを受けることになった理由には、双子であること以外にもうひとつの真実がある。

その真実が帝国にとって不利益になる……そんな身勝手な事情で、ベルデ大公の父である当時の皇帝は、ベルデ大公を皇后付きの侍女との間にできた庶子だと言ったのだ。

要は、正式な跡取りではない腹違いの息子であると、周囲に偽ったということ。

そのため、彼は二十五年間の人生で一度も、本当の誕生日を祝われたことがない……はずだ、小説通りであれば。もしかすると生まれたことを祝われたことさえないと思う。

それだけでも僕は泣けてしまうのに、彼の悲愴な人生はこんなものではなかった。

忌み子として嫌悪されながらも、唯一の跡取り息子に何かあった時のためだけに、生かされることを許された存在。

狭くて暗い宮の中で息を潜めて暮らしてきたのだ。

だが悲劇は、容赦なく幼い彼に襲いかかる。

人生を大きく歪ませる原因となる、ある事件が起きるのだ。

そうして心に深い傷を負ったまま大人になったベルデ大公は、物語が進むにつれて弟を憎み、自分が皇帝だったらどんな人生であったのかと、考えるようになる。

皇帝の代えとして生かされてきた人生。真実を知らぬ者からは過ち(あやま)により生まれた子供と嘲(あざけ)られ、真実を知る者からは厄災の子供と忌避される。

どこまでも冷たくて、痛みばかりが待ち受ける空虚な世界。

そんな苦しみの中、唯一の光となったのが主人公のサナだった。

幼い頃に出会った二人は、互いに惹かれ合っていた。

つまり、最初にサナと心の距離を詰めていたのは、ベルデ大公なのだ。

けれど、物語とはヒロインとヒーローが結ばれるもの。

悪役という名の脇役は、何があろうとも主人公にはなれない。

ベルデ大公の光は、いともあっさりと、羨望(せんぼう)の世界に身を置く双子の弟に奪われてしまう。

そして、初めて切ないほど愛した人さえ奪っていく皇帝を、憎むようになるのだ。

それを嗅ぎつけたのが三人目の悪役――ズロー侯爵である。

狡猾(こうかつ)な男は、人が心に秘めた欲をたやすく暴く。

ベルデ大公の憎悪に気づいたズロー侯爵は、レーヴ皇帝を貶(おとし)めるために手を組もうと、彼を誘惑するのだ。

結局、最後に大公は愛する人の幸せを選ぶ。

ズロー侯爵の企みと己の罪を打ち明けて、彼女を守るために――大公は死んでしまうのだ。

帝都を襲った瘴気を払うため、己の身を犠牲にして。

「じょ、ジョシュアよ、泣いているのかい？」

「うう……」

僕の推し、可哀想すぎる……！

冷たく理不尽な世界で愛を知らないのに、最後まで悪役にはなりきれなかった優しい人。

さすがの僕でも、誰かを思う気持ちを、どうにかすることはできない。

けれど、ベルデ大公の命を奪う瘴気事件からは僕が必ず守ってみせる。

待っていて、大公！

「お父様！　そうと決まれば今すぐにでも用意をしなくちゃ！」

「本当に行ってしまうのかい？　大公は皇族だが……噂で聞くには、あまりいい待遇とは言えない扱いをされているらしいじゃないか。大公本人は礼儀正しく柔和な男だとは聞くが、ジョシュアを行かせるのを躊躇う気持ちも理解しておくれ」

ふふん。チッチッチ、お父様は甘いね。

大公が礼儀正しくて柔和だぁ〜？

本物の彼はセクシーで、退廃的な色気をまとった、危険な男なんだよ！

お父様は知らないだろうけど、僕は小説を読んでいるから、大公が噂とは違い冷たくてぶっきらぼうな男であることを知っている。

こんなことを明かせば今以上に反対されるだろうから言わないけれど。

実は、誠実で優しく見えるのは偽の姿で、本性は無骨だし冷めているのだ。

だというのに主人公だけを一途に想う健気さ、そして、ピンチには必ず駆けつけてくれるデキる男っていうのが、もう！

推さずにはいられないっ。

お父様が躊躇う最大の理由はきっと、大公の住まう場所が危ないからだろう。

推しが与えられた領地は、物語の終盤で大事な山場となる、瘴気で穢れた土地なのだ。

ベルデ領は元々緑溢れる豊かな土地だった。

だが今では瘴気が溢れて土地は干からび、魔物が活発化している。

そこを治めるということは、毎日が命懸けと言っても過言ではない。

なんせ大公自らが指揮をとり、魔物の討伐を行っているのだから。

皇族であり大公なのだから、私兵に任せればいいのにさ……。まあ、そんな責任感があって無情になりきれないところが、愛おしいのだけれど。

「お父様、僕は不幸になりに行くんじゃない。幸せになれるって思うから行くんだよ」

僕はお父様を見上げて笑った。大丈夫だから信じてほしいと心を込めて。

「ジョシュア……」

「ねえ、あの日からずっと僕の幸せを考えてくれてありがとう」

お父様はわずかに睫毛を震わせ、そっと僕を抱きしめた。

陽だまりのにおいに包まれながら、続けて思いを告げる。

「半年。半年だけでいいから、大公のもとに行かせて。……わがままを言ってごめんね」

「よい。お前が心より求める願いがあるならば、私は必ず叶えてみせるよ」

僕とお父様の会話は、ある意味で「未来を手放す」と認めたことにもなるのだろう。

けれど、想像してほしい。

もしも、自分が生きられる残りの時間を知っていたとしたら？

決められた残りの時間を生きるのならば、僕はやっぱり——大公の傍にいたい。

「お父様、愛しているよ」

その言葉に返事はなく、けれども僕を抱きしめる腕の力は強くて、安らかだった。


お父様のおかげで、僕の予定は一部を除いて順調だった。

一部というのはもちろん、兄妹たちによる反対運動だ。

お父様から報告があってからというもの、三人はそれはもう酷い荒れようだった。

お菓子で取引しようとしたり、人間の恐ろしさを語ってきたり、エステレラに至っては僕が婚約を撤回するまで断食してやると脅したり。

けれど、偶然にも僕が体調を崩したおかげで、兄妹たちの猛攻撃は緩和した。

きっと僕の不調をストレスによるものだと勘違いしたのだろう。

実際は、寝る間も惜しんで大公との出会いを妄想していたせいなのだが。

それはさておき、お父様が「ジョシュアの幸せを願うなら、自由にさせてあげなさい」と三人に言ってくれたそうだ。

側近からそんな話を聞いた時は、ほんの少しだけ感動したものである。

そんな騒がしくも温かな日々が流れ、出立の日はついに明日へと迫っていた。

ただ、気にかかることがひとつ。

まだ幼いエステレラが、むっつりと拗ねたまま部屋に籠りきりであることだ。

「何度考えても受け入れがたい。私たちの可愛いジョシュアを大公のもとに嫁がせるだなんて。……ジョシュア、やはり今からでも考え直さない？」

「考え直さない。だって僕、大公が好きだし」

長兄のレネは顔を合わせるたびにこれだ。

今日も昨日もこのところずーっと、まったく同じ会話をしている。

色気が増したと城内で噂になるほど頭を悩ませている内容が、僕を心変わりさせよう、なのだから呆れる。

以前は勝手なことをしたと罪悪感を抱いたが、何度も聞いているとそんな気持ちも薄れてくるものだ。

レネの嘆きをあしらいながら読書を続けていた僕は、全く想定していなかった質問にギクリとした。

「なあ、毎回好きだとは言うが、そもそもお前は大公と会ったことがないだろ？」

核心をついたのは、なんと次兄のシエルだったのだ。

行くな、やめろ、ここにいろ、としか言われてこなかったために油断していた。

急に押し黙った僕を二人が訝しむ。

シエルは壁に寄りかかって腕を組み、ツンとした視線を向けてきていた。一言も聞き逃さないぞと言うように、三角の猫耳はピンと立ち上がっている。

答えに詰まってしまった僕は、平静を装いつつ、なんと言うべきか思案した。

確かに一度も会ったことはない。

「設定」を知識として知っていようとも、本当に小説通りとは限らないわけだし。

何よりこの二人を納得させられる理由が……

「大変な思いをしているみたいだから、僕が守ってあげたいなー、的な？」

自分でも疑問に思っていたことへの答えを、探りながら口にしたせいか、その言葉はどこか自信なさげに響いた。

それはもちろん二人も同じように聞こえたらしく、これまでの比ではないほどに猛反対してくる。

「いいかいジョシュア。そんな同情心で行くなんて相手にも失礼だし、何よりジョシュアも後悔をすることになるよ？」

「そうだ。魔物が活発化している土地だなんて、危険に自ら飛び込むようなものだ！　お前はそうでなくとも体が弱いのに」

チクチク、チクチク、いつまでも小言が続く。

僕だってね、推しへの気持ちが恋なのか同情なのか分からなくて、悩んだことがありましたよ。

異性間での恋愛が当然とされる前世。男だった僕がベルデ大公に向けていた気持ちに恋愛感情はなく、あくまで好きなキャラクターだった。

でも、この同性婚も当たり前の世界に転生し、生まれた時から男の婚約者がいた僕にとって、推しへの想いが恋愛感情に変わるのは自然なことだった。

何より、彼の存在は、苦しかったあの頃の僕を支えてくれたから……

それにほら、推し活をしていれば一度は聞くだろ？

推しと結婚したいな〜、って何気ないぼやきを。

気づいたらそれになっちゃったわけだよ。

ましてや僕は、次元という、どうしたって乗り越えることが不可能であった壁を乗り越えてしまったのだ。

確かに最初は、大公が本当に存在しているという事実に、ただドキドキするだけだった。

憧れの人に会ってみたいという想いや、どうにかして大公を救ってあげられないだろうかという葛藤。

それらは時間が経つにつれて僕の心に広がり、いつしか大公のことを考えない日はなくなった。

物語でしか知らない大公の姿ではなく、本当のありのままの大公に会いたいと。

好きなもの、嫌いなものを教えてほしい。くだらない話を真っ先に聞ける存在になりたい。

それを恋と呼ぶにはまだまだ未熟なのかもしれないけれど。

それでも会いたいという気持ちは消えず、彼が今もまだ孤独であるならば、少しでも力になりたいのだ。

これでも、「推し」と「好き」を勘違いしているかもしれないという疑念から、自分の欲を優先させるのに期限を設けたのだ。

その期限とは、大公が死んでしまう日。つまり、その日まで半年を切っても彼の傍に誰もいなかったら、僕が幸せにすると！

大公を思い守ってくれる他の誰かがいるならば、僕は婚約者に立候補する気などなかった。

でも大公は……もうとっくに適齢期を迎えているのに、誰からも見合い話がないのだ。

大公が断っているわけじゃなくて、ほんっとうに婚約話が持ち上がらない。

確かに、冷遇された皇族で、皇帝とは赤の他人よりも遠い関係性で、そのうえ治めている領地には魔物が闊歩(かっぽ)している。

そんな環境に飛び込もうとする令嬢がいたら、とち狂ったのかな？　と思うだろう。

でもさ、僕の推しだぞ？

あんなにかっこいいのに、みんな見る目がなさすぎないか？

いったい、大公のどこが不満だって言うんだ⁉

大公の傍にいられるのなら、僕はたとえ火の中水の中だろうと、喜んで参るというのに。

そうして自分で決めた期限を迎えて、僕は行動に出たのだ。誰も大公に手を伸ばさないのなら、僕が少しぐらい欲を出してもいいじゃないかと。

「とにかく好きなの！　会いたいの！」

「だから会ったこともない奴のどこが好きなんだって聞いてるんだろ」

シエルめ、しつこいぞ。普段はそこまで深掘りしてこないくせに。

会ったこともない相手の好きなところ？

そんなの間違いなく――

「顔しかないけど？」

ズバッと言い切った僕に、二人は絶句した。

「会ったことはないけど、姿絵は見たしね」

それはもう、記憶通りの美しい姿だった。

一枚だけなんとかして手に入れた姿絵は、丁重に額縁に入れて、僕の部屋に飾ってある。

うっとりしながら思い返していると、ぽんと肩を叩かれた。

振り仰ぐと、悟ったように二人が言う。

「いつでも好きな時に帰ってきなさい」

「ああ。辛くなったらすぐに戻ってこい」

おい、失礼だな。僕をただのメンクイだと思うなよ。

こう見えても、顔だけで推しを決めるタイプではないぞ。

それに、どんなに辛くとも半年は絶対に大公にしがみつくと決めているのだ。

大公が治める領地を侵す瘴気(しょうき)を浄化できるのは、半年後に来るあの瞬間しかない。だからそれまでは何があろうと、僕がここへ帰ってくることはない。

二人は僕がすぐに飽きて戻ってくると思っているみたいだが、それは言わないでおこう。

でないとまた騒ぎ出すだろうから。


出発当日、僕は大勢の獣人に見送られて国を出た。そこにはもちろん妹の姿もあった。

エステレラとは昨夜、二人きりで話し合い、一緒にひとつのベッドで眠ったのだ。

拗ねていたのは、僕の体を心配していたからだそうだ。

それを聞いて、僕は自分の魔力を用いて作製したペンダントを贈った。

そのペンダントは僕の魔力と繋がっていて、僕に何かあればすぐに異変を教えてくれる代物だ。

逆になんの知らせもなければ、僕が元気でいることの証明になる。

だから、心配してくれるエステレラに僕が帰るまで大切に持っていてと、約束をしたのだ。

ペンダントを大切に胸に握りしめて、可愛い可愛い僕の妹は言った。

『あたくしを置いていくのですから、絶対にその男をものにしてくださいませね』

四兄妹の中で一番恐ろしくて強かなのは、もしや妹なのかもしれない。

そんな圧力にも等しい応援を胸に、澄んだ青空のもと、僕は推しに会うために出発したのだった。

第二章　ベルデ領にて

大公の住む領地についたのが数時間前。そして大公の屋敷に到着したのが数分前。

そして今、客室に通された僕を出迎えてくれたのが――

「……」

海を越え、でこぼこな道を越え、すっかり疲労困憊していた体に活力が満ちていくのを感じる。

目前に存在するキラキラとしたその姿を目にして、何を言えるというのか。

もはや言葉など必要ない。この尊さを形容することは神でさえできないだろう。

とうとい……

ただ、それればかりが頭の中を埋めつくしていた。

「王子、聞いていらっしゃいますか？」

ふと響いた、鼓膜をくすぐるような甘い声音に、胸がキュンとした。

ああっ、原作と同じだ。

切れ長の双眸は、それはもう吸い寄せられそうなほど美しい紫色だった。優しさが滲んでいるような、無垢で素晴らしい瞳である。

先ほどから言葉に詰まりっぱなしの僕に、推しは困ったように首を傾げた。

すると、なんということでしょう……

動きに合わせてサラサラな黒髪が揺れて、ふわりといいにおいがこちらまで漂ったのだ。

ああ、神よ、推しよ！　僕の心臓は停止する寸前だ！

もう、頭を揺らしただけでいいにおいがするなんて、違法なのでは？

存在自体が可愛いしかっこいいしで、犯罪なのでは？

あの雄っぱい……今にもシャツのボタンが弾け飛びそうなあの胸に抱きついて、クンクンしたい。

ゴロゴロ、と鳴りそうな喉をぐっと押さえていると、ソファに座る推し――ベルデ大公が脚を組み替えた。

「――ッ⁉」

その瞬間の色気と言ったらもう！

ただソファに腰掛けているだけなのに、絵画のような存在感。鍛え抜かれた肉体美が服の上からでもよく分かるし、窮屈そうに組まれた長い脚もスタイルの良さを伝えてきて――もう、むしゃぶりついてもいいですか？

「……殿下？」

「ハッ！　失礼しました。なんでしたっけ？」

「遠路はるばる出向いてくださった殿下にこんなことを言うのは心苦しいのですが……私は誰とも婚約するつもりはないのです」

「……はい」

なんてことだ。

柔和で華やかな美しい風貌だけではなく、所作まで洗礼されているだと。

吐息ひとつさえ尊くて、僕は彼の言葉を理解する前に頷いていた。

その刹那（せつな）、柔らかな雰囲気にわずかながら冷たいものが混ざる。

春の陽だまりに、突然冷たい雨粒がひとつ弾けるような、一瞬の変化。

僕は思わず自分の頬をピンタして、ようやく頭を切り替えた。

「今のお返事は、承諾していただけたということでしょうか？」

「ごほん。失礼、少々疲れていたようで話をうまく呑み込めておりませんでした。先ほどのお返事は承諾という意味ではありません。大公のお気持ちを伺っても、僕は貴方の婚約者になることを望みます」

「困りましたね。私のほうも意思は変わらないので」

ニコリと微笑んだ僕に、大公も同じく微笑みかけてくる。

けれどその瞳には軽蔑や猜疑（さいぎ）といった、とても友好的とは言えない感情が見え隠れしていた。

今は品行方正で紳士らしい態度を崩さずに微笑んでくれるけれど、本来は冷たくて無骨な男なのだ。

僕は、ふっと口端を上げた。

推しには悪いが、僕もこれでも悪役王子なんでね！

そう簡単に引くつもりは毛頭ない。

「でも、僕たち獣人の助けが必要なんですよね？　大公がここで断るのなら、助けも不要ということでよろしいのでしょうか？」

「……意地悪なことをおっしゃる。私でなくとも、貴方ならば――」

「僕は大公が良いのです。他の誰でもない貴方がいい」

言葉を遮り僕は言った。続けて、核心に迫ることにする。

「それに、僕の前ではいい人ぶらなくて結構です。本当は言いたいのでしょう？　さっさと消え失せろって。違います？」

「……」

部屋の中が静まり返る。

この場に同席する、僕を除いた皆が表情を硬くした。

大公は、先ほどまでの友好的な眼差しはどこへ行ったのか、殺気を向けてくる。

「そうですか。王子には丁寧な物言いよりも、はっきりと告げるほうがいいみたいですね……」

その刹那、大公の雰囲気が一瞬にして荒々しく、酷薄なものへと塗り替わった。

「王子の言う通り。俺はお前と婚約する気はない。……顔を見るのも煩わしい、こう言えば、今すぐにでも消えてくれるのだろうか？」

冷たい眼差しと、かすかな嘲笑を浮かべて、彼は言った。

触れれば切り捨てられるような緊張感が部屋中を支配する。

圧倒されるような雰囲気に僕は身を震わせて縮こまる――のではなく、興奮していた。

だって、だって、これぞまさしくキケンな男ッ！　僕の推しの姿！

陰のあるオーラはむしろ色気に深みを持たせ、退廃的でいて見入ってしまうような引力がある。

初めて生で見られたダークモードの大公に、僕の胸はドッキドキだった。

「もったいない。僕なら貴方を幸せにできるのに……」

「……幸せだと？　笑えもしない戯言だ」

だが、すっと冷め切った紫の瞳はすぐに僕から離れてしまった。

まるで興味がないと言うかのように。

……ああ。そうか。

大公にとって僕はいらないものなのだ。

彼が唯一欲しているのは主人公であるサナの心だけ。

確かに僕の言う「幸せ」に、彼女との婚約は含まれていない。

けれど。

「奇遇ですね。僕も、僕のような台詞を見栄で口にする者がいたら、軽蔑し嘲笑していたと思います。……ですが」

僕の思いを舐めてもらっちゃ困るのだ。

推しへの愛は無限大！　前世から受け継いだ大公へのラブは、そう簡単には消えないのだよ！

僕は深く深く呼吸をして、告げる。

「――貴方が大好きです。だから、僕と結婚してくだされば、僕の命を懸けてでも貴方を幸せにします！」

はっきりと断言した僕に再び紫色の瞳が向けられた。

彼に見られている。たったそれだけで、体温が上がる。

数拍の無音が続き、やがて大公が気怠そうに口を開いた。

「命を懸けてでも？　縋る者の常套句だな。死ぬほど好きとは、執着に目がくらんだ馬鹿な奴らが口にするものだと思っていたが」

それは要するに、僕もその馬鹿な奴だとおっしゃりたいんですね、分かります。

確かに泥沼恋愛小説でも、「死ぬほど愛している」と縋るのはよくある展開だ。

だが、甘い。

こちとら推しが冷たく人を寄せつけない人間だということはよく知っているのだ。

大公が言葉ひとつで揺れてくれるとは、はなから思っていない。

今のは僕の告白――そう、公開告白をしたまでのこと！

大公に想い人がいると分かっていても、僕は大公が好きだと告げたかったのだ。

だって今を逃したらきっと、この思いを隠したまま婚約者のふりをすることになるのだろうから……

けれど、ここからは王子として取引しよう。

決して断ることのできない、唯一貴方の傍にいることができる取引を。

「では、こうしましょう。六ケ月間だけ、僕を貴方の婚約者にしてください」

「こちらになんの得が？」

「あるでしょう、困っていることが。ここの土地の瘴気問題――僕が解決してあげると言ったら？」

大公が息を呑み、瞳をわずかに見開いた。

思っていた通りの反応だ。

なのに、馬鹿な僕はチクリと胸を刺す痛みに苛まれる。

全てがどうでもいいと思っている大公が、唯一この地を守ろうとする理由。

それには彼女――サナの願いが関わっているから。

この土地をかつての美しい緑溢れる場所へと戻せれば、彼女はきっと花がほころぶような笑顔で喜ぶだろう。

だから、大公はここを離れないのでしょう？

命を懸けられるほど愛した女の故郷だから。

そして、幼い頃の大公とサナが初めて出会った、宝物のような場所だから。

「その保証は？　六ヶ月後、お前が約束を守る保証。そもそも解決できるという確証もない」

「うーん、そうですね……。あっ！　今日から二週間が過ぎた頃に魔素の流れが変わりますよ」

「それが証拠になると？」

「まあ、言葉で説明するよりも実際に経験すれば分かるでしょうから。六ヶ月の期間を承諾する前に、たった二週間だけ様子を見ればいい。僕の言葉が本当かどうか」

僕が二週間と言ったのは、決して当てずっぽうではなかった。

魔素とは魔力の源であり、大地や大気に多く含まれている。

この世界で自身の魔力を使用して魔法を扱うには、魔素が必要不可欠だ。

しかし、その魔素がうまく循環できず一ヶ所に留まると、淀みとなり、瘴気の根源が発生する。

そうなれば、自然に消滅することはまずない。

根源は瘴気の影響を受けて穢れた魔素を取り込み、肥大化していく。すると新たな魔素が穢れるのも速くなってしまう。

瘴気の根源がある森は、この大公の屋敷や領民が暮らす居住区とは離れた場所にあると聞いていた。

それほどの距離があっても、じわじわとしみ込むように、この周辺の魔素にまで穢れが付き始めているのだ。本来であれば魔力に呼応して心地よく感じる魔素の流れが、ここではピリピリと肌を突き刺すような痛みを伴う。

過去にも何度か似たようなことがあった。ここまで酷いとおおよそ二週間後には、瘴気の根源が新たに穢れた魔素を取り込み、肥大化することだろう。そうなれば、この地は今よりも濃い瘴気に包まれてしまう。

「……」

「もしかして、獣人なら誰でも分かることかもしれないって考えていますか？　残念ですが、獣人の中でも魔法に長けた者にしか分かりませんよ。まっ、僕の言うことが信じられないなら、他の獣人を招いてみたらいいかと。……わざわざ人間のためにここまで来てくれるかどうかは分かりませんが」

今日一番の笑顔を浮かべて僕は言った。ある種の嫌味だ。

僕はこの見た目なので侮られることが多い。そのためか、気づけば人をおちょくるのが大変上手になってしまった。

けれど、こうでもしなきゃ、疑り深い大公が僕の提案を受け入れるとは思えない。

まあ、僕は一度交わした約束は必ず守るタイプだ。時期が来たら、大公の答えがどうであろうと、瘴気の根源は浄化してやるつもりでいる。

「どうです？　僕と婚約したくなったでしょう」

悩みあぐねているところを煽るように重ねて微笑みかけると、大公は不満そうに眉を顰めた。

「……二週間だ。お前の言うことがでたらめだと判断したら速攻追い出す。いつでもここから出て行けるようにしておけ」

「はーい！」

言い終えるなり、大公はソファから立ち上がって扉へ向かう。

入室して扉から少し逸れた場所に立ったままの僕には一瞥もくれずに。

ただただ遠くを見つめるばかりの紫の瞳は、冷たく、空虚だった。

彼はどんな世界を生きているのだろう。

彼の瞳が見つめる世界がいつか温かくなればいいと、柄にもなく願ってしまった。

＊＊＊

客室で王子との話が終わり執務室に戻ると、共に引き揚げた部下が声をかけてきた。

「あの、ベルデ大公、本当に婚約するのですか」

興味から生まれたその問いかけに、腹の底が冷えるようだった。

「……お前は何を企んでいるか分からない者と、婚姻関係を結べるのか？」

「し、失礼いたしました……」

淡々と部下の言葉を否定すれば、気配がすっと縮こまるのを感じる。

鬱陶（うっとう）しさを晴らすように前髪を掻き上げた。

どこにいても、信じられるのは己だけである。

傍に置いている彼らのことも、信頼しているわけではない。

しかし、それはあちらも同じ気持ちだろう。

部下として使っているのは、与えられたから受け取っただけのこと。

同様に、これまで与えられた命に逆らうつもりもなければ、そもそもそんな考えを抱いたこともなかった。

だが、今回の婚約話だけは別である。

俺にとって、獣人との婚姻だけはとうてい受け入れがたい話だった。

瘴気（しょうき）の問題の解決に向けて、他種族に協力依頼を出したことは皇后から伺っていた。

しかし、他種族にとって人間とは裏切りの象徴。自分たちが過去に犯した罪を理解しているだけに、誰も彼らの返事など期待してはいなかっただろう。

なのに、その予想をひっくり返す出来事が起きた。

それが今回の婚約話である。

元々、人間と他種族の仲はこれほどまでに険悪ではなかった。昔は種族の壁などはなく、皆が仲良く暮らしていたのだ。

しかし、その平和を壊したのが人間だった。

魔法を操る他種族を奴隷にし、戦争を仕掛けたことで、互いの間に結ばれていた絆（きずな）は散ってしまったのだ。

俺のように、人間の中にもわずかながら魔力を持ち魔法を扱う者は存在する。しかし、それは他種族に比べると魔法と呼ぶことさえ憚（はばか）られる程度のもの。

人間の魔法は属性ごとに分類されており、使用できるのは多くともふたつの属性まで。

一方、他種族には属性などという概念さえなく、火も水も光も闇も――全てを自在に操る。

まるで、神聖で気高き、創造神のように。

だから欲したのだろう。自由自在に魔法を操る力を。

そうして人間は罪を犯した。唯一どの種族よりも秀でていた、数の多さを武器にして。傲慢（ごうまん）にも、彼らの力を所有したいと、欲をかいたのだ。

結果、人間は他種族から軽蔑される存在となった。

今はぎりぎりで平和条約は続いているものの、関係は冷え切っている。

ここオウトメル帝国がいくら人間が治める国の中で一番の大国であっても、獣人からの手助けを得ようなど、おかしな話なのだ。

……しかし。

広大な海を渡った先にある、獣人の国からやってきた箱入りの第三王子、ジョシュアとの婚約話が届いた時、オウトメル帝国の王宮はまるで蜂の巣をつついたような騒々しさだった。

どう扱っていいか分からないのは、皆同じ気持ちだったのだろう。断ることも是と言うこともできず、結局この日を迎えてしまった。

いったい、獣人側にはどんな企みがあるのか。

帝国では常にその話題でもちきりだった。

獣人が人間と婚約を結ぼうとしてくることさえ異常な出来事だ。

なのに人間の――過ち(あやま)の末に生まれた存在として育てられた男との婚約を条件にしたのだから、こちらの混乱はさらに大きかった。

俺の出生を知る者たちは、さぞ今回のことを内心で愉(たの)しんでいるに違いない。

いわく付きの皇子と、存在自体が謎に包まれた獣人の王子。

二人の末路がどうなるのか、他人だからこそ愉(たの)しくて仕方がないのだろう。

俺としては、王子を今すぐにでも追い返したいぐらいだ。

下手な噂を立てられる前に、全てを終わらせてしまいたい。

だが、レーヴ皇帝はそれを許さないだろう。

だから王子の「二週間」の提案を受け入れ、少しの間だけ様子を見ることにした。

そもそもここでの生活が長く続くはずがない。きっと一週間ともたずに、この地から泣いて出て行くだろうから。

「お前はどう思う。甘やかされて育った者が、この土地で生きていけると思うか？」

「……残念ですが、それは厳しいのでは」

部下の返答は曖昧なものではあったが、その実、確信があるような声音だった。

先ほど初めて対面した王子の姿が脳裏に浮かぶ。

幸福の糸で編まれた、甘く柔らかな世界で育ったことがひと目で分かる姿が。

艶(つや)やかな白銀の髪に、穢(けが)れなど知らないような透き通った水色の瞳。人間の国では見ることのできない耳や尻尾だが、手入れされていることは一目瞭然(りょうぜん)だった。

何より、今にも折れてしまいそうな細い腰や手足で、いったいどうして瘴気(しょうき)の問題を解決できるというのか。

魔物もろくに狩ることさえできないだろうに。

傷ひとつない美しい肌のその手で、醜(みにく)い魔物の息の根を止められるとでも？

楽観的であるのは構わないが、王子が思うほどここは易しい世界ではない。

ベルデ領では、瘴気(しょうき)の影響により穢(けが)れた雪——魔雪(まゆき)が降る。魔雪は触れるものの魔力を穢(けが)す。そのせいでこの土地は干からび、草木も育たぬ劣悪な環境だった。

魔雪は一年を通して降り続けているにもかかわらず、積もることはない。

ただ触れた瞬間に穢れを残して消える存在。

美しい雪とは似ても似つかない魔雪を見て思う。

まるで、己のようだと。

瞼を閉じればいつだって思い出せる情景は、この土地ではもう見られないのだろう。

かつての美しかったあの頃の景色は、どこを探してもないのだ。眩い初夏の日差しのように、みずみずしく、透明感に満ちた景色は消えてしまった。

道行く者たちもすっかりと変わった。至るところで色鮮やかな笑顔が咲いていた町では今、息を殺すように重たいローブを被り、生き急ぐようにして歩く者しかいない。

魔雪に触れると、人々の魔力も穢れてしまう。そのせいで、子供たちは外で遊ぶことを知らずに育つ。

青い草がどこまでも続く広大な土地を自由に走り回る喜びも。汗ばんだ肌を風が撫でる心地よさも。腹の底から喜びが湧き上がるような眩い笑顔も。

それを教えてくれた唯一の彼女も、ここにはもういない。

記憶に眠る彼女の姿が浮かび上がろうとした時。

それを弾くようにして、生意気な笑みを浮かべる王子の顔が浮かんだ。不敵に笑い、だが瞳は真っ直ぐに、毅然とこちらを見つめる姿が。

「……命を懸けるだと？　獣人国の王子はとち狂っているのか」

救いなど求めていない。

誰の手も求めていない。

穢れた命だと、捨てられたあの瞬間から……

誕生してわずかな数秒でさえ愛されなかった自分の役目は、ただ輝かしい思い出が残るこの地を守ることだけだ。

「王子についてだが」

「はい」

「王族だからと過度な待遇はしなくていい。使用人も必要最低限にしろ。どうせすぐに泣き言を言って出て行くだろうからな」

「分かりました。そのように手配いたします」

去っていく部下の背中から視線を外し、窓の外を眺めた。

重く、不幸を混ぜ込んだような灰色の空。

寒くもないのに降り続ける呪われた雪。

見慣れた景色のはずなのに、心がわずかにざわめく。

「……いったい何を企んでいるんだ？」

気づけば眉間に皺が寄り、強く拳を握っていた。

＊＊＊

もくもくと真っ白な湯気が浴室を満たしている。

たっぷりの湯を入れて、僕は広々とした浴槽に身を沈めた。

「はあ～。お風呂の時間だけは最高だな～」

ベルデ領に来てから早くも一週間が経った。

推しの性格は分かっていたから甘い生活なんて期待していなかった……と言うのは、嘘だ。

少なくとも毎日顔くらいは見られるのではないかと思っていた。

だが現実は厳しいもので……。

加えて、僕は快適とは言いがたい生活を送っていた。

まず、ここに来た日、屋敷には必要最低限の使用人しかいないと告げられた。

要するに、僕に使用人をつける余裕はないと言いたいのだ。「基本的に自分のことは自分でお願いします」と言われた時はさすがに驚いたね。

――獣人国の王子なのに？

と、真っ先に浮かんだ言葉を口にしなかっただけ偉い。

だって僕、獣人国の王子だよ？　賓客（ひんきゃく）なんだよ？　現時点では婚約者候補だよ!?

なのに、使用人を一人もつけないってそんなの――大公の仕業（しわざ）に決まっているじゃないか。

初日の様子からして、大公は僕を早く追い返したいのだろう。

僕を世間知らずの箱入り王子だと決めつけ、一人で生活できず音を上げるはずと目論んでいるのだろうが、甘い！

そもそも獣人は、たとえ王侯貴族であれど、基本的な生活力ぐらいは身につけている。戦場で自分の身ひとつ守れない者には上に立つ資格はないという考えのもと、自分のことは自分でできるように育てられるのだ。

考えてもみてほしい。戦場で、一人では着替えもできない、食料の調達や調理もできない、治療もできない、ないない尽くしの人など邪魔なだけだ。

王侯貴族は優雅であるべきだと、獣人国の考え方を批判されることもある。しかし、危機が迫った時に民を守るのは、上に立つ者の当然の役目。当然の義務を放棄するほうがよっぽど恥ずかしい。

とはいえ、僕が箱入りであることは間違いないのだけれど……

でも、僕だって、ここまで観光のつもりで来たわけではないのだ。

何よりも尊い使命――それは、大公、貴方を幸せにするという使命だ！

冷遇すれば泣いて出て行くと考えているのだろうけど、僕は純粋なヒロインではないんだよ？

これまでやられたら倍にしてやり返してきたわがまま王子の僕を相手に、この程度では生ぬるい。

この件はいつか大公にたっぷりと返してやるつもりだ。

そう、大公と結婚できたあかつきには、その鍛え抜かれた胸に甘えて、思う存分イチャイチャするのだ……

だから今は、耐える時なのである。

たとえどんなに最悪な環境でも、魔物が闊歩していようとも、推しがいる。

ただそれだけで、オタクは強くなれるのさ――！

「まあ、でもこういう生活も気楽でいいものだね」

祖国では、どこに行くにも何をするにも過保護なまでに監視の目がついていた。

それを思い返すと、今はむしろ自由でいい。瘴気に汚染された空気はよろしくないが、毎朝欠かさず部屋の中を浄化しているため特に問題もない。

では唯一、何が慣れないのかと言うと。

それは食事が、……食べ物が口に合わないことだ。

僕は美味しいものが大好きだ。一週間寝るなと言われても気にもしないが、一食でも抜けと言われたらそいつをボコボコにしてやるくらい、食べることが好きだ。

だが残念ながら、ここには祖国で毎日食べていた生クリームたっぷりのふわふわなケーキも、肉汁が溢れるステーキもない。

そもそも、「美味しい」という概念があるのかさえ疑問だ。

この一週間、僕が安心して食べられたのはふかした芋だけ。

僕が特別わがままだとか美食家だとか、そういうわけではないと思う。濃い味つけが苦手な獣人にとって、塩に漬け込んだ肉や、色々な香辛料を使用した食べ物は苦痛なのだ。

肉は塩をかじったみたいに辛くて飲み込むのがやっとだし、スープは香辛料が強すぎて噎せそうになったほど。

極めつけは、こちらからお願いしないと、いつまでも食事が用意されないことだ。

切ない。切なすぎる。もしや「自分のことは自分で」というのは、食料の調達から調理までも含まれているのだろうか？

これが嫌がらせなら呆れたものである。人間と獣人の仲が悪いことは理解しているが、こんな小さな嫌がらせまでするとはな。

「それにしたって、せめて大公には美味しいものを食べさせてあげたいよなー」

ここでは瘴気（しょうき）のせいでまともに作物が育たないし、肉が稀少であることも理解している。だからこの僕が……好き勝手に生きてきた僕でさえ、何も言わずに我慢しているのだ。

己の辞書に「我慢」という文字など存在しないと思っていた。けれど、推しのためならばこんな暮らしだって耐えられそうである。

冷遇されるであろうことも分かっていて、ここに来たのだし。

ベルデ領は常に財政が逼迫（ひっぱく）しており、その中で貴重な食糧を提供してくれている。だから、どれほど口に合わずとも料理を残すなど許されない。貧しい思いをしている領民や大公に申し訳ないからだ。

「ん～、でもその貴重な食糧だからこそ、美味しく食べたいとは思わないのかな～？」

口元までお湯に沈み込み、ぶくぶくと泡を立てながらぼやく。

「……もしくは、お父様に頼んで食糧を提供してもらう？」

いやいや、半ば強引に婚約話を許可させたのに、生活に不満があるだなんて言えるものか。

「ああっ！　自分でなんとかするしかないか！」

目標は半年。

それまでなんとしてでもここにいられるように、頑張らなくちゃ。

僕を置いておくほうが利益があると分かってもらうためにも。

そうしてお風呂から出ると、ガウンを身にまとい、自分で髪を乾かした。

居室の窓の外を覗くと、曇天から絶えず灰色の雪が降っている。これは本当の雪ではなく、瘴気（しょうき）によるものだ。

現に今のベルデ領は寒くもなく、春から夏へと移り変わる心地いい季節。

それなのに、窓の外は一面が灰色に染まっている。広い庭にはこれからが盛りの美しい花々もなく、枯れた枝木や、乾いた土、見ていると憂鬱（ゆううつ）になるような景色だ。

早々に視線を逸らそうとしたところで、僕は小さく声を上げた。

「あ、ベルデ大公っ」

屋敷から門に向かい、ベルデ大公と数人の騎士が歩いていくのが見えたのだ。

窓を開け、彼に聞こえるように大きな声で呼びかける。

「おーい！　ベルデ大公ー！」

憂鬱（ゆううつ）な空に似つかわしくない、明るい声が響き渡った。

どうやら僕の声が届いたようで、ベルデ大公の歩みがわずかに遅くなる。しかし振り返ることはなく、またすぐに行ってしまった。

「あぁっ、も〜。少しぐらいこっちを見てくれてもいいじゃんか」

ぶつくさ文句を言いながら、開けっ放しの窓の縁に腕を乗せて、もたれかかる。

どんどん小さくなっていく大公の背中を見ているだけなのに、僕の心は満たされていた。

本当なら創作の世界にしか存在していなかった推しが、僕と同じ世界にいて、僕に見えるところで動いているのだ。これを喜ばずして何を喜べと言うのか。

だらしなく口元を緩め、もうじき見えなくなる大公の背中を目で追っていた時、背後で荒々しく部屋の扉が開かれた。

「ジョシュア様！　何をされているのですかッ」

キンキン声で怒鳴りながら無遠慮に部屋に入ってきたのは使用人だった。わずかな乱れもなくきっちりと纏められた髪や、糸で吊られたようにぴんと伸びた背筋。

こちらを睨みつけるようなきつい切れ長の目に、「あ、なんか嫌いなタイプかも」と胸中で呟いた。

たった今抱いた失礼な感想を誤魔化すように、ヘラッと笑う。

「ごめんなさい。僕、何かいけないことでも――」

いきなり、使用人の手が僕の肩を思い切り押した。

最後まで紡ぐことのできなかった言葉が、驚きと痛みにより小さな呻きへと変わる。

突然のことでろくに踏ん張ることもできなかった僕の体は、音を立てて後ろに倒れ込んだ。

「信じられませんッ！　魔雪が降っているにもかかわらず、窓を開け放つなど！　瘴気(しょうき)が入ってきたらどうするのです⁉」

「……ああ。それなら心配しないでよ。ほら」

ぱっと顔の高さに持ち上げた手を振るう。

刹那(せつな)、部屋の中を薄い青色の光がたゆたい、やがて収束した。

「心配せずとも浄化魔法できちんと綺麗にするから」

だから、僕を突き飛ばしたことをまずは謝罪しようか？

ニコニコしながら座り込んだままの僕は、いつ彼女が現状に気づくのかと待っていた。

だが、頭上から聞こえてきたのは欠片(かけら)も想像しない言葉であった。

「はっ、いつまでそこに座っているおつもりで？　獣人国では、一人で立つことも教わらないのですか」

「……」

返ってきたのは鼻を鳴らしながらの嘲笑。

ちょっと待って。これは僕、貶(けな)されているのか？

ふつふつと湧き上がった怒りが喉元まで達する。だが、同時に冷静な僕もいて、落ち着こうと理性が稼働した。

僕は大公に気に入られたい……。それはつまり、騒ぎを起こすなどもっての外(ほか)。

ぐっ、と口元に力を込めて笑みを深めると、立ち上がり、ぺこりと頭を下げる。

「は、ははは……びっくりしちゃって……」

「……ふっ。見た目の通り、王子は少々鈍くいらっしゃるのですね」

……おい、いい加減にしろよ？

喉元を越えて舌先まで込み上げてきた言葉を、ゆっくりと、じっくりと呑み込む。

さわやかにお淑やかに。間違っても「鈍く」ではなく、お淑やかに、僕は笑った。

そもそも鈍く見えるのは眠たげな二重のせいであって、中身までどん臭くはないんだからな！

「気をつけるよ。あ、そうだ。少し遅れちゃったけど昼食を用意してもらえる？」

「……かしこまりました」

「ありがとう」

使用人はとんでもなく盛大なため息をついた。どう見てもかしこまっていない。今にも唾を吐きそうな嫌悪感に満ちた顔をしている。

使用人は最後までうるさくドタバタと足音を立てて消えていった。

「あ〜、疲れる」

誰もいなくなった部屋でソファにどっかり座り、天井を見上げる。

今、僕が滞在している部屋は客室らしく、それなりに広い。でも、掃除は僕がしなくちゃならないし、ベッドのシーツだって自分で取り替えるのだ。その労力を考えたら、必要最低限の場所でしか生活したくなくなるというもの。

確かに、急に押しかけてきたのは僕だ。

想い人がいる相手に婚約を申し込んでいるのも僕。

断られているのに意地を張って居座っているのも僕。

要するに、迷惑をかけている大元は僕！

「うん、迷惑極まりないね。……でもさ、だからってこれも我慢しなきゃならないのか？」

童話に登場する不憫な主人公でもあるまいし。

再びぶつくさ文句を言いながら、机に置いてある水差しから水をコップに注ぎ、口に含んだ。

「……水もまずい」

前途多難だ。

それでも、予言した日まであと一週間。

その日さえ迎えれば、大公やその周囲の人たちも少しは考えが変わるだろう。

今はそれを祈るしかなかった。

ゆらゆら尻尾を揺らしながら、大公と仲良くなったらやりたいことリストを、指折り数えていく。

あれこれと妄想していたら、扉が小さくノックされ、昼食が運ばれてきた。

今日もお皿に載っているのは変わらず、わずかな干し肉と芋。あと、小さなパンと香辛料たっぷりのスープだった。

でもこれが、ここの領民たちが毎日苦労して手に入れているご馳走なのだ。

食べることが好きだからこそ、食事にだけは絶対に文句を言うつもりはない。

「ねえ、君。毎日ありがとうね」

僕がここに来てからいつも食事を運んできてくれる使用人にお礼を言う。

大きな丸メガネをかけた彼は、少年特有の幼い雰囲気を漂わせている。僕とそんなに背丈も変わらないだろうし、何より仕草にほっこりするのだ。

今だって、急に話しかけられて戸惑ったのか、おどおどしながらも小さく頭を下げて、逃げるように部屋を出て行ってしまった。

「ふっ。ここで一番可愛いかも？」

この屋敷で見てきた使用人の中で、唯一悪意のない少年。食事の度に背中を丸めてちょこちょことやって来て、逃げるように去ってしまう。

いつか彼とも仲良くできたら、ここでの生活も少しは楽しくなりそうだ。


翌日の朝、僕は緊張しながらも期待を胸に、玄関ホールにやってきた。

昨日、窓の外からお見送りした大公が先ほど帰宅したのだ。どうやら泊まりがけで魔物の討伐に出ていたらしい。

瘴気(しょうき)の根源が肥大化するまであと六日。

瘴気(しょうき)の臭いが日を追うごとに濃くなっている。魔力に疎(うと)い人間には分からないだろうが、僕たち獣人にとっては酷い臭いがしていた。例えるなら、前世で言うところの下水みたいな臭いだ。

瘴気(しょうき)が濃くなれば魔物の動きも活発になるし力も強まる。

つまり、大公は今、大変お疲れであるに違いない。

ということは、ここでこそ、僕の出番ではないか？

魔法を得意とする獣人の僕が、大公を浄化し、ついでに癒してあげるのだ！

仕方なしに、一緒に討伐へ行った他の騎士さんたちも癒してあげる予定だ。騎士さんはその恩を胸に刻み、是非とも僕の恋路を応援してくれ。

思案している間にも、玄関の外が騒がしくなる。

重たそうな観音開きの扉が開かれると、待ちに待った人の姿を見つけた。

「大公！」

屋敷に入ってきた大公は、ピリピリとした雰囲気を纏(まと)っていた。

先ほどまで少しも油断できない状況で戦っていたのだ。そりゃあ、人を三人ほど始末してきたような相貌(そうぼう)にもなるのだろう……。

今なら前世で大公を推していたファンたちも、彼を悪役だと認めそうである。

それほど凶悪で、息苦しい雰囲気だった。

「……あ」

こちらへやってくる大公を前にして、話しかけることにわずかな躊躇(ためら)いが生まれる。

だが、すれ違い様に頬の擦り傷が見えて、僕は足を踏み出した。

通り過ぎていってしまう大公を慌てて追いかける。隣にくっつくように並んで歩きながら問いかけた。

「大公、怪我は大丈夫ですか？」

「……」

「痛いところがあったら治療しますから遠慮なく言ってくださいね！　それから、皆さんの浄化は僕がします。……あ！　あと他にも何かできることが――」

大公が歩みを止めた瞬間。

鍛え抜かれた腕が、僕の肩をわし掴みにする。

一瞬の間に壁に押し付けられた僕は、背中を走り抜けた痛みに言葉を詰まらせた。

「魔物狩りも、この領地も、お前が考えているほど易しくはない」

「え？」

「皆が命懸けで討伐に出ているんだ。お遊びだと思っているなら国へ帰れ。……ヘラヘラと笑って目障りだ」

大公は堪えきれない怒りを瞳に乗せるかのように、僕を睨めつけていた。

肩を押さえる手は強ばり、力を増していく。骨がきしむ痛みに、思わず顔を歪めた。

「た、大公……痛い、です」

「……はっ。この程度でか。ろくに鍛えてもいない体で何ができる。魔法に長けていれば、喜んでお前を迎え入れるとでも思ったのか」

「……で、でも魔法が使えたら役立つでしょう？　少なくとも瘴気の問題は解決できますし」

体に走る痛みよりも、心に生まれた痛みのほうが苦しいものだ。

軽蔑と嘲笑を浮かべた冷たい大公の表情を前に、うまく言葉を紡ぐことができない。

僕の存在がこれほどまでに彼を苛立たせ苦しめているのだと、まざまざと見せつけられた。

いっそのこと、言われた通りに彼から離れたほうがいいのかもしれない。

ふとそんな考えが浮かんだ。

けれど、それをかき消すようにこみ上げた思いは、やはり彼の傍にいたいという欲だった。

「……こんなことで僕が諦めると思っているなら甘いですよ」

「なにを――」

僕は伸び上がって大公の襟をわし掴みにすると、こちらへ引き寄せた。わずかに見開いた瞳には、ふてぶてしく笑みを浮かべた僕が映っている。

「僕は絶対に貴方との婚約を諦めない。もし、本当に僕が嫌なら――死ねと、そう命令すればいい」

「お前……ッ！」

驚愕した様子の大公が僕の腕を振り払い、後ろに下がって距離をとる。

僕はそれを冷めた思いで見つめ、視線を自分の肩に移した。

「あーあ、これじゃあ後で肩が腫れるじゃないか」

「お前、いったい何を考えているんだ？」

「え？」

シャツをずらして肩の状態を確認していた僕は、再び大公に視線を戻した。そして、わざとらしく首を傾げて緩慢に微笑む。

「大公との婚約ですよ」

「そんなものは――」

「とりあえず二週間。そう約束しましたよね？　その日まであと数日ですし、今ここで揉めなくてもいいじゃないですか」

大公の言葉を遮り、僕は肩をすくめた。

彼が僕に対して抱いている気持ちは察している。何を企んでいるのかと警戒するのも理解できた。誰だって、これまで敵対していた種族から婚約を申し込まれたらそう思うだろう。それこそ自分の命を狙っているのかと疑われてもしょうがない話だ。

「それに大公だって滞在する許可をくれたじゃないですか。ね？」

「勘違いするな。仮に二週間が経とうとも、お前と婚約するつもりはない」

酷いなー。

そう言って笑い飛ばそうとした僕に、大公は少しも付け入る隙もなく、冷たく言葉を突きつける。

「――お前を好きになることもだ」

「……」

知っているさ。

貴方が僕を好きになることはないことなど。

どんなに好きだと告げても、奇跡が起きて彼の心に近づけたとしても、僕たちが本当の意味で婚約する日なんて来ない。それは、彼が――大公が愛し、生涯を捧げると誓うのは、主人公だけだから。

「知っていますよ」

落ちてしまいそうになる視線を堪えて、真っ直ぐと前を向いた。意地だった。

傷ついていると悟られるのも、痛々しいと思われるのも、僕の矜持が許さない。

今にも引き攣りそうな頬を持ち上げて完璧に微笑むと、空気を切るように手を振って浄化魔法を放つ。

「それでも——僕は貴方が好きですから」

指先を追うように、僕たちの間を寒々しい青色の光が駆けていく。

まるで、決して交わることのない運命だと告げるかのように。

僕の魔法は二人を別つようだった。


「あ〜、僕の大馬鹿野郎」

大公が去り、一人取り残された僕はその場でうずくまった。

頭を抱え、すぐに挑発してしまう己の性格の悪さに辟易する。

もっと真っ直ぐで素直で純真な奴だったら、大公だって少しは信用してくれたかもしれない。よりにもよって「死ねと命令しろ」だなんて、本当に僕は大馬鹿者だ。

大公にとって「死」とは、言葉だけの抽象的な概念ではない。

とても身近で生々しいものだ。

僕が彼を、いや——ノクティス・ジェア・ベルデを好きになったのは、見た目が好みだからなんて理由じゃない。愛を知らないくせに一途に思い続け、命さえ捧げた馬鹿な男が眩しくて、かっこいいと思ってしまったからだ。

だから、彼には幸せになってほしくて、勝手だと分かっていても僕はここに来た。それなのに自分から大公の傷を抉るような言葉を口にするなど、馬鹿げている。

「はあ。……謝って済む話じゃないよな」

大公が忌み子として扱われたのは、双子だからという理由だけではない。大公が捨てられた本当の理由と、皇帝の双子の兄だという真実が明るみに出るのは、もう少し先で起きるイベント——星夏祭である。

ただ、大公自身は既にそれらの真実を知っている。「死」がどれほど生々しく惨たらしいものであるのかを彼の心に刻みつけた、あの事件の時に知ったのだ。

どんなに魔法が得意でも過去に戻ることはできない。戻れるのなら、幼い大公を抱きしめて、全ての悲しみや絶望から守ってあげたかった。

彼に罪はないのに。それでもこの帝国では、大公がどれほど美しい魂を持っていようとも、穢れていると拒絶するのだろう。

受け入れられないからと、認めたくないからと、全てを消し去るため。

——大公を殺そうとしたあの事件のように。

柔らかで純粋な心を冷たい暗闇へと突き落としたのだ。

事件が起きたのは、大公がまだ四歳の頃。

前皇后付きの侍女は、前皇帝陛下の子を身籠った役として、大公の母となり彼を育ててくれた。

突然血の繋がらない子を託され、嘘の策略に乗せられた彼女にとって、大公の存在は不幸そのものだったかもしれない。

それでも、大公は彼女を本当の母と信じ、愛していた。

小説内で侍女の胸中が語られたことはない。けれど幼い頃の大公が温かく純心でいられたのは、すぐ傍で彼女が愛を教えてくれたからではないのだろうか。

それが、親という役目によるものか、憐れみによるものかは分からない。

いずれにしても大公は彼女を慕い、だからこそ、目の前で散る姿に絶望したのだ。

大公の存在を消そうとした皇家は、まだ四歳という幼い少年を殺そうとした。全てを察した侍女は大公を庇い、そして少年の目の前で暗殺者に殺されたのだ。

薄暗い部屋の中。大公は母と信じていた存在が偽物であると知らされ、足元に迫る赤黒い液体を、ただ黙って見つめることしかできなかった。

それからだ。

大公が心から笑わなくなったのは。

誰も寄せ付けず、偽物の甘い笑みを浮かべて、周囲に壁を作った。全てを諦め、全てを受け入れ、まるで罪を償うように生きるようになった、惨たらしい事件。

小説で読んだ時にはただ可哀想だと、悲惨すぎると、他人事のように泣いていた。

でも今は……彼が目の前で存在して生きていることを知った今では、他人事とは思えない。空虚な紫色の瞳を思い返すたびに胸が苦しくなる。彼は悲しみや痛みさえ分からなくなるほど傷ついたのだ。

どれほど恐ろしく、絶望し、それでも……それでも愛を欲したのだろうか。

「……僕なら愛するのに」

他の誰でもなく僕ならば。

貴方のどんなわがままだって受け入れるのに。

でも、大公は……

「……あー！　もう、やめやめ！」

僕まで暗くなって、いいことなんてあるものか。

最初からうまく行きっこないことは、承知で来たのだろう？

ならば、うじうじと考え込んでいる暇はないのだ。

僕は立ち上がると、騎士たちの宿舎へ歩き出した。大公の浄化はできたが、彼らにはまだ何もしてあげていないからだ。

「こうしてコツコツと恩を売って周囲の好意を得る作戦も悪くないな」

独りごちて、歩みを早めながら目的の場所に向かう。

たどり着いた宿舎は、いい意味で無骨、悪い意味ではむさ苦しい場所だった。年がら年中、体を鍛えている男たちが集まる場なのだ。そりゃあ、熱気でムンムンとしていても不思議じゃない。

魔雪のせいで外では長く鍛錬できないため、広々とした室内鍛錬場があり、宿舎が隣接している。おかげでなおさら男臭くて、僕はげんなりとした。

獣人はこういう時に不便だ。鼻が良すぎて、人間には普通に感じるにおいにも敏感になってしまう。

「あ、そこの君。大公と一緒に魔物の討伐に出ていた騎士を呼んできてくれる？　ちゃちゃっと浄化しちゃうから」

まだ一般兵なのだろう、簡易な装いをした兵士に呼びかけると、「お、王子⁉」と慌てて礼をとり頭を下げる。

「うんうん。これが普通の反応だよね～」

僕は彼に頭を上げるよう伝えて、再度騎士を呼んできてほしいとお願いした。

兵士は頭を上げ、キョロキョロと目を動かして、気まずそうにこちらを見る。

「なに？」

「……あの、えっと」

「何か言いたいのなら言えば？　悪口でも見逃してあげるよ？」

「いえっ！　悪口ではなく」

再び兵士が口を閉ざす。

そこまで言ったからには最後まで言ってほしい。まどろっこしいなあ、とイライラしてきた。

張り付けた笑みがぴくりと痙攣（けいれん）すると、それに気づいた兵士が慌てて口を開く。

「ベルデ大公のことですが」

「うん？」

「どうか嫌わないでください……！」

「ん……？」

まるで悪いことでも告げたかのように、兵士は勢いよく頭を下げた。酷く息切れしている様子は、酸素を求めて水からあがった直後みたいだ。

意図が分からずに首を傾げると、兵士は腰を折ったまま恐る恐る僕を見上げた。

「……さ、先ほどの口論を偶然見かけてしまい」

「ああ。なるほどね」

「立ち聞きして申し訳ありません！　でもこれだけはお伝えしたくて……」

「いいよ、言ってごらん」

「ベルデ大公は確かに血も涙もない、冷たいお人です！　表面上は優しそうですが、実際のところ人の気持ちを考えたことなどないと思います！」

……ちょっと待て。僕の悪口は良くても、推しの悪口は許されない。

というか、そこまで言われちゃう大公も大公だ。

大丈夫なのだろうか、この屋敷は。もしや大公の周囲は敵だらけなのでは……

だが、そんな新たな疑問と不安は浮上してすぐに霧散した。僕を見る兵士の瞳があまりにも真っ直ぐで、温かったからだ。

「ですが、大公はそれほど酷い人ではないです。本当はきっと人の痛みを知っている方です。特に——誰かを失う恐ろしさをよく知っている方だと思います」

そう訴えかける兵士の言葉が胸を揺さぶる。

「どうしてそう思うの？」

「オレは平民です。本当ならこんな立派なお屋敷で、見習い兵として雇われることなんて有り得ません。ですが大公は、オレに剣を授けてくださいました。家族や、恋……じゃなくて、友人を守るための剣です」

「……」

「それに大公自ら指導してくださります。嫌がらせかと思うほど容赦はないですが、それでもオレのように、誰かを守りたいと足掻く者に手を差し伸べてくれます。だからきっと、大公は優しいお方のはずです」

彼の声音に迷いや悪意はなかった。直感のままに、ただその人を信じている。利害関係や下心などなく、シンプルでいて強い気持ち。

僕は兵士を見上げ、日焼けした額にデコピンする。

「知ってるよそんなの。僕が惚れた大公だぞ？　いい人に決まっているだろ」

「えっ、え？」

「……口論はしたし意地悪もしちゃったけど、僕は本当に大公が好きなんだ」

「そ、それじゃあ陰謀論は……大公の命を狙っているという噂は⁉」

「は？　有り得ないね。君が信じるかどうかは別問題だけど」

「しっ、信じます！」

兵士はパッと目を輝かせると、いきなり僕を抱きしめた。

「良かった！　オレてっきり大公を――」

「……僕を抱きしめていいのは大公だけなんだけど」

半眼で注意すると、飛び跳ねるようにして後退する。

まるで嵐のように騒がしい男だ。

「とにかく。君が大公を好きなように、僕も大公が好きだから安心しなよ」

「はい！」

「あと、早く騎士さんたちを呼んできてね」

「はいっ！」

やはり騒々しい。けれど真っ直ぐで気のいい青年だ。

彼のことは仮に、「アラシ君」とでも呼ぶかな。

ドタバタと元気よく駆けていく後ろ姿を見送りながら、久しぶりに心から安堵の笑みを浮かべた。

「やっぱり一人ぼっちじゃないじゃん」

大公は気づいてないかもしれないけどさ。

どれだけ遠ざけたつもりでいても、僕たちは必ず誰かと繋がっている。

こうして、小さな優しさを掬（すく）いとってくれる人が、一人でも傍にいることが嬉しかった。

まだ日も昇りきらない時刻。

薄暗闇に淡い陽光が透けるように庭を照らす中、僕はせっせと動き回っていた。治癒薬を作るため、枯れ枝やかろうじて生えている雑草を集めていたのだ。

だが、思った通り、みずみずしい植物は見当たらない。

「どれもこれもカラッカラだな」

ひとまずかき集めた中から、使えないものを後ろにポイポイと投げていく。

結局、腕に抱えるほど集めたというのに、残ったのは片手で持てるぐらいの量にしかならなかった。

「まあ、数人分なら作れるかな？」

しばらくぶりに立ち上がり、体をぐっと伸ばす。

凝り固まった全身が伸びる心地よさに、欠伸を零しながら空を見上げた。

気づけばもう、庭にすっかり陽が差して辺りを照らしている。とはいえ重～い曇天で、陽射しは控えめだ。

もしも僕がこの帝国で信仰されている太陽神ならば、ふーっと一息で曇天も瘴気も吹き飛ばしてやるのに。

小説の設定通り、この世界には精霊もいるし、時には神だって姿を現す。精霊に比べると神の姿を見られるのはごく稀だけれど。なんせ最新の目撃情報は三百年前らしいし。

それでも前世のような偶像ではなく、実在しているのだ。

「神様のくせに。困っている人を見て見ぬふりなのか？」

そんなにケチケチしていないで、この瘴気問題を解決してやればいいのに。

怠け者の神様にぶつくさと文句を言いながら、さっさと自分の部屋へ戻ることにする。

収穫品をローテーブルに置いた僕は、対面に置かれた姿見を見て絶句した。

顔や腕、服には土がついているし、髪の毛はボサボサ。おまけに尻尾には枯葉がいくつもついていた。

どう見てもダサい。ダサすぎる。

こんな姿で大公に会うなんて絶対に嫌だ。

「……これだけなら数分で作れるし、シャワーを浴びてからでもいっかな」

僕が朝からこんなことをするなんて。大公に治癒薬を渡すためでなければ、一生なかっただろう。

本音を零すと、大公に会うのは気まずかった。

なんせ、昨日はあんなことを言ってしまったわけだし。

とはいえ推しへの愛と喧嘩は別の話なのである。

何より昨夜、使用人の会話を盗み聞きしてしまったからには、拗ねているわけにもいかない。

どうやら、魔物の動きが活発化していることに、領民が不安を覚えているそうだ。

ベルデ領では、居住区と瘴気の根源がある魔の森の間に、防御魔法をかけた柵が設置されている。

柵のおかげで、これまで一度も居住区に魔物が現れたことはないそうだ。

だが、その要となる柵を多くの魔物が攻撃しているらしい。

それを見てしまった領民から話が回り、近いうちに柵が壊れるのではないかと不穏な空気が流れているとのこと。

毎年、年の初めに宮廷具術師を呼んで柵の点検をするので、そう簡単には壊れないと否定する者もいるそうだが……

不安ほど、広がるのはあっという間なのだ。一年ももたずに壊れるかもしれないと、誰もが心の底に不安を抱えているようだった。

柵の件を危惧しているのは大公も同じである。

当然、黙って大人しくしていてくれるタイプでもない。昨日に引き続き、今日も討伐に出るというのだ。それも泊まり込みで。

小説では瘴気の影響を考えて、週に一、二回だと言っていたのに……

「全てが小説通りとは思わないけどさ」

大公の魔力は光属性を有しているため、浄化魔法が使える。

けれど、とある事情のせいで、人目があるところでは全力を出して使えないのだ。そうなるとろくに浄化魔法は使えないだろう。危険な目に遭う可能性だって高くなる。

それこそ、僕を連れていけばいいのに……

どうして一人で無茶なことをするのか、理解に苦しむ。利用できるものは利用すればいいのだ。

なのに、わざと人を遠ざけてツンケンしている大公が、今だけは憎たらしい。

もしも、もしも何かあったとしても、彼は諦めた瞳で死さえも受け入れるのだろう。

それが物凄く腹立たしくて……

『――ジョシュア！』

その時だった。

『じょ、ジョシュア！　なんだいそのみすぼらしい格好は……』

『お前、まさか虐められてるんじゃ……』

『きゃあっ！　あたくしのお兄様が！』

対面の姿見から兄妹の声――いや姿が見えた。

「……お願いだから、僕の許可なしに勝手に繋げないでくれ」

突然起きたこの状況は、魔法通信によるものだった。

前世で言うところのビデオ通話のようなもの。鏡や水など、姿を映し出せるものを媒体にして、話したい相手の魔力を元に、こうして繋ぐことができるのだ。

本来なら、互いが媒体となる物に触れ合い、許可をする必要がある。双方の合意を得て初めて、魔法通信が行えるというのに……

長兄のレネは細やかな魔法を使うのが何よりも得意だ。だから今のように、僕が触れたり許可したりしていないにもかかわらず、強制的に通信が始まったというわけである。

前世の科学や技術も大変素晴らしいものだったと記憶しているが、それに劣らず今世の魔法も便利だ。個々の魔力量に依存するという制限はあるものの、思いのままに操るのはなかなか快適で気に入っていた。

けれど、こんなことができてしまう点については、少々頭痛がするのも事実である。

よりにもよって今の姿を見られるとは。

恐る恐る見やると、今にもこちらへ殴り込みに来そうな顔をしていた。

誤魔化すことはできないだろう。

僕は小さく嘆息すると、正直に、どういう事情でこんな汚れた格好をしているのかを話すことにした。

『……ジョシュア、どうしてお前がそこまでしなきゃならないんだい？』

レネがぽつりと呟く。表情には影がかかっていて、わずかに胸が痛んだ。

「どうしてって、何かあったら困るじゃんか」

『そうじゃないよ。……人間の問題なのだから』

レネはそこで言葉を区切った。

困っている人がいるならば、手を差し伸べるべきである。

そう、頭では理解しているのだ。

ただ感情は、心は、簡単には制御できない。

レネの呑み込んだ言葉を理解できてしまうからこそ、申し訳なくて、罪悪感が芽生える。

過去は仲が良かったとはいえ、今では互いに恨み合う種族だ。レネにとって、自国で生まれた人間はともかく、他国で生まれ育った生粋の人間をあまり好ましく思っていないことは察していた。

それは、レネだけじゃなくて獣人……人間以外の種族の多くが同じ気持ちだろう。

僕には前世がある。だからレネたちとの価値観に差が生まれたのだ。

人間の全てが悪人ではないことを知っているし、その反対に、どれほど残忍な面を持っているかも理解していた。そして、その残酷さと優しさをあわせ持つのが、人間だけに限った話ではないことも。

種族が違っていようと、僕たちはなんら変わらない。だから、人間を特別怖がることも、得体の知れない存在だと思うこともない。

でも、レネたちからしたら、僕が人間のためにそこまでする理由を呑み込むのは、とても難しいことなのだろう。

そのうえ、レネは王太子だ。獣人を守るべく生きてきたと言っても過言ではない。それほど責任感の強い兄にとって、僕が彼らに手を貸しているのは受け入れがたいはず。

「えっと、ごめんね。僕のわがままで困らせちゃった……よね？」

ヘラリと笑って視線を落とす。

僕は自分のことしか考えずにここに来た。家族がどんな思いで送り出してくれたのかも知らずに。

当たり前のように家族に守られていたから。その当然に甘えて、彼らの気持ちを慮(おもんぱか)ることができていなかったのだ。

ずっと目を背けていた罪悪感が今になって酷く自分を苛(さいな)む。レネたちの顔を見ることができなくて、だけれど戻るとも言えない。

まだ、僕はここにいたかった。

数拍の沈黙が続いた頃。

シエルが不思議そうな声音で問いかけた。

『ジョシュアがわがままなのは生まれた頃からだろ？　今更謝る必要があるのか？』

カラリとした、清々しい夏空のように。シエルの言葉が憂鬱(ゆううつ)な雰囲気を吹き飛ばす。

咄嗟(とっさ)に顔を上げた僕は、三人の表情に胸が詰まった。

『そうですわ。あたくしのお兄様ですもの。わがままなのは当然です』

真っ先に続いたのはエステレラだ。

ツンと小さな顎を上げて、不遜(ふそん)な口調でそんなことを言う。

末妹の隣に立っていたレネは、形容しがたい表情を浮かべていた。だが、すぐに諦めたように肩をすくめる。

『はあ、そうだね。そんなジョシュアを愛しているせいで、私はいつも折れてばかりだ』

レネは困ったように笑った。

「僕だけがわがままみたいじゃないか」

彼らの温かい眼差しに、視界が滲(にじ)みそうだった。わずかな時間しか離れていないというのに、会いたくてたまらない。

潤む瞳を隠すべく、僕はわざとらしく尊大な態度で腕を組む。ぷいっと横を向き、小さな声で呟いた。

「……ありがとう。……そっちに戻った時はなんでもみんなのお願いを聞くから」

彼らはささやかに笑い、レネが僕の名前を宝物のように呼ぶ。

『いいかいジョシュア。そこまでするからには、目的を必ず果たすのだよ？　ここから君の願いが叶うことを祈っているから。何かあったらいつでも頼って。私達は家族なのだから』

「……うん」

『あと、魔力の使いすぎには気をつけるんだよ？　そうでなくとも体が弱いのに』

「もー、分かったってば！　時間もないしお風呂に入るから、切るよ！」

このまま話をしていたら、一日が説教で終わってしまう。

レネたちは名残り惜しそうに眉根を寄せて、ため息を零した。三人が揃って同じことをするものだから、僕は胸がくすぐったくて笑ってしまう。

『きちんとご飯は食べるんだよ！　それから大公に虐められたら私に言いなさい！　きっちりと始末をしてやるから！』

『レネ、それは良くない。……殺(や)るんならジョシュアには秘密にしないとな。……あ、ジョシュア、今の話は忘れてくれよ？　それから眠る時にはきちんと歯を磨いてな』

『お兄様方、その際にはあたくしも交ぜてくださいませね。……あ、ジョシュアお兄様、それではごきげんよう』

不穏な言葉を残して、ぶつりと通信が途切れる。

僕は呆然と、自分の姿しか映さなくなった姿見を見つめた。

僕の腕にはしばらく鳥肌が立ったままだった。

あれは決して冗談なんかではない。あの人たちは、一度やると決めたらやる人たちだ……

「大公のことを守らなくちゃ……」

治癒薬を作り終えた後、大公が屋敷を出るのに合わせて、玄関ホールへ向かった。

広々としたホールの中心に大公の姿を見つける。きびきびと周囲に指示を出す様を見て、僕は胸を押さえた。

「くっ……なんという破壊力！　今日も今日とてかっこいい！」

大変だ。

黒地に赤の刺繍が施された騎士服を身に纏（まと）う推しの姿が、あまりにも尊い。

鼓動がバクバクとうるさく、どうしたって息が上がってしまう。

どこから見ても立派な変質者と成り下がった僕は、よろよろと覚束（おぼつか）ない足取りで、大公の傍に引き寄せられていた。

僕に気づいた大公が、横目でこちらを見やる。まるで、浮遊する塵（ちり）を見るように無感情な視線。

だが、すぐに目を逸らして玄関扉へ歩き出した。

ああ、もうだめ。そのツンケンしているところさえも、ご褒美になってしまうのだから。

よだれが出ていないかこっそりと確認し、気持ちを切り替えて背中を追いかけた。

「大公！」

「……」

「大公ッ！」

「っ」

呼んでも一向に振り返ってくれやしない。しかし、苛立っていることだけは、冷え切った雰囲気から分かってしまった。

こうしていても仕方がないと、思い切って大公の腕を掴む。

すると、彼はようやく足を止めて振り返り、酷く嫌そうな表情を浮かべた。

掴まれた己の腕を見下ろしながら。

「……何か？」

「呼んでいるのに無視をしないでください」

「生憎(あいにく)だが、王子に構っている暇はない。見て分からないか？」

大公は周囲を見ろと言うように目配せをした。

僕も同じように視線を巡らせる。

魔物討伐に向かう主人を送り出すために、多くの使用人が控えていた。

ここにいるほとんどの者が、迷惑そうに僕を見ているのだ。

「あーはいはい。僕は嫌がる大公を追いかけ回す、わがままな王子ですよ～」

使用人が何を考えているかなんて、想像しなくとも分かるさ。

僕も大公に嫌われたくなくて、猫を被ってきた。使用人が悪口を言っていても無視していたし。

今更そんな視線を向けられたところで痛くも痒（かゆ）くもない。

それより、と。

僕は大公を掴んでいた手を離して、布の袋を差し出した。

「……なんだこれは」

「治癒薬です。浄化の効果も付与されていますよ」

刹那（せつな）、ざわりと周囲が騒々しくなる。

人間の国に限り、治癒薬はとても貴重なものだ。しかも、浄化の効果まであるとなれば、そう易々と手に入る代物（しろもの）ではない。瀕死（ひんし）の傷を負っても、治癒薬さえあれば命を繋ぐことができる。

そんなありがた～い品を前にして、彼らはたじろいでいた。

見るからに無能そうな僕が、貴重な治癒薬をポイッと差し出したから。

「屋敷の庭で見つけた材料で作りました。何かあったら困るでしょうし、持って行ってください」

「不要だ」

「えっ」

「いらないと言っている」

「でも何かあったら――」

「迷惑だと言っているんだ！」

パチン、と僕の手が振り払われる。弾みで、治癒薬の入った袋が絨毯（じゅうたん）の上に落ちた。

ぽとり。

無様に寝転ぶ袋が、僕の姿に重なる。

緩慢に視線を戻すと、大公は睨めつけるように、軽蔑を滲ませ僕を見下ろしていた。

「分からないか？　お前のすることが迷惑だと。好きだからと、相手のためを思っているならば、強要してもいいとでも？」

「……」

「俺はお前に何かしてもらうことなど望んでいない。お前からの好意も、今みたいに押し付けがましい善意も、迷惑だ」

静かな声音は、鉄の塊に押しつぶされるかのごとく、重くて冷たかった。

払い除けられた手の甲が赤く腫れて、ジンジンと痛みを訴える。それに呼応するように、心までもがギシギシと軋む。

僕は唇を噛み締め、絨毯の上に落ちたままの布袋を拾い上げた。

「……確かに僕のすることは迷惑ですね」

「分かったのならば――」

「でも」

うんざりしたような大公の言葉を遮り、僕はもう一度、布袋をその胸元に突きつけた。

「命の重さには変えられないでしょう？」

「……」

「僕は貴方が好きだから、もちろん下心はあります。僕を嫌っているのも分かっています。でも、だからって治癒薬を拒んで、守るべき命を危険に晒すほど、貴方は愚かではないですよね？」

いい加減にしろよ、性悪大公。

微笑みながらも、ピクリとこめかみが痙攣している。

ああ、やっぱり僕に「いい子」は似合わないのだ。

これまでの自分の数々の献身的な姿を思い返し胸中で呟いた。

レネたちも言っていたではないか。僕は生まれた時からわがままなのだと。

ああ、全くもって情けない。自分を押し殺してまでおもねるなど格好悪いことをした。

僕は深く息を吸うと、大公をしっかりと見上げた。

「僕を拒むのと、治癒薬を受け取らないのは、全く違う話では？　ねえ、大公？」

ヒクヒクと痙攣する口角を無理矢理に上げる。

僕は大公の手をわし掴みにすると、その手にしっかりと布袋を握らせた。

「それ、きちんとした奴ですから。死にそうになったら飲んでください。騎士たちの分もありますから。遠慮なく、ガブガブと、飲んでくださいね。それではこれで！　傍迷惑で！　嫌がる人に強要する！　嫌われ者の王子は！　失礼いたしますッ」

僕は苛立ちを隠すのをやめることにした。

生まれた感情のままに一言ずつ強調して言い捨てると、最後に大公をひと睨みして階段をのぼる。

「全く腹の立つ男だな！」

他人事みたいな面をしやがって。

僕をこうして傷つけているのも、誰かを傷つけることができるのも、全て現実で、当事者はお前だよ！

「推しがなんだって言うんだ⁉」

いい加減にしないとその口を縫い付けるぞ！

ドタドタと足音を立てて部屋に戻った僕は決意した。

「もういい子でいるのをやめよう」

使用人に馬鹿にされても、大公に冷たくされても、何も文句を言わずにいた。

失礼な人たちを相手に一週間も、この僕が、ニコニコと笑い礼儀を尽くしていたのだ。

「なんてことだ。僕っていい子すぎるぞ」

今まで自分のことを性悪だと思っていた。けれど、レネたちが言うように、本当は自分が天使のように優しいのではないかと、生まれて初めて思う。

……怒ったらお腹が減ってきたな。

僕はソファに腰かけると、ローテーブルに置いてある呼び鈴を鳴らして朝食の準備をお願いした。

しかし、しばらくして眼前に広がった光景に、心から呆れ返る。

「これは？」

「朝食でございます」

「……これを食べろと？」

「ええ。何か問題でもございますか」

問題も何も、客人に腐った朝食を出す使用人がどこにいるのだろうか？

してやったりといった顔でほくそ笑む使用人を見やり、はてと首を傾げる。

どこかで見た顔だ。

こうして顔を見ているだけなのに不愉快に感じるのは――ああ、なるほど。

記憶をたどり、使用人との出会いを思い出す。澄まし顔でこちらを見下ろすこの女は、数日前に僕の肩を押して後ろに転ばせた、あの使用人だった。

これまで食事を運んでくれていたのはぴょこぴょこと隠れるようにして逃げていく、可愛らしい少年だったのに、どうしていきなり替わったのだろう。

むむむ、と思案する僕を見て、反抗もできないと見誤ったのだろう。女が嘲るように言った。

「お生憎様なことでございますが、ベルデ領ではどんな食べ物であれ、残すことは忌避されております。なんせ貧しい領地でございますからね。……ああ、ですが、そちらの朝食でご満足いただけないようでしたら、お国に戻られてはいかがです？」

「……」

「そうしてくだされば、こちらも大変ありがたくございます。ここら辺はやけに空気がケモノ臭いのでどうしようかと」

はあ。このおばさん、こちらが黙っていればベラベラ、ベラベラと。

これが大公の屋敷に仕えている人間？

あまりの品のなさに、すっと感情が消えていくのを感じる。既に彼女の相手をする気はなくなっていた。

怒りを覚えるのは相手が自分にとって対等であるか、それに値する時だけだ。彼女に――これに話しかける価値が見当たらない。

早々に僕の意識は彼女から外れていた。

これまでは言われるがままここでの生活を受け入れる予定だったが、今後は王子としてそれなりの待遇を求めるつもりである。

僕は静かに立ち上がると、得意げに嫌味を垂れ流し続ける女の前を横切った。

「どちらへ行かれるのです？」

ドアノブに手をかけた時、全く反応を見せない僕を訝しんだのか、はたまた泣き顔を見せまいと震える姿を期待したのか。女は部屋を出ようとする僕を制止した。

「勝手に動かれては困ります」

「なぜ？」

「それはもちろん、身勝手なことをされては――」

女の言葉を遮るように振り返り、こちらを見つめる傲慢な瞳に微笑んだ。

「お前に僕の行動を制限する権利があるのか？」

「え？」

「僕にとってなんの価値もないお前が、どれだけ羽虫のように喚こうとも意味がないことに気づけないのか、と聞いたんだ」

「なっ、は、羽虫ですって⁉」

雰囲気に呑まれかけていた女は、自分が愚弄されたことに気づくと、眦（まなじり）を吊り上げてこちらへ向かおうとする。

「なあ。誰が動いていいと？」

「――ッ」

「言っただろう、お前は僕にとって羽虫も同然だと。この意味が分かるかな？　言葉ひとつなく消すことも、たやすい存在だってことだ」

前髪をかきあげて淡々と告げる。

僕は大公のように、優しくて繊細ゆえに悪役へと堕（お）ちた男ではない。

原作の小説でも、僕として生きているこの「現実」でも、求めるもの以外がどうなろうと知ったことではない。猫のように傲慢（ごうまん）で残忍な性格ゆえに悪役なのだ。

これまでのぼんやりとした姿とは一変したであろう僕に戸惑い、怯（おび）えを浮かべる女のもとへと、ゆっくりと歩む。目前に迫った瞳は緊張で瞳孔が開ききっていた。

僕は微笑を浮かべ、耳元で囁く。

「いい子じゃないか。これからもそうして大人しく、僕の視界から消えていておくれよ」

震える肌を宥（なだ）めるように、女の頬を優しく撫でる。

脅しではないと察したようで、女は顔を青ざめさせて頭を下げた。

それを見下ろすと、早々に興味を失った。止められて中断したが、予定通り厨房へ向かおうとして足を踏み出す。

ふと、いつも料理を運んできてくれていた使用人を思い出した。

「そういえばあの子はどうしたの？　いつも僕のご飯を運んできてくれていた子」

「ッ！」

「……」

女は慌てたように体を起こし、視線をさまよわせた。その狼狽（ろうばい）ぶりが怪しくて眉を顰（ひそ）める。

僕はただあの子がどうしているのかと、聞いただけなのに。

まるで疚（やま）しいことを隠そうとでもするかのような挙動だ。

「僕に言えないことなんてないよね？」

「――っそ、それが」

「隠し事は嫌いなんだ。正しい使い方ができないなら、その口もいらないかな」

「じっ、実は……！」

女は震え上がり、悲鳴混じりに口を開く。

聞かされた話は、驚きと共に侮蔑を湧き上がらせた。

「僕に出すはずだったこの腐った料理をこっそり捨てたという理由で、罰を受けているの？」

女の話した内容は理解に苦しむものだった。

同時に、これまで出された料理を思い返して納得もする。塩の塊（かたまり）を食べているような干し肉も、香辛料で苦いスープも、人目を盗んで用意してくれていたからだと。あの少年が僕のために、食べられそうなものと腐った料理をすり替えてくれていたのだ。

だが、その行いがこの女の仲間に見つかってしまい、今は折檻部屋にいるという。

「ここまで愚かだと救いようがないな。今すぐその部屋に案内しろ」

「か、かしこまりました」

身を低くして、早足で前を行く女の背を追いかける。

たどり着いたのは、屋敷からは少し離れた場所にある、二階建ての建物だった。

使用人の住居になっているらしく、女は慣れた手つきで玄関扉を開けると、廊下を真っ直ぐに進む。そして石の階段を下り、地下へ向かった。

「こっ、こちらでございます」

腰を折り曲げて告げる女の横を素通りして、僕は鉄の扉の前に立った。

立ちはだかる鉄の塊に触れると、蒼い炎が扉を呑み込み、あっという間に燃やし尽くす。

「何事だ⁉」

扉の向こう、部屋の中で男の驚愕する声が響いた。

轟轟と燃え上がる蒼い炎が、真っ暗な部屋を照らし出す。僕の怒りと呼応するように、炎は静かに身を揺らした。

「おいたは楽しかったかな」

「お、王子⁉　どうしてこちらにッ」

「ひ、ふ、み……ああ、こんなにうじ虫どもがいるのかぁ」

部屋の中は酷い臭いだった。ドロドロした陰湿な心を映すような、鼻につくかび臭さ。

一人ずつ使用人の顔をゆっくりと眺めていく。三人いるうちの二人は、酒を片手に酩酊状態だった。

「見つけた」

三人の男たちが囲む中心に少年はいた。

まだ鞭打ちはされていなかったようで、ひとまず胸を撫で下ろす。だが、柔らかそうな頬は痛々しく腫れており、真っ直ぐに彼のもとへ向かって手を差し伸べた。

「いつもは君が来るのに今日は来てくれないから、僕が迎えに来たよ」

「～っ、お、おーじ、しゃま……？」

頬が腫れているせいで上手に話せないのだろう、舌っ足らずに僕を呼んだ少年の頬を優しく撫でる。

「全く馬鹿なことをするよ」

そうして、腫れが引くように丁寧に治癒魔法をかけた。

いつもの丸メガネをかけていない少年は無垢な碧眼を濡らし、唇を噛み締める。震える手が僕の手を控えめに掴んだ。

怖かった、助けて、と訴えるように。

こんなにか弱い子を相手に、大の大人がやることではない。

考えれば考えるほど苛立ちが増していく。僕は少年を抱き起こして、さっさと部屋から出ようとした。

けれど、愚か者は己が立たされている立場を理解できないのだ。

「まさか、王子ともあろうお方が下民ごときに治癒をするとはなぁ。でしたら俺たちにもお恵みくださいよ〜」

「さすが獣人の王子は違う。大公に言い寄るんだ、スキモノだとは思っていたが。……そうだ王子、俺達でよければたっぷりとご奉仕しますよ。大公から相手にされなくて寂しいのでしょう？」

「おいっ、やめとけ！」

僕の前に立ちはだかり絡んできたのは、酒を呑んでいた使用人二人だった。慌てて残りの一人が止めに入るが、全てが手遅れである。

「僕に喋りかけないでくれるか。口が臭くてたまったもんじゃないよ」

「なにを――」

僕は自分の鼻をつまんで肩をすくめた。煽（あお）られて腹を立てた男たちが噛み付こうとした時。

ピタリと男たちの動きが静止する。いや、動けなかったのだ。僕の魔法で下半身を氷漬けにされた男たちは、目を白黒とさせて狼狽（うろた）えていた。

「頭が冷えるまでそうしていろ」

僕は少年の手を引くと、情けない声を上げる男たちを置いて、部屋を出た。

「おおお、王子様……！」

「ああそうだ、お前もいたね」

部屋の前にいた女は仲間の状況に顔を青ざめさせ立ち尽くしていた。次は自分の番だと察しているのか、怯えた目で猫撫で声を出す。

今さら媚びたところで現実は変わらない。

越えてはならない一線を、君たちは越えてしまったのだから。

「そういえば、ここではどんな料理も残しちゃいけないんだっけ？」

「へっ？」

「ならさ」

ニタリと口角が上がっていくのが分かる。

僕はゆっくりと女への罰を告げた。

「あの腐った料理、お前が全て食べきりなよ？」

「――っ！」

食べて腹を下そうが、病気になろうが、知るものか。

大切な食糧を面白おかしく、鬱憤を晴らすために使った罰だ。

このベルデ領で貴重な食糧に感謝の心がないのならば、そいつこそ残飯を漁ればいい。

部屋に戻った僕は、ソファを軽くはたいてから、少年をそこに座らせた。

「大丈夫？」

「ふぁ、ふぁい……」

「ん？　まだ口の中が痛い？」

「とととっ、とんでもあでぃましぇん！」

「……」

え、大丈夫？　この子。

少年は顔を真っ赤に染めて振り子のように頷く。

宿舎で出会った兵士のアラシ君といい、この屋敷にいるまともな子たちは、実はまともではないのだろうか。

じっと見つめると、今度はカチコチと動作を停止した。おまけに息まで止めているし。

「とりあえず息はしてね。死んじゃうよ？」

「ひゃい！」

「……うん。もう何も言うまい」

こういうものなのだと納得しよう。

僕は対面の一人掛けソファに腰掛けた。彼を観察しながら、なんて呼ぼうかと考える。

野暮ったいメガネをかけているから、野暮メガネ？　いやいや、それでは少年の可愛らしさが表現できていないな。小柄な僕よりも背が小さいし、何よりまだ幼いだろうから……

「おチビちゃんなんてどう？」

「おち、おち……び……？」

「うん。君のあだ名。僕、人の名前を覚えるのが苦手でさ。おチビちゃんなら可愛いし、どう？」

「……お、大きくなるかもしれないので」

「あはは、じゃあその時はのっぽ君にしようか」

「……」

え、なに？　なぜそんな目で見るの。

先ほどまで僕が向けていたであろう視線が返ってくる。可哀想な子を見るような眼差しで、おチビちゃんは僕を見つめていた。

だが、すぐに首を横に振ると、なぜか諦めたように頷く。

「……お、おチビちゃんで、いいです」

「ありがとう」

わずかに緊張もほぐれてきたところで、気にかかっていた疑問を解消することにした。

ずっと不思議に思ってはいたのだ。大公がいくら僕を追い返したいとしても、他国の王子を相手に、使用人がこうもあからさまな敵意を見せるだろうかと。

それに今回のことだって、あまりに度が過ぎている。

ここが選民意識の高い王侯貴族のもとならば理解できた。彼らにとって人権とは、高位の者にのみ与えられるもの。使用人の命がどうなろうと知ったことではないのだ。使用人はあくまで消耗品で、替えなどいくらでもあるのだから。

けれど、ここは大公の屋敷だ。

いくら大公が人を遠ざけているとはいえ、彼はか弱い者を虐(しいた)げることを好まない。ましてや、権力や出自で人を差別することを軽蔑している。そういった差別の被害者である大公だからこそ、絶対にしない行為だ。

そんな雇い主のもとでこんな騒ぎを起こしたらまずいとは、考えなかったのだろうか。

「色々とあった後で悪いけど、あの人たちについて教えてくれる？　どうしてあんなに偉そうなのかな。これまでも今日みたいなことはあったの？」

「……えっと、偉そうではなく、本当に偉いんです。あそこにいた四人は高位貴族の方たちです。でも、今日みたいなことは初めてで……。ち、小さな嫌がらせはありましたが、それでも今までは執事長が助けてくれていて」

「その執事長は今は？」

今までは、というからには既にここにはいないのだろう。

「……王子が来ることになってすぐ、家の事情でここをしばらく離れると言っていました。突然のことでご挨拶もできず……」

「ふーん」

高位貴族という立場。そして、屋敷を取りまとめる主要人物の突然の空席。

脳裏に、ある男の姿が浮かんだ。

原作に出てくる三人の悪役、その最後の一人であるズロー侯爵だ。

きっと今頃、帝都で僕を「世間知らずな王子」と噂している頃だろう。人間の大公を自ら婚約者に選び、そのうえ瘴気(しょうき)で汚染されたベルデ領での生活を志願した、頭のおかしい王子だと。

もしも、そんな馬鹿な王子を怒らせたら？

その責任を問われるのはいったい誰か。そんなもの、考えなくても答えはひとつだ。

非難の目は、僕を任された大公——ひいては、帝国の代表である両陛下へと向けられる。

僕はこの領地で静かに暮らしたい。

けれど賓客（ひんきゃく）として招かれている僕の扱いに問題があると騒ぎになれば、ベルデ領から帝都へ滞在地の変更を求められるかもしれない。僕はあくまでも瘴気（しょうき）の問題を解決することを前提に、大公との婚約を条件として提示しているのだから。僕がベルデ領でへそを曲げて帰国するようなことは避けたいはず。

しかし、帝都に滞在したらズロー侯爵に遭遇する可能性も高まるし、原作で起きる様々な騒動にも巻き込まれるだろう。そうでなくとも、やれ獣人の王子がどうだの、大公が何をしていただの、根も葉もない噂にうんざりするのは目に見えていた。

何よりも、帝都には大公を苦しめるものが多すぎる。いいことなんてひとつもない。

唯一、主人公のサナとは会えるかもしれないが、彼女はもう皇后なのだ。

僕だって、大公が手の届かない想い人を切なく眺める姿など、見たくはなかった。

帝国の暮らしに慣れるまでの間だけでも、大公と共に帝都に滞在することを勧められたが、そういった事情もありベルデ領を希望したのだ。

しかし、お世辞にも住みやすいとは言いがたい環境を強く希望する僕の姿は「獣人の王子はどこか頭のネジが外れている」と思われても、おかしくはなかった。

そんなところに偶然にも、この屋敷では以前から高位貴族の子息が、行儀見習いのようなことをしているという。

仮に彼らが本当に高位貴族の子息だとしても、だ。領主邸とはいえこの貧しいベルデ領の寂(さび)れた屋敷で働いているという時点でお察しである。

帝都にはいられないような騒ぎを起こした問題児か、もしくは家が借金まみれか。どちらにせよ、彼らは手段を選べる立場ではないということ。

ズロー侯爵にとって、とても使い勝手のいい駒(こま)だとは思わないか？

金をちらつかせればなんだって言うことを聞く人形だ。想定通りに動けば少ない労力で目的を達成できるし、万が一失敗しても自分への被害はない。

「……なるほどね」

あくまでこれは仮定に過ぎない。

単純に、使用人の性格がどこまでもひん曲がっているだけの可能性だってある。

無意識で出自による差別を行い、己よりも格下だと分かると傲慢(ごうまん)な態度をとる。そうして弱者を踏みつけて愉悦に浸るなんて……

「まるで悪役だね」

「……お、王子とは正反対、ですね」

「……ふふ。そう？　ありがとう」

「い、いえ……っ」

おチビちゃんは赤く染まった頬を隠すように俯いた。さらさらと胡桃色の髪の毛が揺れる。

ああ、可愛い。

のんびりとした話し方もオドオドした素振りも、何もかもが可愛くて、こんな弟がいたらと想像してニコニコしてしまう。

このままもう少し話をしていたいが、今日はきっとそんな気分ではないだろう。おチビちゃんを休ませてあげるためにも、僕は話を切り上げることにした。

「とにかく今日は休んで。それで元気になったら、僕に色々と付き合ってよ」

「ぼ、ぼくでいいんです、か？」

「うん。むしろ君がいいな」

「……あ、ありがとう、ございますっ」

やる気を込めて握られた拳は小さかった。けれど、いくつもの赤切れができていて、仕事をする人の手だ。

「これからは、何かあったら僕に言ってね。おチビちゃんを今日から僕の専属にするから」

「へっ⁉」

「だめ？　付き合ってくれるんでしょう？」

「そそそ、そうですが！　で、でも、あの人たちがなんて言うか」

あの人たち？　ああ、あいつらか。なんて言うも何も、いったい僕に何が言えるというのか。

「気にしないでいいよ」

「……あの」

「ん？」

「あの人たちは、どうなるんですか？」

「そうだねー」

僕はソファに背を預けると、脚を組み直して思案した。

きっとここでは好き勝手してきたのだろう。きっちりと統制のとれた城内や屋敷でだって、うじは湧くものなのだ。掃除をしてもしきれないのなら、利用するほうが手間がない。

「公開処刑でいいんじゃない？」

「ひっ」

にこりと微笑んだ僕を見て、おチビちゃんは小さな悲鳴を上げた。

あー、ほんとに可愛い。

揶揄(からか)い甲斐があるなあと、怯(おび)える様子を眺めながら僕は再び笑ったのだった。


相変わらずの曇天が広がるお昼時。

屋敷の厨房にて、僕は前世で食べたことのあるいもちを作っていた。初めて見る料理を前にして、料理人が興味深そうに覗き込んでくる。

「ジョシュア様、これはなんという料理なんですかい？」

「いももちだよ」

「いももちですかい……。手軽なのに美味しいですな。しかし、少々料理名が言いにくい」

「あははっ、確かに」

転生に気づいてから、たまに料理をするようになった。とはいえ、多くの知識があるわけじゃないから、前世と同じ料理名でも全く同じ味とはいかない。

その点を考慮しても、いももちは手軽で腹も膨れるし、満足な一品だった。

「おチビちゃんも食べていいよ」

「はっ……！　い、いただきます！」

皿に載った熱々を勧めると、嬉しそうに笑って受け取る。

その隣では、兵士のアラシ君が羨ましそうにしながら、そっと自身のお腹をさすっていた。

アラシ君とおチビちゃんはここに来る途中で偶然会ったので誘ったのだ。

アラシ君とおチビちゃんは幼馴染だそうで、折檻部屋の件を知ってからというもの、何度もお礼を言われた。二人とも真っ直ぐでいい子だから、似た者同士、仲がいいのだろう。

僕はこういう性格だし、友達と呼べる存在がいない。

もし彼らが友達だったらきっと……。いや、僕に友達はいらない。今ある大切なものだけでも十分なのだから。

まるで棘のように胸に突き刺さった寂しさを消し去るため、アラシ君を振り仰いだ。

「食べる？」

「えっ！　オレまでいいんですか！」

「うん」

餌を前にした大型犬みたいなんだもの。これであげるなってほうが難しいよ。

アラシ君にお皿を渡している横で、おチビちゃんが感激の声を上げた。

「美味しい！　ジョシュア様、これもっちりホクホクで美味しいですねっ」

「だろー？」

小さなお口でモグモグと食べながら笑っている。

癒しをありがとうと拝む気持ちで微笑み返すと、隣で盛大に腹の音が鳴り響いた。

「ジョシュア様……」

「え、もう食べたの？」

「……はい」

音の主が萎れながら頷く。

僕は苦笑いを浮かべると、自分の分をアラシ君にあげた。ここで売った恩は後できっちりと返してもらおう。お返しとはもちろん、大公との恋愛成就のお手伝いだ。

ふっふっふと殺しきれない笑いを浮かべていると、料理人に声をかけられる。

「そういやジョシュア様、あの人らにはしばらくご飯を出さなくていいんですかい」

「うん。ご飯を粗末にする奴嫌いなんだ。だから、自分で悪いことをしたと認めて謝るまでは、そのままでいいんじゃない？」

「ははっ、ジョシュア様も案外怒らせると恐ろしいタイプだ。お前たちも気をつけなきゃならんぞ」

おチビちゃんたちに揶揄(からか)うように注意した料理人は楽しそうだ。

あの性悪四人組には、大事な食糧を弄(もてあそ)んだ罰を与えた。傷つけた人への謝罪が済むまで、ご飯の提供を止めたのだ。騒動から四日が過ぎているので、そろそろ彼女たちも折れる頃だろう。

それからもうひとつ。

今後は虐めが起きたら隠さず報告するようにと、おチビちゃんを通して使用人に通達した。

自分より強い権力者に虐めを扇動されたら逆らえないだろう。

でも、さらに強い権力を持つ僕が新たな指示をしたなら？

それがおチビちゃんに告げた『公開処刑』なのである。

虐めや嫌がらせは、隠せば隠すほど陰湿に、酷くなっていく。それに、被害者が少数派で立場が弱かったら第三者はどうしたって見て見ぬふりをしてしまうし、解決の糸口が見つからないだろうから。

ならばこれまで被害を受けた者たちが、今度は加害者を監視する側になればいい。

怯(おび)えて見ないふりをすると加害者は調子に乗る。でも皆が堂々と告げ口をしてくれたら、コソコソ意地悪することも減るだろう。

全てをなくすことは難しいかもしれないが、それでもダメなことはダメなのだと、声を上げることができる環境になればいいと思った。

そういう環境が作れれば、僕が考えた通りに彼女たちの誰かがズロー侯爵と繋がっていた場合、抑止力にもなるだろう。

それよりも、肝心の大公たちがまだ帰ってきていないことが心配だ。

騒動から四日、つまり、大公が討伐に出てからもう四日が過ぎている。

瘴気の根源が肥大化する日は——ついに明日だ。

予定では今日までには戻るはずだが、不安は尽きない。

僕がベルデ領に来た時とは比較にならないほど瘴気が強まっている。まだ根源は肥大化していないはずなのに、これだけの濃い瘴気が領地を包み込んでいるのだ。

明日、僕が浄化するまでは、できる限り外を出歩くのは控えてほしかった。

それでも根源自体を浄化できるわけではないので、あくまでも応急的な措置でしかないのだけれど……

「そうだ、これ。この石を屋敷の周辺に撒いといてくれる？　それから、明日はできる限り外に出ないように、使用人の皆に伝えてね」

おチビちゃんに僕が作った浄化石を渡す。

すると、先ほどまでの快活な雰囲気が一変して、料理人は硬い表情を浮かべた。

「……何かあるんですかい？」

声音は平然としているようでいても、不安な心が隠しきれていなかった。

「魔物が活発化しているからそれの対策だよ。明日、僕も柵の様子を確認がてら、防御魔法をかけに行くつもりだから、それまでは外出を控えてねってこと」

「……そうですかい」

「大丈夫だよ。大公がいるんだから、ベルデ領は必ず守ってくれるさ」

事実を言うのは、憚られる。言う言わないを決めるのは大公の役目だ。勝手に言い回って、みんなの不安を煽る必要はない。

「ジョシュア様、無茶しないでくださいよ」

「分かってるよ。それより、大公たちが食べるご飯にこっそりと浄化水も混ぜてね！」

「分かりましたよ」

勘のいい料理人は、呆れたように頷く。

僕はそこに隠された恐怖をゆるりと受け流して笑うしかなかった。

結局、大公たちが戻ってきたのはその日の夜深く。

窓からしっかりとこの目でその姿を確認した僕は、明日に備えて寝たのだった。

……しかし、なんだろう。このモヤッと感は。このままでは僕は婚約者ではなく、立派なストーカーになるのではないか？　変態に近づいている気がする。

そんなことを考えて眠ったせいだろうか。

その夜、僕は大公の服を盗んで恍惚と笑う自分の痛々しい姿を、夢で見たのだった。

おかげで翌朝、目覚めてから思わず発した第一声は「クソが」である。

おまけに体調まで崩しており、最悪なスタートを切ることになった。

「ジョシュア様、お体は大丈夫ですか？」

僕はベッドの中で丸まりながら、おチビちゃんの問いに小さく頷く。

氷水で濡らしたタオルが僕のおでこにそっと載せられた。

「な、なんだかどんどん、熱が高くなっている気が」

「んー。……だいじょーぶ」

「っで、ですが、お医者様を呼ばれたほうがいいんじゃ……」

「ははっ。しんぱいしょーだねぇ。こんなの、寝てればなおるよ」

連日にわたり魔力を使いすぎた影響か、貧弱な体がついに音を上げた。

元々病弱なうえに、時限爆弾を抱えたような体だ。瘴気の根源の肥大化による影響を受けるであろうことは覚悟していたが、こんなにもあっさりと体調を崩すとは……

夜までには治さなきゃ。できれば今日が終わるまでには浄化に行きたい。

だが、意気込みとは反対に体は絶不調で、ぶるりと悪寒が走った。

なんだかずっと嫌な予感がするのだ。

「……おチビちゃん」

「なんですか!? ぼくにできることがありますか!?」

「大公はちゃんと、屋敷にいる?」

「また大公ですか……？ 大丈夫ですよ、いらっしゃいますから安心して眠ってください」

「ん」

よかった。

安心すると、体がぽわぽわとして瞼（まぶた）が重くなってくる。ようやく薬の効果が表れたようだった。

夜に備えてあともう少しだけ眠ろう。

落ちてくる瞼（まぶた）に誘われてまどろみ始めると、とん、とん、と毛布の上から肩を叩かれる。うっすらと目を開くと、おチビちゃんが照れくさそうに笑った。

「……は、母がよくこうしてくれたので、真似してみました」

「そう。優しいお母さんだね」

嬉しそうなおチビちゃんの顔を見ながら、再び目を閉じる。

意識が遠のく中、白みがかった懐かしい光景を思い返していた。

まだ生きていたお母様の笑顔と、温かく包み込まれた手を嬉しそうに見つめる、幼い僕。みずみずしい葉が重なり合って生まれた緑色のトンネル。その隙間から差し込む眩（まばゆ）い陽射しの中を、ゆっくりと歩いていくのだ。

時折顔を見合わせて嬉しそうに笑いながら僕の名前を呼ぶお母様は、この世界での幸福そのものだった。


もし記憶ににおいがあるとすれば、きっと陽だまりのようなにおいがするのだろう。

そんな温かな記憶を最後に、僕はゆったりと眠りについた。


「ど、どうしよう……！」

「落ち着けよ。でも、——てことは、伝え……」

目覚めを促すように、話し声が聞こえた。どこか焦ったような、緊迫した声音が、僕の心にも染み込んでくる。

徐々に意識が浮上して、酷い倦怠感と痛みの中、緩慢に瞼を持ち上げた。

「……ん。なに、どうした？」

「じょ、ジョシュア様……」

声の主は、おチビちゃんだった。

さらにどうしてか、アラシ君までもが部屋にいる。兵士の彼が僕の部屋に来るのはそうそうないことだ。

不思議に思いつつぼんやりと二人の顔を見ていた僕は、過った可能性に目を見開いた。

「もしかして、大公のこと？」

「――！」

二人が同時に息を呑む。

何かがあったのだと、察するには十分だった。

「アラシ君、何があったの？」

ちょうど情報を伝えに来たところであったのだろう、本人に直接尋ねる。

彼はわずかに狼狽えつつも口を開いた。

「実は、一部の騎士が任されていた柵の確認をしなかったらしくて……。防御魔法をかけてあった柵が壊れたと、連絡が」

「……」

「それで先ほど、大公と数名の騎士が屋敷を出て行き――」

嫌な予感ほどよく当たるものだ。

どくどくと心臓が警鐘を鳴らす。

僕はベッドから起き上がると、クローゼットからコートをむしり取り、部屋を飛び出した。

「ジョシュア様！」

「屋敷にいろ！　絶対についてきたら駄目だ」

おチビちゃんが泣き声混じりに、呼び止めてくる。

だが、それを慰めてあげられるほど、僕には余裕がなかった。

小説の中でこんな展開は描写されていない。だからきっと、この先に待つ正規のイベント以外で、大公が死ぬことはないだろう。

――でも、本当に？

そんな不安が襲いかかる。

うまく説明はできないのだけれど、僕が今ここでじっとしていたら、取り返しがつかないことが起きる予感がするのだ。

この世界は小説に似ている。けれど、全てがその通りではないことを知っているから。

小説の中のジョシュア・アンニークはヒーローの皇帝を愛し、家族がどうなろうとも、自分の欲望を優先させようとした。

でも、今存在する僕は家族のことを愛しているし、何より大公を選んだ。

共通している部分ももちろんある。それでも、筋書き通りには行かないこの世界は、死んだら終わりなのだ。

だから何が起きてもおかしくない。

ここは小説じゃなく、現実だから。

「悪い、馬を借りるよ！」

真っ先に厩舎（きゅうしゃ）へ向かった僕は、すれ違いざまに馬丁（ばてい）に呼びかけた。

一番手前の黒鹿毛の馬を選び、外に連れ出して背中へ飛び乗る。がっしりとした体に、少々気難しげな雰囲気のその馬は、反抗するように跳び回った。

「急に悪いね。でもお前が一番足が速いだろう？　頼むよ。大公のもとに僕を連れていってほしいんだ」

宥（なだ）めるように馬の首を叩く。すると、その馬は仕方ないとでも言うように大きく鼻を鳴らし、力強く地を蹴り上げたのだった。

＊　＊　＊

なぜ、他人を信じたのか。

幾度もの裏切りに、常に潜む悪意。

俺が生きている世界は、陰謀と醜悪さに溢れたものであると、身をもって知っていたはずなのに。

「……滑稽だな」

知らず、嘲笑が浮かんだ。

魔の森と領地を隔てる防御魔法がかかった柵が壊れたという伝令が帝都から届いたのは、日付を越えた頃だった。

そこのエリアの管理を任せていたのは、いずれもベルデ領の出身で、古くからこの屋敷にいる騎士たち。帝国や俺への忠誠心はなくとも、生まれ育った故郷にはわずかでも愛着があると思っていたが……

それが計算違いだったと思い知らされるには、今回の事件はあまりにも損害が大きい。

真っ暗な闇に包まれたかのような夜空には、唯一、白銀の月だけがぽっかりと浮かんでいた。月光に照らされた森の中、唸る魔物が地を蹴り上げて襲いかかってくる。

「グルルルッ」

右から飛び込んできた魔物を剣でいなし、一呼吸つく間もなく、今度は正面から襲いかかってくる魔物の群れに浄化魔法を放つ。

刹那、真っ白な輝きが森の中を走り、光に呑まれた魔物が絶叫を上げながら消えていく。

だが、俺の抵抗を嘲笑うように、瘴気の根源から新たな魔物が発生するのが見えた。

魔物の体を包む赤黒い陽炎のようなものは瘴気そのものだ。わずかでも触れれば穢れが移り、何日もかけて聖水や浄化魔法で浄めなければ命を落とす、厄介なものだった。

だからこそ、騎士たちをここに連れてくるわけにはいかないのだ。

どれだけ斬りかかろうとも、たかが鉄の塊では大した攻撃にはならない。魔物を倒すには、必ず浄化しなければ。

ただ、俺がそれだけの魔法を使うには、一人きりにならざるを得ない。

幼い頃に忌々しい真実を知った時からずっと、魔法を使う時には必ず姿を覆い隠すための外套を羽織っている。外套の下に隠された秘密を、誰にも知られてはいけないからだ。

そのために、無謀と分かっていても、今夜もこうして一人で森へやってきた。

「よくもここまで湧き出るものだな」

まずは異常なまでの魔物の発生を抑えるために、瘴気の根源を浄化する必要がある。

目的の場所はもう見えているというのに、まるではるか遠くにあるようだった。

一歩進むごとに魔物の数が増えていく。牙を剥き、襲いかかる隙をうかがっているのだ。

「……まとめて片付けるべきか」

浄化すべき根源は目前。じりじりと体力と魔力を削られるよりも、広範囲に浄化魔法を放つほうが効率がいい。

それほどの魔力を使えば、しばらくは動くことが困難になるのは確実だろう。万が一、逃した魔物がいた場合を考えると、博打のようなもの。

だが、今はその方法に賭けるしかない。

でなければ魔物の発生を止められず、その牙は罪のない領民たちに襲いかかるだろう。身を守る術(すべ)を持たない彼らを、無惨に食らい尽くすために。

「……」

俺は深く息を吐くと、呼吸を整え、眼前を見据えた。

魔力を呼び起こされた体の内側が燃えるようにざわめき、その熱を失わぬように魔力を乗せて聖魔法を唱える。握りしめた剣に力を乗せ、暗闇を切り裂くように振り下ろした。

刹那(せつな)、闇一色の森の中を眩(まばゆ)い閃光が突き抜けていく。

一直線に伸びた聖魔法が目的の場所に届き、数拍ののち、爆発するように光が弾けた。

目を焼くような光が辺り一面を覆い、その波に呑まれて魔物が絶命していく。

絶叫に似た咆哮(ほうこう)がおさまった頃。

光がゆっくりと終息し、森に静寂が戻ってきた。

俺は酷い脱力感にふらつく体を、剣先を土に突き刺して支える。

ありったけの力を使ったのだ。意識を保てるだけ僥倖(ぎょうこう)だろう。

鉛(なまり)のように重い足に力を込め、森を後にしようと瘴気(しょうき)の根源に背を向けた時だった。

「――――ッ！」

背後から、重苦しいほどの殺気が突き刺さった。

「ガルルルッ、ガルルルルル」

咄嗟(とっさ)に振り返ると、一体の魔物がこちら目がけて飛びかかってきている。その景色はまるで時が止まったかのようにゆっくりと流れた。

寸前のところで、剣を盾に魔物の顔を弾き返す。考えるよりも先に体が動いていた。

だが避けきれず、瘴気を纏った前脚が俺の肩に振り下ろされ、鋭い爪が肉を抉った。

途端に走り抜けた酷い痛みに、視界が明滅する。

意識を飛ばすまいと眼前の敵を睨めつけ——言葉を失った。

浄化したばかりの瘴気の根源から、またしても新たな魔物が生まれていたのだ。討ち漏らしたのではなく、今しがた湧き出たものが……

普段ならば有り得ないことだった。浄化直後にもかかわらず、魔物が湧き出るなど。

その時、脳裏にとある言葉が蘇る。

『あっ！　今日から二週間後に、魔素の流れが変わりますよ』

能天気そうな、のんびりとした声音。

王子が告げた言葉の、本当の意味を理解する。

だが、今さら気づいたとて何になるというのか。一直線にこちらへ迫りくる魔物を相手に、迎え撃つ手立てはもはやひとつだけだ。

あと一回。

もう一度だけならば浄化魔法を放てる。

それがたとえ命を削る行為になろうとも、迷っている暇はなかった。

握りしめた右手から、カラリと音を立てて剣が滑り落ちていく。

眼前に迫る牙をただ無感情に見つめ、右手をかざした。

そして、全てを諦めようとした時——

「——ノクティスッ！」

力強い声が俺の名を呼んだ。

一瞬のうちに視界に現れた小さな影が、魔物と俺の間に飛び込んでくる。

その誰かの腕に庇うように抱きしめられた体は、勢い余って後ろに倒れ込んだ。

「……っ」

轟轟と燃え上がる蒼い炎に照らされた、魔物を睨みつけるその横顔を呆然と見上げる。

「なぜ……」

眩い光のもと飛び込んできた主は、俺の呟きを拾うと、怒りを瞳に乗せてこちらを向いた。

「助けると言ったでしょう」

毅然と、気高く。獣人の王子は、俺を見下ろしてそう告げた。

あまりにも浮世離れした瞳の輝きは、その姿さえもまぼろしのように見せる。

唯一、布越しに伝わる熱だけが、王子が目の前にいることを証明していた。

王子は周囲の魔物が全て消えたことを確認すると、俺の上から立ち上がる。俺の肩を見るなり痛々しそうに眉尻を下げて、浄化魔法を放った。

瞬く間に傷が塞がり、体から穢れが消えていくのを感じる。

「ふー、とりあえず魔物は全て炎で燃やしましたよ。……あ！　あくまでこの炎は僕が定めた対象にしか影響しないので、木々に燃え移って火事になる、なんてことはありませんから安心してくださいね」

王子はわざとらしい作り笑いを浮かべた。

先ほどの毅然とした姿とは正反対な表情に、ゆっくりと停止していた思考が動き出す。

「……大公？　他に怪我はないですか？」

彼はいつもそうだった。

少しの隙もない、完璧な作り笑いで俺を呼ぶ。嘘くさいほどに甘い声で。

案じるような声が俺の焦燥を煽る。

爆ぜる炎に呼応するように、心の奥底にしまい込んだ記憶が浮かび上がろうとしていた。こんなことは二度とごめんだと、同じことは繰り返さないと慟哭した過去が指先に触れて、きつく歯を噛み締める。

誰にも弱さを見せるな。

助けなど求めてはいけない。

たとえそれが王子の助けであろうとも、不要だと。

「と、とにかく帰りましょう！　その体じゃあ立っているのもしんどいで――」

「触るな！」

気づけば、伸びてきた手を叩き払っていた。

差し出された優しさを息をするように拒絶してしまう。

気づいた時にはもう遅い。

みるみるうちに空色の瞳が見開かれ、驚愕と悲しみに染まっていく。ゆらゆらと揺らめくそれを見ていると、息苦しさを覚えた。

「でも、このままだと瘴気が」

「……誰が頼んだっ。俺が、お前に助けてくれと一度でも言ったか⁉」

なぜ、王子は俺のもとへ来た？

何を企んでいる？

優しさを見せつけて、いったい何が目的なのか。

このまま王子といると、今以上に感情のまま彼を詰ってしまいそうだった。こうして向かい合っているだけでも苦痛で、俺は立っているのもやっとな体で歩き出す。

数歩ほど進んだ頃。背後から独り言のように問いかけられた。

「……じゃあ。あのまま死んでも構わなかった？」

無機質で、感情を失ったような声音。これまで見聞きしてきた王子とは結びつかないほど、冷たい響き。

俺はわずかに戸惑いながら、それでも、考えは変わらない。

「俺が死のうとお前には関係のないことだ」

頼むからこれ以上、踏み込むな。

言葉にしなかった——できなかった感情を乗せて告げる。

自分がどれほど礼儀知らずで非道なことをしているかなど分かっていた。

それでも、これだけ拒絶したのだ。王子とて、もうこれ以上は追いかけてこないだろう。

わずかに張り詰めていた緊張の糸が、ほどけかけた時。

「――舐めるのもいい加減にしろよ」

そんな低い声が、俺の鼓膜を揺らした時にはもう。

「――ッ！」

背後から勢いよく背中を蹴り付けられ、俺はぼろぼろの体を支えきれずにその場に膝をついていた。

言葉を失った俺を気にすることなく、王子は膝をついた俺の肩を掴んで体をひっくり返す。

地面に転がり、視界いっぱいに夜空が広がった。その真ん中にいる王子は、俺の腹に馬乗りになって胸ぐらを掴み上げる。

「あんたをそうさせるのはいったいなんなんだよ！」

「……なに、を」

王子は声に怒気を孕ませて、悲痛に叫んだ。

苦しいと嘆くように。抱えきれない痛みをなお堪えるかのように。

「どうして命を大事にしない。あんたをそんなふうにさせるのは、今の環境か……立場か？」

「お前には関係ないと」

「うるさい！　あんたを不幸にするのはなんなんだって聞いているんだよ！　死にたいぐらい思い詰めるなら、全てを捨ててでもどこかへ逃げれば良かっただろ！　幸せになる権利はあんたにもあるんだからッ！」

　幸せになる権利。

　何も知らないからこそ紡げる脳天気な言葉に、カッと頭に血が上る。

　どれほど後悔したとて、何度懺悔したとて、取り戻せないものがあることを、知らないから言えるのだ。幸せになれなどと、無責任な言葉を――！

「捨てるだと……？　どこへ行こうと、たとえ名を捨てようとも、起きたことは変わらないというのにかッ！」

　苛烈な痛みが、後悔が、何度だってあの日々を蘇らせる。

　間近で轟轟と蒼い炎が燃え上がり、火が爆ぜた。互いの怒りに呼応するかのように、暗闇が広がる森を蒼い炎が染めていく。

　胸ぐらを掴まれ、睨み合ったまま時だけが流れていった。

　風が吹き上げ、わずかに炎の勢いが弱まった時。

　その場の空気が萎むかのように、王子の拳から力が抜け落ちた。

「……結局、僕たちは逃れられない」

　華奢な肩を落として、うなだれながら王子は呟いた。

「人を傷つけるのも人だし、人を癒すのも人だから」

　空気に溶けてなくなりそうな言葉が、痛いほど胸に突き刺さる。

　出口のない世界をさまよったあの日の感情。

もう二度と弱さは見せまいと決意した日。

痛みさえ慰めにもならなかった後悔を思い返して、王子から目を逸らそうとした。だが——

「そんなどうしようもない世界だから——あんたを守るんだ」

あまりにも透明に響き渡る声に、俺は顔を上げざるを得なかった。

「あんたを傷つけて、苦しめるもの全てから」

空色の瞳が濡れていた。

剥(む)き出しになった柔らかな心を、傷つけられたように。

「あんたを虐める奴がいれば、僕が全て消してやる。あんたを悲しませることがあれば、僕が必ず守ってやる。でも、……それでも、この世界があんたを苦しめるというのなら」

全てをさらけ出したような無垢な表情で、彼は言う。

「——その時は僕が、貴方を殺すよ」

ぽつりと水が落ちてきた。

ぽたり、ぽたり、と。溢れてくる涙が。春の空のように清廉な瞳から落ちてくるそれは、まるで心の欠片(かけら)のようで……

何も言えなかった。

言葉が見つからなかったのだ。

震える体を押さえ込み、凛然と告げた彼の白銀の髪が、夜空に舞い上がる。

「僕は貴方を幸せにするためにここにいるから」

馬鹿げた思いが湧き上がる。

蒼い炎に照らされて微笑む彼が、儚いほどに美しいと。

変わり果てたこの土地で、初めて美しさに心が震えたのは、涙を流す王子の姿だった。

＊　＊　＊

大公に馬乗りになったまま、僕はたった今口にした台詞を後悔した。

『——その時は僕が、貴方を殺すよ』

どうかしているんじゃないか？

どうしてそんなことを口走った？

お願いだ。誰か今すぐ僕の口を塞いでくれ。これ以上、物騒なことを言う前に。

あんなことを言って、どうして大公が僕を好きになってくれるというのか……

『俺を殺してくれる？　ありがとう、結婚しよう』『あははは、僕に任せて！　サクッと殺っちゃうぞっ』だなんて展開が待っているとでも⁉

言ってしまったことは撤回できない。後悔しても時間は巻き戻せない。

僕は諦めて身を震わせながら、そうっと大公の上から起き上がった。

ああ、もう、どうにでもなれと思いながら。

「……いつまでもここにいるわけにもいかないし、帰りましょう」

「……」

僕のせいで二度も地面に寝転んだ大公へ、手を伸ばしかける。

だが、先ほどのことを思い出して、その手を引いた。また無視されるのも、振り払われるのも嫌だから。

行くあてもなく引いた手がなんとなく冷たく感じて、指先を擦り合わせる。

僕がそうしている間、一人で立ち上がった大公は服についた砂を払っていた。

気まずさにちらりと大公を見やる。なぜか彼は去ることはせず、その場に立ち上がったままだ。

「……」

「……」

何をするでもなく、数秒の沈黙が続いた。二人の間をどことなく気まずい空気が流れていく。

ああ、これも全部僕のせいだ。

過去、何度も二人目の兄シエルを短慮だと揶揄ってきたが、僕も同類ではないか。

いくら不安と心配が爆発したとはいえ、彼を怒鳴りつけるとは……

堪えきれないため息が零れると、大公が居心地悪そうに気配を揺らすものだから、思わずこちらから声をかけてしまった。

「……あの、どうしたんです？」

気まずそうなくせに死んだ魚のような目でこちらを見るばかりで、大公は何も言わない。

おかしい。まるで僕が動くのを待つかのように、ただ立っている。

僕はこんがらがった頭で考えた。大公が無言でここに残る理由を。

普段ならさっさと一人で帰りそうなのに、なぜかここにいる理由……

あっ！

「まったく。無理をするからそうなるんですよ」

「……何を言っているんだ」

「ほら、乗って」

「……」

僕は大公の前で、背中を向けて腕を後ろに伸ばし、膝をついた。

「おんぶしてあげますから。……まったく、人間のくせに一人でこんなところまで来るから痛い目に遭うんだ」

「……おい」

「……。あっ」

お願いします。今すぐ僕の口を縫(ぬ)い付けてください。

これ以上、墓穴を掘りたくないんだ！

「……い、今のは、そのー、あまりにも大公が弱っちいからではないですよ⁉」

「……俺が、弱っちい、と？」

「あはっ」

今日はもう散々な一日だ。

これまでお淑やかな王子を演じてきたのに全てが水の泡である。

口も悪いし、怒ると口より先に手が出ることもバレてしまった。極めつけは、本人の目の前で「弱っちい」と言ってしまうだなんて……！

……。でも、実際弱っちいから仕方なくない？

どんな魔法でもたくさん使える僕と、一度使用しただけでフラフラになる人間。

弱いに決まっているじゃん。

僕は数秒ほど考えを巡らせて、開き直ることにした。

もう、諦めよう。このまま強行突破しよう、と。

「とにかく、その体じゃあ満足に歩けないでしょう？　森の前に馬がいますから、そこまではおぶります」

「結構だ」

見上げると、再び死んだ魚の目が迎えてくれる。

確かに僕のことは嫌いだろうけど、そんな目で見なくても良くないか？

僕は立ち上がり、膝についた砂埃を払った。

「……というか大公。僕がこの前あげた治癒薬はどうしたんです？」

「……部下にやった」

「は？」

ツンとそっぽを向いて、大公が言う。

思わず威嚇するような低い声が出てしまった。

「……では、その部下はどこに？」

「領民を守るため居住区にいる」

「安全な場所にいる奴らに治癒薬を全て渡したと⁉」

「もし魔物が襲いかかったら危険だろう」

馬鹿なの？　大馬鹿野郎なの？

その魔物と正面衝突していたあんたは危険じゃないの？

「……ああ、ほんと、腹が立つな」

「なんだと？」

「腹が立つって言ったんだよ！　魔法もろくに使えないくせに、どうして一人で！　ああッ、もう、いいです！」

どうしようもない怒りを紛らわせようと、荒々しく前髪をかき上げる。一度深呼吸して、夜空を見上げて目を閉じた。

これで痛感した。

大公にとって自分の命なんて些末なものなのだと。

凄惨な過去の出来事を償うために、死ぬことさえ選べない人生。

目を離せば、彼はあっという間に溶けて消えてしまうのだろう。

「……さっき言ったこと、覚えてます？」

僕は再び大公を見つめると、自分自身に誓うように告げる。

「僕は必ず貴方を守りますから。覚悟しておいてくださいね」

紫の瞳が揺れ動く。

荒々しい波のように。言葉にできない感情に呑まれるように。

大切な人を失う痛みを誰よりも知っているのに、どうして、自分が誰かにとっての大切な人になり得るとは、考えられないのか。

僕だって、自分の言葉がどれほど軽く、大公にとって苦痛であるかは理解している。でも、いくら言葉を飾ろうとも、嘘をつこうとも、その根本は変わらないのだ。

人を信じるということは、裏切りも受け入れるということだから。

けれど、僕たちはこの運命からは逃れられない。

どこへ行こうとも、何をしようとも。

僕たちは生き続ける限り、誰かの優しさに癒され、誰かに傷つけられる。

それでもいつか、貴方が——

「幸せになってください」

——笑ってくれるのならば、僕はもう、それだけでいいと思ってしまったのだ。

瘴気（しょうき）の根源を浄化し、壊れた柵を修復した僕たちは、森の入り口に帰ってきた。

「一人で待たせてごめんよー！」

待っていた馬は少しばかり機嫌が悪かった。こちらをじろりと見下ろす表情が、誰かに似ている。

「……これは！」

僕はふと思いついて、隣に立つその人をそーっと見上げた。

そうだ、このむっつりとした顔……大公に似ているのだ。黒い毛並みなんかもそっくりではないか！

そんな大公は周囲を軽く見渡し、どこか呆然と呟いた。

「馬は一頭だけか」

「はい」

「……はあ」

ため息!?

なぜため息をつかれなきゃならないのだろう。

……待てよ。まさか、この状況で僕だけが馬に乗り、大公に手綱を引かせようとしているとでも思われたのだろうか。

僕は咄嗟に手を挙げて、首を横に振った。

「違いますよ！　当然この馬には、大公を乗せるつもりでしたからね！」

「……王子は」

僕の弁解を聞いた大公はどこか遠い目で言う。

「馬鹿なのか？」

「……」

今度は僕が黙る番だった。

ため息の次は、馬鹿呼ばわりとは……

いったい全体どういうことだろうか？

グルグルと頭を高速回転させても分からない。

大公が何を求めていたのか、どうしたら喜ぶのか、僕には理解不能であった。

そうしている間に、大公が華麗な動きで馬にまたがる。

突然披露された推しのかっこいい姿に、胸がキュンと高なった。

先ほどまでの苛立ち？　そんなものは宇宙の彼方へと消えてしまったよ。

凜々しい大公を恍惚としながら見上げていると、すっと手を差し伸べられる。

「？」

戸惑いつつ、ちょん、と指先だけを乗せてみた。

手袋越しとはいえ、触れ合った肌の感触に、ドキマギしてしまう。

「これは？　さようならの握手ですか？」

「……俺が、王子を残して一人で帰る男だと？」

「はい」

「…………」

大公ならやりかねない。なんせ、嫌いな僕と短い時間でもくっつくのは嫌だろうし。

「お前は……」

大公は何かを言いかけて、だが途中で言葉を止めた。

そうして、無言で僕の手を握りしめる。

乗せていた指先だけじゃない。大公の大きな手のひらが、僕の手をしっかりと包み込んだのだ。

「う、ぇ、え？」

突然のことに頭が真っ白になり、僕は無意味に口を開閉するばかり。

「こちらに来い」

「え、でも」

「うるさい」

その刹那(せつな)。身を引きかけた僕の手を、大公が引き寄せた。

力強く引っ張り上げられた体は、大公の腕の中——胸に背を預ける形で、すっぽりとおさまった。

「……こ、ここ、これは！」

「……黙っていろ」

「……はい」

かっぽかっぽ、かっぽかっぽかっぽ。

馬がゆっくりと歩き出す。

たんたんたん、と一定のリズムで揺れる体は、大公とくっつき合ったままだった。

「……え、僕は死ぬの？」

「……黙っていろと言った」

「はい」

これは現実か？　大公と馬に同乗しているだなんて。

興奮で今にも荒い鼻息が辺り一帯に鳴り響きそうだった。そうなったらあまりにも恥ずかしいので、咄嗟に両手で口元を押さえる。

反動でわずかに体が傾いて、座り直そうとした時だった。

「動くな。…………落ちたら危ないだろ」

「――――！」

大公の逞しい腕がお腹に回されたのだ。

そしてあろうことか、ギュッと強く抱きしめられる。先ほどよりも密着した体勢になり、嬉しさで猫耳がピコピコと激しく動いた。

「～～ッ!?」

間違いない。これは、大公の温もりだ。そして背中に当たるこの柔らかな感触は大公の雄っぱ……じゃなくて胸筋!?

僕の全身を大公のにおいが包み込んでいた。

静かな夜を、好きな人と過ごしているなんて……

それも焦がれるほどに憧れた人の、体温を感じながら。

「もう僕、死んでもいいです……っ」

「……」

感極まった僕は、涙をボロボロと零して言った。背後の大公がドン引きしているのを感じながら。

やがて、永遠にも一瞬にも感じた時間が終わりを迎える。

屋敷の門前では、おチビちゃんとアラシ君が僕たちの帰りを待っていた。おチビちゃんは、僕の姿を見つけるなりくしゃりと顔を歪ませて叫ぶ。

「ジョシュアしゃまぁぁぁ～！」

「ただいま～」

大公が手綱を引くと、ちょうど二人の前で馬の歩みが止まった。

ふと背中が寒くなり、温もりが離れたのが分かる。ひらりと下馬した大公は、こちらを振り向くこともなく歩き出した。

あぁ、残念だな……。もう少しだけああしていたかった。

遠のく背中を見つめて、寂しさを噛みしめていると――

「降りられないのか？」

「へ？」

ふと、振り返った大公が僕に聞いたのだ。

急なことに言葉がうまく出てこなくて、口ごもってしまう。

その間に大公はこちらに戻ってきて、僕に両手を伸ばした。

「手伝ってやるから、降りてこい」

待って。

おかしいぞ、推しが――優しいのだ。

興奮のせいで、心臓がやけにバクバクと騒ぎ出す。おかげで汗もどんどん出てきて、歓喜のため
か震えが止まらない。

とっくに感情がキャパオーバーしていた僕は、ついに考えることを放棄した。

言われるがまま、ふらりと体が大公のほうへ傾く。目前に迫った美しい顔が驚愕の色を浮かべた
ことを理解して、僕はここでようやく己の異変に気がついた。

自分の意思で大公の腕に飛び込んだのではなく、落ちているのだと。

――あ、やば。

最後にそれだけを呟いて、僕の意識はぶつりと途切れた。


「――おおおっ、王子は死にませんよね!?」

「落ち着け。まずは治療士に任せよう。それから薬を」

ズキズキ、キリキリ。

全身が痛くて、熱っぽいのに、震えるほど寒い。

慣れた痛みを感じながら、緩慢に目を開く。

霞(かす)んだ視界の中に、おチビちゃんと大公がいた。

ああ、さっきの会話は二人だったのか。

落馬しながら意識を手放した僕は、自分の部屋のベッドに運ばれたらしい。

ぼんやりとする意識を覚醒させるためにも、息苦しさを抑えて声をかける。

「……はは、こんぐらいじゃあ、ぼくはしなないよ」

酷い声だった。喘鳴混じりで覇気がない。

「ジョシュア様ッ！」

僕が意識を取り戻したことに気づいたおチビちゃんが、勢いよくこちらを振り返る。そして、ベッドの端に手をつくと、ボロボロと泣いて座り込んでしまった。

「あんな高熱で森に行くなんて、っ、うっ、ジョシュア様は、大馬鹿野郎ですッ」

大丈夫だよ、もう泣かないで。

そう言ってあげたくて体を起こそうとする。

だがその瞬間、一際強い痛みが心臓を突き抜けて、ぐるりと視界が回った。再びベッドに倒れ込みそうになって、誰かの腕に優しく庇われる。

「……安静にしていろ」

「……」

大公が僕の背中を支えて、ゆっくりと横たわらせてくれる。

幻でも見ている気分だった。

少し前までの彼は、僕を軽蔑や猜疑に満ちた目で見ていたはずだから。その瞳を見るたびに、ツキツキと胸が痛んでいたのに。

「……大公？　ぼくはへいきですよ。むりしないでください」

「……無理をしているのはお前だ。いいから、黙って寝ていろ」

おかしな人だ。

紫色の瞳は、やっぱりまだ僕を警戒している。

なのに、ぶっきらぼうな声音は、どこか優しかった。

けれど、分かっている。これに慣れてはいけないと。

大公がこうしてわずかでも優しさを見せてくれるのは、僕の体調が悪いから。もしくは、先ほどの瘴気(しょうき)の件で僕に借りを作ったとでも思っているのだろう。

体が弱ると心まで不安定になるものだ。

調子に乗ってはならないのに。分かっているのに。

大公の優しさをもっともっと、と欲してしまう。縋(すが)ってしまう。

けれど、そんな無様な姿は見せたくなくて……僕は逃げるような気持ちで、大公とは反対側に立つ治療士らしき人に声をかける。

「ぼくのにもつのなかに、くすりがあるから、それを」

「かしこまりました」

恭々(うやうや)しく頭を下げて、治療士が鞄を持ってくる。

その中からピンクの小瓶を取ろうとして、腕を伸ばした。

「どのくらい飲ませればいいんだ」

しかし、僕より先に小瓶を受け取った大公が、問いかけてくる。

「……えっと、スプーンでひとさじほど」

「そうか」

……おかしいなあ。僕、本当に夢でも見ているのか？

目の前には小瓶の蓋を開け、治療士からスプーンをもらう大公がいる。

やっぱり、これはきっと熱が見せる幻なのだろう。

そう納得した僕は、差し出されたスプーンを口に含み、薬を嚥下した。

「薬はこれだけでいいのか？」

「はい。だいじょうぶです。ありがとうございます」

舌っ足らずな口調で答えて、こくりと頷く。

「……そうか。なら、早く寝ろ」

「はい」

首元まで布団をかけてくれた大公が、眉根を寄せて僕を見下ろしている。

そんな顔をしていても、美しさは増すばかりだ。

ぽーっと見上げながら、視界に映る、手袋をはめた大公の手を握ってみる。

びくりと震えた手は、けれども、僕の手を振り払うことはしない。恐る恐る、慣れないものを受け入れるように、そっと握り返された。

「……はは。夢って、さいこーだね」

胸が満たされていく。

こんな夢なら、永遠に続いてほしいと切に願う。

僕は満面の笑みを浮かべると、そのままゆっくりと眠りに落ちた。


ここが現実ではなく夢の世界だと、すぐに分かった。

今、目の前に広がる光景は、僕が前世で何度も見た映像そのものだ。

奈落の底に突き落とされたように、どこまでも深い闇が屋敷を包み込む。唯一、カーテンの隙間から入り込む月光が、少年に悲惨な光景を見せつけた。

『——お母さんッ！』

目の前でこと切れていく女に、わずか四歳の少年は震える手を伸ばす。

わななく唇からは、噛み締められた嗚咽が零れていた。

『お前、この女が母親だと信じてんのか？』

追い討ちをかけるように嘲（あざけ）るのは、屋敷を襲った殺し屋だ。

『可哀想な坊主だ。お前の本当の母親はなァ、こうして、お前らを殺すように命じた依頼人（皇后）なんだよ』

『……うそだ』

告げられた残酷な真実を前に、少年——大公は瞠目（どうもく）し、拒絶した。

けれど、殺し屋はまるで舞台に立つ演者のように愉（たの）しげに笑い、女の胸に突き刺した剣を引き抜く。

飛び散った血飛沫が、大公の青白い頬に降り注いだ。

『なあ。現実を見ようぜ、坊主』

力なくペタリと座り込む大公の前に、男の影が伸びる。

月光に照らされギラリと光る血濡れた剣先が、まだ柔らかな肌に覆われた顎を掬いあげた。

『――お前のせいでこの女は死んだ。可哀想になあ。お前と出会わなきゃあ、ここで死なずに済んだのによォ』

『…っ、ごめ、なさ…っ、ごめん、なさい、ごめんなさいッ』

『おいおい。謝ったところで死んだ奴は生き返りゃあしねえよ』

男はそこで一度言葉を止めた。

そうして、大公と目を合わせるように膝を折り、永遠に続く呪いの言葉を告げるのだ。

『お前さえいなきゃなぁ。この悲劇は起きなかったんだ』

――だから現実を見ようぜ、坊主。

――お前のせいで人が死に、お前を殺したいほど憎んでいる女が本当の母親で。

――この世界に愛なんて薄汚ぇもんは存在しねえんだ。

まるで、子守唄を歌うかのように。

男は残酷な言葉と、決して覆せない真実を耳元で囁く。

そして――

『じゃあなガキ。さっさとくたばって、あの世で女と仲良く暮らしな』

母と信じ、慕った女の命を奪った剣が、大公の体を貫いた。

ぽたり……ぽたりと、落ちてくるのは涙ではない。罪悪感と喪失感に苛まれ、「悲しみ」は失ってしまった。

代わりに伝い落ちる赤い雫は、二度と癒えない傷を見る者に知らしめ、言葉にならぬ大公の慟哭を映し出すようだった。

男が去った屋敷は、ひっそりと迫りくる死の足音を待つかのように、静まり返っている。

いつの間にか、窓から差し込んでいた月光さえも姿を消した。

その時、雷鳴が鳴り響いた。

暗闇に包まれた部屋に、叩きつけるような光が飛び散る。続いて震え上がるような轟音。

屋敷に直撃した雷は、ここで起きた全てを灰にするかのように、炎へと姿を変えた。

轟轟と燃え上がる炎に包まれた屋敷の中。

大公は、女の骸を手に、床を這いつくばる。

もう、助かる命ではないのに……

それでも諦めきれずに、母の手を離さずに床を這う。

もう一度会いたいと願いながら。

ごめんなさいと繰り返しながら。

駆けつけた騎士たちが大公を見つけた時。

少年は母を抱きしめ、炎に包まれていた。

燃え盛る炎から守るように、その小さな体を盾にして――

目前の映像を僕は……何度も、何度も何度も何度も見てきた。前世では可哀想だと、不憫だと思いながらも、これは作り話だからと他人事だった。

でも今は……

大公を見るたびに、何度だって後悔する。

どうして僕はもっと早くに、小説のことを思い出さなかったのかと。知っていたこの悲劇を止められなかったことに、後悔ばかりが募る。

僕とは関係のない赤の他人の傷。

なのに、こんなにも痛くて涙が止まらないのは、大公が好きで好きでしょうがないからだ。

推しに抱く「愛情」は、本当の意味での「好き」ではないかもしれない。

そんなふうに足踏みしていた気持ちが消えていく。

森の中でぶつかり合った時。

叫ぶように放たれた、大公の言葉が蘇った。

――どこへ行こうと、たとえ名を捨てようとも、起きたことは変わらないというのにかッ！

だから、貴方はずっと孤独に生きていくの？

大公の大切な人たちを奪ったのは、貴方ではなく、命を軽んじる皇家や周囲の大人たちだというのに。

まだ四歳という幼い少年にいったい何ができたというのか。

「どうして僕は悪役（僕）なんだろう」

僕の手は貴方には届かない。貴方を本当の意味で癒して救ってくれるのは、きっと主人公だけだから。

ならばせめて、僕に残された時間だけでも傍にいて、貴方を襲う最大の不幸から守りたかった。

夏のイベント——星夏祭で起きる大公の死だけは、なんとしてでも阻止してやる。

だって、あんまりだろ。

どうして罪のない大公が悲しみの中で孤独に生きなきゃならないんだ？

たとえ大公に怒られても、大公を傷つけても、僕は何度だって言う。

貴方にも幸せになる権利があるのだと。

今、貴方が生きる小さな世界が貴方を苦しめるのならば、今すぐにでもそこから連れ出してやる。

世界はもっと広いんだ。きっと……僕のように、卑怯な形で貴方の過去を知り、愛するのではなく。貴方の口から真実を話し、癒えない傷も過去も、全てを受け入れてくれる誰かがいるはずだから。

だから、諦めた目をして生きてほしくなかった。

それがどれほど身勝手な願いだと分かっていても。

＊＊＊

「……ノクティスっ」

眠る王子が涙声で俺の名を呼ぶ。

閉ざされた瞼から零れ落ちる涙を、俺は咄嗟に拭ってしまっていた。

いったい、どんな夢を見ているのか。

苦しそうに魘された王子の口から、呼ばれた自分の名。

忌々しい名前だと、口にされることを嫌悪していた。だというのに、今はその思いよりも、王子の苦しげな顔ばかりが胸をつく。

「……」

王子が寝込んでから一週間が過ぎた。

これまでの強かな様子からは想像できないほど弱々しい姿に、罪悪感が胸を締めつける。

「あの、大公。お薬の時間なので」

「……私がやるから君は下がっていなさい」

「…………。はい」

不満そうにむっつりと答えて下がったのは、王子の侍従に任命された少年だ。「おチビちゃん」と呼ばれていた彼は、ありありと敵意に満ちた目で俺を見ていた。

「……自業自得、か」

王子がこうして臥せる原因を作ったのは俺だとも言える。

追い出すためとはいえ全てを必要最低限にしろと指示したのも、使用人の前で彼の面子を潰す真似をしたのも。何もかもが、周囲が彼を軽んじていいのだと認識するきっかけとなったのだ。

「悪いが、少しだけ触れる」

薬を嚥下しやすいように、そっと小さな頭を持ち上げる。真っ白な肌に浮かぶ喉仏がゆっくりと動くのを確認して、再び枕に頭を乗せた。

痛いほどの静寂が続いている。

俺はベッド脇の椅子に腰掛け、王子が倒れた日のことを思い返した。


王子が倒れた直後に呼び寄せられた治療士は、熱で臥せる王子を見て首を横に振った。

『私ではどうしようもできません』

想像していたものとは真逆の言葉に緊張が走る。

ベルデ領は常に死と隣り合わせの環境だ。ゆえに雇っている治療士はことさらに優秀な者ばかり。

そんな者が治療はできないと告げたのだ。

『なぜだ？』

『王子殿下の魔力の流れがおかしいのです。……獣人のことを深くは理解していないため、正しい情報かどうか分かりかねますが、きっと、王子殿下は魔力障害をお持ちではないかと』

『……それが原因で治療できないと？』

『はい。魔力の流れがおかしいゆえに常に体に負担がかかっています。その状況下で治療魔法を使えば、外からの魔力に影響されて今よりも酷くなる恐れが』

治療士は淡々と見解を述べた。

だが、わずかに言い淀んだ後、ぽつりと言葉を零す。

『……下手をすれば命に関わる可能性もございます』

『……』

『正常に働こうとする臓器の動きを魔力が妨げているのです。そのうえ、王子殿下の魔力量はかなり多いと見受けられます。つまり、いつ発作が起きて命を落としてもおかしくないということ。……失礼ながら、お二方のお話は噂で耳にしておりました。大公が疑う気持ちもよく分かります。ですが、まずは互いを知るということも、ひとつの治療手段なのではないでしょうか』

重い空気が部屋に流れた。

脳裏で不敵に笑う王子の姿が弾け飛ぶ。

互いを知ること……

胸中で治療士の言葉を繰り返し、何か答えようと口を開きかける。だが、言葉は絡まり合い、音となる前に霧散してしまった。

結局、肝心なことには触れられないまま。

『治療ができないことは理解した。だが、せめて少しでも楽になるよう、看病を任せていいか？

私は少し席を外す』

『承知いたしました』

苦い気持ちが込み上げる。酷く息苦しかった。

互いを知り合って、その先に何が残るのだろうか。

本当に俺を好きだという理由だけで、王子が人間の国に来るとでも？

これまで一度も会ったこともない、前皇帝の庶子を好きになるなど、おかしな話だ。

何より、誰にも告げられない秘密を抱えた俺を、どうして選んだのか。

いくら考えても、彼が自分を好きになることに納得できる答えは見つからなかった。

『……』

森での王子の姿が鮮やかに蘇る。

蒼い炎を背に、涙を流す彼の姿。

『ックソ』

いくら考えても答えが出ない苛立ちに、髪をかき上げる。

王子が死ぬと聞いて狼狽えた自分自身が信じられなかった。

好都合ではないか。

王子を獣人国に送り返すための最大の手札となり得る。いつ死ぬかも分からない、そんな状態の王子をベルデ領では受け入れられないと。

そう彼を送り返す口実にできるのに……

算段よりもまず真っ先に浮かんだのは、形容しがたい感情だった。だが、今どれほど考えようと、答えが出ないことだけは分かっていた。

まずは王子の体のことを考えるべきだ。

そのためにも、獣人国の国王にことの次第を打ち明け、対処法を聞くのが先である。

王子の部屋を出て真っ直ぐに自室へ向かうと、扉の前には王子について一任していた部下が立っていた。

『なんだ？』

『……その、大公にお伝えしておかなければならないことが』

『悪いが後にしてくれ』

部下の横を通り過ぎようとした足が止まる。

彼は常に自信のなさそうな、気の弱い男だった。こうして後ろめたそうに何かを告げるのも今に始まったことではない。

普段ならば気にも留めなかった。胸につっかえるようにして、ひとつの考えが浮上しなければ。

『その報告はジョシュア王子に関することか？』

『ッ、ぅ、はい……』

『手短に話せ。知っていること全てだ』

部下は命令の通り、全てを告白した。

「必要最低限」の言葉に甘んじて、誰も使用人をつけなかったこと。部屋の掃除、着替え、入浴といった生活に関する何もかもを手伝わず、これまで見て見ぬふりをしてきた使用人の嫌がらせも、全て。

『も、もも、申し訳ございませんっ！』

『……その謝罪は私に言うべきことではないだろ』

『へ？』

『被害者は、王子だと言ったんだ』

全てを一任した俺の責任だった。

必要最低限と言い、忙しさにかまけてその後は何も確認しなかった。俺が知る王侯貴族は身勝手な生き物ばかりだから、王子も同じだろうと見誤ったのだ。しょっちゅう宝石商や商人を呼び寄せようとしたり、暇を潰すためにどこかへ連れていけなど、王侯貴族らしい身勝手な要求をされても断れと。

そう考えての言葉だった。

娯楽もなく、わがままを許される環境でもないと知れば、甘やかされて育った王子などすぐにでも出て行くだろうと考えていた。

だが、結果的に彼は癇癪(かんしゃく)を起こすこともなく、自分で全てを行い、使用人の不始末さえも自らの手で解決した。

そのうえ、熱を出した体で真夜中の森に駆けつけたのだ。

俺がそこにいる。

たったそれだけの理由で。

『……っ』

『たた、大公……ッ!?』

無意識に握りしめた拳があまりの力に震えていた。

それに気づいた部下の顔から血の気が引いていく。

『た、大公っ、本当にこの度は』

『やめろ。謝罪は私ではなく、王子本人にするべきだ』

言葉にできない、経験したことのない気持ちの悪さが、胸を埋め尽くしていた。

自室に入り、とある鏡を取り出す。王子との婚約が持ちかけられた時に、獣人国から送られてきた魔法通信の媒体だった。

青紫の意匠で縁取られた鏡にわずかに魔力を注ぐと、幾ばくもしないうちに淡い光が鏡から放たれる。

そして。

『やあ、ベルデ大公。こうして二人きりで顔を合わせるのは初めてだね』

獣人の国——アンニーク王国の国王陛下が鏡の中に現れ、こちらへ微笑みかけた。

『突然のご連絡となり申し訳ございません』

『いいよ、いいよ。まあ、できればいい報告であればと願っていたが……その表情からするとジョシュアに何かあったのかい？』

俺は挨拶も早々に、王子がここへ来てからのことを陛下に告げた。

陛下は「春風の国」と呼ばれる国に相応しい男だ。穏やかで柔和な雰囲気を崩すことなく、最後まで黙って俺の話に耳を傾けている。

しかしそれは決して扱いやすいという意味ではない。表面上は柔らかに、だがどこにも付け入る隙はなく、威風堂々としているのだ。

そんな陛下は、俺が口を閉じると、何もかもお見通しだと言わんばかりに悠然と頷いた。

『全て私の責任でございます』

『そう。全部君のせいなの。その言葉を後から悔やまないかい？』

『はい。彼がベルデ領に来てからのこと、ご報告申し上げた全てにおいて、責任はこちら側にあります』

『……ふーん。そう』

気怠（けだる）そうに肘掛けに肘をつき、拳に頭を預けて陛下は笑う。

思慮深い濃い藍色の瞳が貫くようにこちらを見ていた。下心がないか、他意はないかと探っているのだ。

だが、決して温情を得たいがために真実を打ち明けたのではない。

ただ、そうすべきだと。普段の豪胆な様子とは全く異なる姿で眠り続ける王子を思い返し、そう答えを決めただけのこと。

『どんな形でも責任を取るんだね？』

『はい』

『なら――』

白虎の証である鋭い犬歯を覗かせて、陛下が口を開く。

己に与えられる罰をただただ受け入れようと、目を伏せた時だった。

『――お父様、私の可愛い可愛い弟を困らせたんだ。即刻死刑でいいのでは？』

春の陽気のような、ほがらかな声音が突然会話に混ざり込んだ。

だが耳にした言葉は、声音から抱く印象とは、あまりにもかけ離れている。

何事かと顔を上げると、鏡の中の光景が目まぐるしく動き、一人の青年を映し出した。陛下と同じ白銀の髪と、同色の虎耳が頭頂部に見える。そして、青年の容貌は王子にそっくりだった。

『初めまして大公。私はアンニーク王国王太子のレネと言います。それで、私のジョシュアを困らせた貴方は、いつあの世へ逝かれるのですか？』

『こら！　レネ、今はお父さんが喋っているんだぞ。鏡を奪うな』

『ジョシュアへの酷い仕打ちを聞かされて、黙ってなんていられません』

……鏡を奪ったのか？

何より驚愕したのは、実の親子とはいえ、国王陛下を相手に砕けた態度で接していることだ。

突然のことに言葉を失っていると、再び鏡に映る光景が揺れ動く。

しばらくして、再び現れた苦笑いの陛下が咳払いした。

『悪いね。うちの子たち、基本的に血の気が多いんだ。ジョシュアも口より先に手が出るだろう？』

『……そんなことは』

『いやいや、庇わなくていいよ。その様子じゃあ、既に蹴られたんだろう？』

はっはっはっと笑う陛下の背後で、騎士に押さえつけられてもがく王太子が見える。

先ほどまでの緊張感のある雰囲気が霧散したことで、かえって居心地が悪い。どう話を戻すかと考えあぐねていた時、何事もなかったかのように、陛下が口を開いた。

『それで、責任だけどね。そう言うのなら、ジョシュアのわがままを聞いてやっておくれよ』

『……わがまま、ですか。……恐れながら、我が領地は王子を受け入れられるほど、豊かな環境ではありません。彼が満足できるものは何ひとつ』

『――君がいるじゃない』

『それは……』

鏡には、穏やかに笑う一人の男が映っている。

民を守るために存在する国王陛下ではなく。

ただ我が子を愛するだけの、一人の父親が。

『今は公の場ではないから言うけれど。父として子に願うのは、幸せになれと、ただそれだけだ。たとえ行く道が険しいものになろうとも、子が決めたのならば私は折れるしかなくてねぇ。……子は私の道具ではないから』

国王らしくない言葉に自分の耳を疑う。

俺が知る国の頂点に立つ男は、いつだって冷酷で、残忍だった。多くの血に濡れようとも、己の権威を守るためなら、我が子さえも手にかけようとした男。

　なんの繋がりもない、他人よりも遠い両親の背。

『……私には分かりかねます』

『そうかい？　君には大切なものがないのかな』

『……』

　返せる言葉がなかった。

　陛下の言葉はその通りでもあり、誤りでもあったからだ。

　ただ、それを口にすることさえ烏滸がましく、憚られる。

『まあ、だからね大公。数ヶ月だけでもジョシュアのわがままを叶えてやってくれないかな？』

『……』

『代わりに瘴気の問題は、我が国も責任をもって手を貸すと約束しよう。わずかな時間で構わない。あの子に——思い出をあげてほしいんだ』

　柔らかな口調のわりに、やけに重く響いたのは気のせいなのだろうか。

「思い出」と、そう口にした時に垣間見えた苦い感情。まるで終わりへと近づく者を見つめるような、憐憫と哀愁に染まった瞳をしていた。

『分かりました。……こちらで預かる間は、彼を守ります』

『ありがとう』

『なっ、守るだって!?　図々しいにもほどがあるぞ！　今すぐ私がキミを——』

再び王太子の叫びが割り込んでくる。

ついに騎士の手で口を塞がれた王太子は、モゴモゴと言葉にならない声を上げていた。

『レネ、行っても構わないが、その時はジョシュアに嫌われる覚悟をして行きなさい』

『〜〜ッ！　嘆かわしい！　なぜこのような陰険な根暗に、私のジョシュアを預けなきゃならないのかなッ』

陰険な、根暗……

陛下がプッと噴き出し、騎士から逃れた王太子は爽やかな笑みで口汚い言葉を羅列する。

おかげで緊張感などとっくにどこかへ消えてしまった。経験したことのない空気にただ身を硬くして耐えていると、陛下の視線がこちらに戻ってくる。

『今後、何かあった時にはジョシュアに持たせている薬を飲ませてくれるかい。ピンク色の小瓶だ。もしも足りないようならばすぐに連絡を』

『承知しました』

『それから』

陛下はそこで言葉を区切る。目が合った俺は身じろぎもできずに息を詰めるばかり。

獰猛(どうもう)な瞳が俺を射貫いていた。

『――君の周辺、気をつけたほうがいいね。さっき聞いた使用人の動きも、もしかしたら背後で大公を邪魔に思う者の仕業(しわざ)かもしれないねぇ』

『……仮にそうだとして。王子には今後、同じようなことが起きないよう、対処するつもりです』

『そう、ありがとう。なら安心だ。でも——本来ならば今回の件、君や帝国に責任を負わせて争いに発展させるには十分な火種だよ。大公、分かっているね？』

陛下の言わんとすることは察せられた。目を瞑（つぶ）るのは今回まで。二度目は許さないと、そう警告していることも。

『ではね、大公。次に来る連絡は楽しいものであることを期待しているよ』

陛下の挨拶と共に、鏡に映る光景が薄まっていく。

頭を下げた際に、ふと陛下の背後に立つ王太子の姿が目に入ってしまった。

王太子は立てた親指で自らの首を水平にかき切る動きをして、声を出さずに「サヨウナラ」と口だけを動かしていた。満面の笑みを浮かべながら……

「けほっ」

王子が咳き込み、記憶をたどっていた意識が引き戻される。

俺は椅子から立ち上がると、王子の額に載せたタオルを冷たいものに取り替えた。

「……お前は愛されて育ったんだな」

陛下も王太子も。ただただ、王子の「幸せ」のみを考えていた。

決して、俺自身に温情を与えてくれたのではない。

王子が俺を必要とするから、その想いで怒りを呑み込んでくれたのだ。

彼らの姿は苦しいほどに柔らかく、俺には手の届かないような温かな世界だった。

それからさらに三日が過ぎた頃。

ようやく王子の症状が安定してきた。苦しそうな喘鳴もなくなり、今は静かに眠りについている。

それでもまだ回復とはいかないのが現状だった。

王子が臥している間、俺はこのままベルデ領で王子と暮らすべきなのか悩んでいた。

きっと王子の体は俺が想像するよりも弱いのだろう。

緊急時用の薬はあるがそれだけでは心許ない。何より、発作を起こさないためにも、瘴気のない土地で過ごすのが王子の体には一番いいはずだ。

それと万が一の時に備えて、優秀な治療士が多く集まる栄えた街となれば……

全ての条件を満たすとなると、やはりあの場所しか思いつかない。

「王子、薬だ」

聞こえているかは分からないが、声をかけながらゆっくりと薬を飲ませる。

その後は、温かい濡れたタオルで体を拭くのが習慣となっていた。

王子の体は不健康な痩せ方をしている。見慣れた騎士の体とは違い、少しの力で簡単に壊れてしまいそうな儚さ。背も低く手足も細すぎるのだ。

こうして見ると、このまま消えてなくなりそうなほど淡い存在に思えた。

普段は「か弱い」という言葉とは無縁のように、強気で堂々としている。だが、そう見えるのも、王子が隙を見せまいと演じているからなのだろう。

ふと左の胸元にある痣が目についた。青白い肌に浮かび上がる花のような痣。まるで青色に呑み込まれるようにして、わずかに赤色が混じっている。

それが魔力を感じる紋章だと気づいたのは、つい最近のことだ。

傷つけないよう慎重に紋章が刻まれた肌を拭い、新しい服へと着せ替えた。

「……」

眠る姿を見つめて考える。

このまま、王子を受け入れていいのかと。

全てを信じることはできなくとも、彼という存在を受け入れるべきなのかと。

これまでに受けたいくつもの裏切りが、嫌でも脳裏に浮かび上がる。誰かと繋がりができるたびに、必ずと言っていいほど裏切りが待っていた。

皇家が望む限り、延々と続く呪いのように。

だからこそ、仮に王子の気持ちが本当であれ、彼を帝国に留まらせるのは憚(はばか)られるのだ。

彼を巻き込まないためにも……

『――僕は貴方を幸せにするためにここにいるから』

王子が告げた日からずっと、その言葉を何度もなぞるように思い返していた。

腹立たしいほど身勝手な言葉だと怒りさえ感じていたのに。

「……お前は恐ろしい男だな」

何度拒絶しても、酷い扱いを受けても、常に笑っていた。

これほどまでにか弱い姿を隠して。

「悪かった。……痛かっただろう」

細い手首の先にある、小さな手に触れてみる。

革手袋をはめた手では、体温は分からない。熱がないことを確認したいがために革手袋を外してから、自分の無意識の行動に冷笑が零れた。

火傷の痕が広がる指先では、感じ取ることなどできやしないというのに。

「……これは普通の体温なのか？」

そっと首筋に触れてみるが、案の定、冷えきった指先ではろくに分かるはずもない。

俺は一度手を離すと、腕を組み思案する。

ひとつの方法が思い浮かんだ。ただ、その方法を試すべきか躊躇する。

結局、しばらく考えたのち、俺は王子に覆い被さるように上体を屈めた。

左手を枕の横につけて、右手で王子の前髪をかき上げる。

露わになった額に自分の額をくっつけようと、そっと顔を近づけた。

その時。

「……たいこう？」

ゆるやかに、濡れた空色が波打つように瞬く。

不自由そうな掠れた声が、ぼんやりとした響きで俺を呼んだのだった。

＊＊＊

目を開けたら、推しの顔が目の前にあった。

あと数センチで唇が触れ合いそうな距離に。

ぽーっと霧がかかったように鈍かった頭が、高速で回り出す。

なに……。なになになに⁉

まさか――キスを⁉

「……なにをしているんですか？」

心の中では暴れ出す寸前だった。だが意外にも出た言葉は冷静で、僕の胸中とは正反対だ。

人は案外、本気で焦るとかえって落ち着いてしまうのかもしれない。

ドッ、ドッ、ドッと心臓はうるさいくせに。

僕の淡白な問いかけに対して、大公はその姿勢のままウロウロと目をさまよわせる。額にはうっすらと汗をかいているようにも思えた。冷や汗かもしれない。

そして、少しの沈黙の後、大公がボソリと言う。

「……これは……腕立て伏せをしていた」

「……」

え、腕立て伏せ……？

キスじゃなくて……？

「――うそだっ！」

気づけばそう叫んでいた。

そんな腕立て方法、聞いたこともありませんがッ。

寝ている人の上に覆い被さって、キスできる距離まで顔を近づけるような腕立て伏せがあると？

ぼくは……僕は！　てっきりキッスをするのだと、期待してしまったじゃないか！

王子の口づけで眠りから覚めるって、物語では王道中の王道だろうっ⁉

「うぅ、許せない……そんなクソみたいな腕立て法……編み出した奴を殺してやる」

あまりの悔しさに思わずポロリと本音が零れた。

大公はさらに気まずそうに目を逸らすと、ゆっくりと頭を上げる。僕は遠のいていく美しい顔を未練がましく追いかけてしまった。

ちくしょう……ッ。期待させやがって。キスするのに意識がないのがお望みならば、自ら頭を打ち付けてでも、飛ばすつもりだったのに……！

「こほん。……そ、それで、体調はどうだ？」

僕が一人で悶絶していると、何事もなかったかのようにベッド脇の椅子に腰掛けた大公が問いかけてきた。

一方、僕はいまだにチャンスを逃したことが惜しくて、むっつりと唇を突き出してしまう。

「……おかげさまで最悪な気分ですが」

だって、期待が最高潮から底辺にまで突き落とされたようなものだし？

「なんだと」

その刹那、ガタッと椅子が音を立てる。

大公は慌てたように立ち上がり、再び僕の傍に顔を寄せた。

「どこが痛む？」

「どっ、ど、どうしたんです？」

「最悪な気分なんだろ。どこか痛むんじゃないのか」

待てよ？

大公が僕を心配しているだと。

まさかこれは……

「夢ではない。現実だ」

過った考えを口にする前に、否定されてしまう。

それでも信じられず、恐る恐る自分の頬を摘む。痛かった。

確かにこれは夢ではない。

それなのになぜ、大公が僕を心配しているのだろうか？

いや。今はそんなことはどうでもいい。この機会、逃してたまるものか……！

「……痛いところあります」

「どこだ？」

「ここです、ここ」

ちょんちょんと自分の唇を指さす。

驚愕している大公をよそに、ゆっくりと瞼を閉じた僕は、うーっと唇を突き出した。

さあ、いつでもかかってこい。僕は貴方のちゅうを全力で受け止める気だ！

「……おい」

「はい」

だが、ここは現実なのである。

目を開くと氷点下のように冷たい双眸が僕を見ていた。

「ごめんなさい。痛いところなんてないです」

えへへ、と誤魔化すように笑う。この後は、また怒られるか呆れられるのだろう。

そう思っていたのに、大公は再び確かめるように聞いた。

「本当にないんだな？」

「はい。もう完璧に回復しました」

「……病み上がりだ。もうしばらく休んでいろ」

……うーん？　やっぱりおかしいな。

大公が僕を心配しているだなんて。

それこそ彼のほうが熱でもあるのではないだろうか。

逆に心配になった僕は、再び椅子に座った大公を訝しげに見た。

「なんだ？」

「どうして僕の心配をするんですか？」

気になったことは素直に聞くのが一番である。

なぜか大公はわずかに息を呑み、やけに思い詰めたような表情を浮かべる。

「王子」

「はい」

「すまなかった」

「……はい？」

戸惑った。

その謝罪に込められた真意が分からないからだ。

僕はそれ以上の言葉を紡げずに黙り込んでしまう。

そんな僕の胸中など知らない大公は、硬い表情で話を続ける。

「使用人の不始末も、王子の言葉を信じずに危険に巻き込んだことも。全て俺の責任だ」

「……それは」

「……傷つけてすまなかった」

真っ直ぐな瞳が僕を見つめる。

率直に浮かんだのは、嫌だな、という思いだ。僕は彼に謝罪させるためにここに来たわけじゃない。彼に罪悪感を抱かせるために来たわけでもないのに。

僕だって悪いのだ。

彼のペースに合わせてゆっくりと距離を縮めていけば良かった。それなのに、自分の思いを押しつけてしまった。

大公に言われた通り「貴方のためを思って」という身勝手な理由で。

「それなら僕も謝らないとですね」

「いや、王子は何も悪くないだろ」

「いいえ。僕は……貴方の気持ちを考えずに自分の思いを押しつけたから」

だって、僕は知っていた。

大公に起きた様々な過去を。全てではなくとも、貴方の人生を変えるきっかけとなった悲惨な出来事を。

なのに、大公の傷を踏みつけるように、僕は先走ってしまったから。

「……大公。もし良ければ、ここからもう一度やり直しませんか」

「やり直す?」

「はい。最初の約束通り、半年……あと数ヶ月後には僕は国に帰ります。ですからそれまでは、……貴方とただ仲良くしたいです」

大公は僕の提案を聞き、考えるように黙り込む。

しばらくして、慣れない感情に触れるかのように、不自由そうに口を開いた。

「……王子はそれでいいのか」

「はい！」

「俺に罰を告げることもできるのにか」

「やだな～、そんなことしませんよ」

もう既に多くの罰を受けているでしょ。

貴方の大切な人たちが死んだのは、決して貴方のせいじゃない。悪いのは狡猾に、無惨に、人の命を道具にした皇家だ。

大公は悲しむべきだった。それなのにこの世界は、喪った痛み、憎しみ、苦しみを、見ないふりをさせた。そうして貴方は償うことを選んだのだ。

二度と大切なものは作らないと。自分は幸せにはならないと。

そんな人に罰なんて告げられない。

「だが――」

「それならこうしましょうか！　一度だけなんでも僕のお願いを聞くっていうのはどうでしょう」

「王子がそれでいいのなら。……それでお願いとは」

「んー。今はまだ思いつかないから、思いついたらお願い券を使うことにします」

とっても貴重なお願い券だ。ここぞという時に使おう。

僕は密かに心に決めた。

「それから、お互いのことを知るためにも、好きなことや嫌いなことを教えてほしいです」

「……好きなこと、嫌いなこと？」

「はい。……でもひとつだけ見逃してくださいね。ここに来た僕の目的だけは」

半年でいい。チャンスをください。

願うように僕は大公を見つめた。ヘラヘラと笑って誤魔化すことなく、真剣に。

そんな僕のお願いに大公は何かを言いかけて、けれどすぐに首を横に振った。

「……分かった。王子がここへ来た理由は……その件は否定しない。だが、応えられるかどうかはまた別の話だ」

「むしろ前向きに考えません？　僕がここに来た日に比べたらかなり前進してますよね。僕も貴方も」

大公自らが幸せになろうともがいてはいないけれど、幸せになれと押しつけた僕のエゴを否定せず、受け入れてくれたのだ。

もう、これだけでもかなりの進歩ではないか。

「それで大公の好きなもの、嫌いなものは？」

「……」

「大公？」

大公は目を瞬き、口を閉ざしてしまった。まるで聞いたことのない言葉を耳にしたように。

その挙動を見て察する。同時に胸がぎゅっと締めつけられた。

彼が心に傷を負った日からこの瞬間まで。

好きなものや嫌いなものを問いかけてくれる人がいなかったのだろう。知ろうとしてくれる誰かも。

自分自身でさえ、知ろうとしなかったから。

「僕は」

胸がズキズキと痛んだ。

「食べることが好きです。家族が好きです。友達はいませんが、お茶会は好きでした。なんせ、美味しいお菓子がたくさんあるから。あとは……夜の月が好きです」

こんなにも簡単に、僕は多くの好きを思い浮かべることができる。

けれど、大公はそれさえもできないのだ。彼の世界には好きも嫌いも存在しない。

その時、僕の中にひとつの目標ができた。

抽象的だった『幸せになってほしい』という願い。

そこに具体的な目標が。

いつか、また彼に問おう。好きなものは何かと。

その時、大公が何かひとつでも口にできたのならば。

少しは僕も役に立てたと思えるから。

「……それから嫌いなものは、人に命令されることですかね」

「命令？」

「そうですよ。僕、誰かにああしろこうしろと言われるのが心底嫌いです。だから」

僕はそこまで言うと、大公を見つめて慎重に口にした。

「――貴方を殺せと、誰かに言われてここにいるわけじゃない」

もし、誰かが僕に貴方を殺せと命じたならば……

「むしろ、僕がそいつを殺します」

「――っ」

嘘でも見栄でもない。

きっと僕はそいつを生かしてはおかないだろう。

僕もたいがい狂っている。

大公は僕を愛しちゃいないのに、僕は本当にこの人のために命を懸けようとしているのだから。

おかしくて笑い出しそうだった。

自分への哀れみか。それとも情けなさか。

僕の中に浮上した不思議な感情を遮るように、大公が居心地悪そうに僕を呼ぶ。

「王子」

「なんですか?」

「……なぜ、俺を好きなんだ?」

「それは――」

咄嗟に、答えようとした言葉を呑み込んだ。

なんて……なんて言えばいいんだ?

前世のことはもちろん言えない。今ここで正直に話したら、わずかに近づいた距離もあっという間に引き離される。

僕は考え抜いた結果、唯一告げることのできる真実を口にした。

「それは——顔がものすっっっごくタイプだからですね」

「……」

大公。今、何かを飲んでいるタイミングでなくて良かったですね。

ぽかーん、と口を開いて、推しが固まっている。こんなふうに推しの間抜けな表情を見られる日が来るとは……

唖然としている大公に、僕は真剣に伝えた。

「いいですか。顔が好き、これってかなり重要ですからね。腹が立つことをされても、憎らしいことを言われても、顔が好きだったら仕方ないかと流せますが、顔が嫌いならざっと百回ぐらいはビンタしますね」

「……百回」

「はい」

「……ならもし、俺の顔が好みじゃなかったら」

そんなの考えるまでもない。

「命があるって素敵ですねぇー」

「……」

ここに来て僕が受けた仕打ちは、本来のジョシュア・アンニークの人生なら死んでも有り得なかったことばかりだ。

　だがそれを経験してもなお、僕は笑って見過ごしたのだ。

　ああ、愛とはなんて尊いのだろうか……！

　己の一途さに感動する僕とは正反対に、大公はゴクリと唾を飲み込んだ。

「……か、顔か。……そうか。確かに、容姿による好みは婚約者を選定する条件のひとつとして、重要視されているな」

「そうそう。まあそういうことなので安心してください」

　まあ、本当は顔だけではないけどね。本当に顔が好きなだけなら、皇帝だって好きになっちゃうわけで。なんせ双子だから、大公と皇帝は髪の色を除いて瓜二つなのである。

　それはともかく、今はまだ大公に告げられることはこれしかない。

「王子」

「なんですか？」

　僕を呼んだ大公は、気難しそうに腕を組み、何かを考え込んでいるように見えた。

「先ほど聞かれたことについてだが、嫌いなことがひとつだけある。……言ってもいいだろうか」

「えっ、はい」

　ここで？

　まさか顔が好きなんて理由は許せないから、やっぱり国に帰ってほしい、とか？

　しかし、ゾッとした僕の予想を裏切り、告げられたのは意外なことだった。

「……できれば、物騒な言葉を使わないでくれ」

「……え、わ、分かりました」

うぅっ……確かに僕は口が悪い。いい子でいるべき時を除いたら、本当に王子かと疑われるほどには。

「あのー、念のため参考としてお聞きしたいんですけど。どういう言葉が物騒なのですか……？」

「それは……殺す、などだ。……王子には合わないだろ」

「合わない？」

きょとんとしてしまう。

首を傾げると、大公の紫の瞳がゆったりと瞬き、こちらを見つめた。

「王子のような人には似合わない」

「僕みたいな人？」

「そうだ。王子のようなキ……。っ、……とにかくやめてくれ」

「……キ？」

キの続きは!?

王子のようなキ……モチわるい？

その先がかなり重要な気がするのに！

これ以上ここにいたら詰められると感じ取ったのか、大公がさっと立ち上がる。

「それからふたつ伝えることがある」

「はい」

「ひとつ、今後は俺と一緒に食事をとってほしい。大丈夫か？」

「食事⁉」

なんだそれは。むしろご褒美ですが！

「いいんですか⁉」

「ああ。……また同じような目に遭わないよう、食事には俺も同席する」

「なーんだ。そんなの気にしなくてもいいのに」

次に何かされたら、それこそ相手の命はないよ。

言わんとすることが通じたのか、大公は「とにかく約束だ」と念を押すように繰り返した。

僕はそんな大公を見上げてふと思いつく。

「ひとつ質問があります」

「なんだ？」

僕は両手を合わせて右頬の横に持っていくと、こてん、と首を傾けた。

「一緒に寝ることはしないんですか？」

「ッ！」

「だって、夜に襲われるかもしれないし」

大公が驚愕に目を見開く。

にやにやする僕を見て、揶揄(からか)われたことに気づいたのだろう。大公は眦(まなじり)をわずかに赤く染めて、ぷいっとそっぽを向いた。

「王子は俺より強いのだろう。一人で対処できるはずだ」

「それは誤解です！」

なんてことだ。もし僕がか弱かったら一緒に寝るチャンスがあったかもしれないと？

その機会を自ら逃したというのか！

「た、大公！　僕は弱いですよ！」

「……森ではっきりと聞いたがな」

今度は大公が鼻で笑う。じとり、とこちらを見ながら。

僕はすっかり萎れてしまった。

まあ、でも。一緒に食事できるだけでも僥倖と思うべきか……と、諦めて顔を上げた時。

「それからふたつ目だが」

「はい」

「ここの環境は王子の体に良くない。瘴気のこともあるが、体調を崩した時に治療に長けた者が多い場所のほうが安心だろう。だから——二週間後に帝都へ出発する予定だ」

「はい、分かりました」

……。……ん⁉

「帝都ッ⁉」

屋敷に僕の絶叫が響き渡ったのだった。

第三章　帝都へ向けて

帝都へ出発する当日の朝。

屋敷は普段よりもどこか忙(せわ)しなくて、僕の心と同じように不安定に思えた。

馬車に荷物を運んでいく使用人から、隣に立つ男へ視線を移す。

憎たらしい表情でニヤリと笑う男は、アンニーク王国からやってきた獅子(しし)の獣人——ゼロだ。

僕たちが留守にする間、ベルデ領を守る人物が必要となる。大公自ら魔物討伐に乗り出すくらいだから、オウトメル帝国内で人材を賄(まかな)うのは難しい。

ということでアンニーク王国から呼び寄せることになり、十分な戦力となる人物、かつ人間とも上手くやれそうな適任者として思い浮かんだのが、彼だけだった。

しかし、僕の考えが甘かったようだ。

屋敷にやってくるなり個人的に挨拶がしたいと言うから、執務室まで連れてきたというのに……

僕はうんざりとした気持ちで、不遜(ふそん)な態度で大公を値踏みするように見ているゼロから視線を逸らす。今度は目前に立っている大公を見上げた。

「大公……、やっぱり帝都に行くのはやめませんか？」

そうすればゼロを追い返すこともできるし、僕たちだけでゆっくりと生活することができる。

お願いだよ、大公！　どうか考え直してくれ。

だが、一縷の望みは、無情にも拒絶されてしまった。

「悪いがそれはできない。前にも言ったが、ここは王子の体には負担が大きすぎる。それにもう出発するんだ。いい加減諦めてくれ」

まるで聞き分けの悪い子供に言い聞かせるような口調で言う。

僕の体を気にして、帝都へ行くことを決断してくれた気持ちは嬉しい。推しが僕を案じてくれたわけで、それはもう飛び上がるくらいには、嬉しいに決まっている。

だけれど、僕たちが帝都になんて行ってみろ。三人目の悪役、ズロー侯爵の罠に自ら飛び込むようなものではないか。

だから何度もこうしてお願いしているのだが、大公の答えは依然として変わらない。

「僕のことを心配してくれるのは嬉しいですけど」

「心配などしていないが」

「またまたぁ～」

即答する大公を、僕は笑顔でツンツンとつっついた。

大公ってばツンデレなんだから。

僕の体が本当は心配なんだろ？　ん？　どうなんだい、言ってごらんよ。

ニヤニヤと大公を見上げていると、存在を忘れていた男がふいに僕の肩を抱き寄せる。

「王子。いい加減、オレのほうにもその可愛い顔を見せてくれやしませんかね」

「おい」

粗野な言葉遣いでそう言うのはゼロだ。

アンニーク王国で天才魔導士と名高いゼロは、僕の魔法の師でもあり、側近でもあった。僕が四歳の頃からの付き合いなので、今年で十五年もの仲になる。

長年見てきただけに、魔法に限定して評価するならば、彼ほど素晴らしい魔導士はいないと断言できた。

ただ、警戒すべき点がひとつ。

出会った当時はまだ十五歳という若造だったゼロも、今では三十歳。男としての魅力がより開花する頃だろう。そして、この男は今も昔も変わらず、至るところに甘くて重～いフェロモンをばら撒くものだから、大公にはあまり近づけたくないのだ。

もし大公までもがゼロの魅力に引っかかったらどうしてくれるのだと、不安だったから。

しかし、そんな心配は不要のようである。

どうやらゼロは大公のことが気に入らないようだ。

「そんで、この人間が王子の婚約者ですかい？」

「そうだ。かっこいいだろ？」

「趣味悪くねぇですかい？　こんな根暗で陰険そうな男が王子のタイプなんで？」

「お前……」

ゼロはさっぱり分からないと言いたげに肩をすくめると、くあっと欠伸を零した。

僕は思わず、生意気な風を吹かした鼻の穴に指を突き刺しそうになる。

「王国ではそりゃあーもう、王子の心を奪った人間がどれほどのものかとお祭り騒ぎだったが。……これじゃあ、期待ハズレもいいところですわ」

「お前もしかして僕に燃やされたくてここに来たのか？」

何も言い返さない大公を相手に、大人気ない。

大公は今よそ行きモードで、柔和な笑みを浮かべることしかできないんだぞ！

本当はツンケンしていて口が悪いし態度もでかいくせに、我慢しているのだ。

だというのにそんな事情を知らないゼロは、借りてきた猫状態の大公を鼻で笑う。

ゼロとはいえ、推しを愚弄されちゃあ、オタクとしての矜持(きょうじ)が許さない。いい加減にしろと、肩に回ったままの手を外そうとした。

だが、伸ばした手を逆に捕らえられて、引っ張られてしまう。ゼロは僕を囲い込むようにがっしりと腰を抱き寄せると、もう少しで唇が触れ合うほどに顔を近づけて言った。

「王子の唇が冥土(めいど)の土産となりゃあ、オレは喜んで応えるぜ」

「はは」

出会った頃から変わらない。

本心でもないくせに、こうしてすぐに人をおちょくるのだ。

せっかくだ。ご自慢のその顔に、頭突きでもお見舞いしてやろうか。

さっそく、頭を後方に引きかける。

すると、今まで黙って見ていた大公が、僕たちを遮るようにすっと手を伸ばした。

「……すまないが、王子が困っているように見える。離れてくれないか？」

「ほーう？　一丁前に婚約者ヅラですかい？　期間限定の男が」

「それは……」

ああ、もう勘弁してくれ。

期間限定の契約を持ちかけたのは僕のほうなのだから、大公を責めるのはお門違いだ。

紫の瞳が不安定に揺らいだのを見て、咄嗟にゼロの口を塞ごうとした。だが、それよりも早く、大公の凛然とした声が鼓膜を揺らす。

「それでも、婚約者だ。王子、こちらへ」

「た、大公……？」

伸びてきた手がそっと僕の腕を掴む。

触れられて初めて、大公の指先がわずかに震えていることに気がついた。まるでガラス細工にでも触れるかのようだ。

緊張を孕んで伸ばされた手を、僕も恐る恐る握り返す。手を引かれるがままに大公の傍に行くと、大きな背中が僕を隠した。

大公がゼロから僕を庇うように一歩足を踏み出したのだ。

「王子のことは責任を持って守るつもりだ」

「責任？　守る？　そりゃあそうでしょうよ。ここの瘴気の問題を解決するのに、『春月の魔導士』ほど最適な者はいないでしょうし」

「春月（しゅんげつ）の魔導士？」

「おや、婚約者のくせに知らねぇんですかい？　浄化魔法の使い手と言やぁ、そこにいるちんちく――いや、王子のことでさぁ」

　聞き間違いだろうか？　確かに今、ちんちくりんと言いかけなかったか。

　いや、それよりも、そのこっ恥ずかしい通り名を口にしないでほしい。

　僕は熱くなった顔を誤魔化すように、大公の背中から身を乗り出した。

「大公っ、ゼロの言葉を真に受けないでくださいね！　春月なんていうのもただの通り名ですよ。春を象徴する国の第三王子で、なおかつ髪が月の色に似ているってだけですから！」

　自分で口にしながらも、無理があるのは百も承知だ。だって今の説明では、僕だけでなく兄妹全員、同様の通り名になってしまう。けれど、なぜ『春月の魔導士』などという恥ずかしい通り名がついたのかなんて知られたくはなかった。

「王子がそう言うのなら」

　大公の目はじとーっと疑いに満ちていたが、僕の懇願に免じてか、これ以上何かを聞くつもりはないようだ。

　ひとまず胸を撫で下ろす。

　大人しく大公の背中に戻りつつ、僕はゼロに向かって中指を立てた。

ゼロ。お前は後で覚えていろよ……！

「王子、相変わらずやることがレネ殿下に似ていらっしゃる」

ゼロはそんな僕に対しても、悠然と微笑み返すだけだ。

しかも、鼻で笑いやしなかったか？

一方、大公は何かを思い出したかのようにこちらを振り返った。

「レネ殿下？　まさか、中指でも立てたのか？」

「――ッ！」

な、なぜだ！

どうしてバレたのだろう。大公の背中には目でもついているのか⁉

驚愕のあまり、思わず尻尾がピーンと立ってしまう。僕は慌てて自分の尻尾を抱きしめ、とぼけるように微笑みを浮かべた。

「さー？　なんのことですかぁ？」

先ほどよりもじっとりした視線から逃れるため、僕はゼロの手を掴み、そろ〜りとその場を退散することにする。

屋敷の裏庭に出て、周囲に誰もいないことを確認すると、ゼロの手を離して問い詰めた。

「おい。僕の秘密を知っているのは極少数だけだと理解しているよな？」

「そりゃあ、長い間王子の付き人でしたしねぇ〜」

「だったらどうして――」

「そんなの」

僕の言葉を遮り、ゼロが言う。

珍しく硬質な声音で。

「王子には時間がないからだ」

「……」

突然、逃れられない現実を突きつけられる。

「オレは王子と違って諦めちゃあいないんでね。お節介だと分かっていても、望みがあるならなんだってしますぜ」

ギラギラと焼け付くような赤い瞳が僕を射貫いた。

口にしてこなかった情けない本音を暴かれたような居心地の悪さに、知らぬ間に自分の手を握りしめる。

「……ゼロ。人はそう簡単に誰かを愛することはできない」

「そうですかい？　そんじゃあオレも言わせてもらいますが、人生なんざァ、最後まで何が起こるか分からねぇもんだ。なのに諦めちまうってのは、ゲームを楽しまねえ不届き者と同じじゃあないですかい」

やけに食ってかかる姿に違和感さえ覚える。

ゼロはいつでも面倒くさそうに、流れる水のように生きている男だと思っていた。

「それを言うなら、人生とゲームを同じに考えるゼロのほうがおかしいとは思わないのか？」

「どちらも、最後まで粘ったもん勝ち、楽しんだもん勝ちでさぁ。どっちも一度っきり、終わりを迎えちゃあ二度目はねえんだから」

「……いや、ゲームはあるだろ。二度目が」

「……ん？　そういやぁ、そうだな。まあ、オレが言いてえのは、結果を見る前に諦めてねーで、常に全力で挑めってことですぜ」

ゼロはそう言うと、気怠そうに笑った。

二度目はない、か……。僕は、そうなのだろうか。

明確に前世を覚えているわけじゃない。だが、この世界によく似た物語を知る僕の今の人生は、果たして新しい人生なのか、おまけの人生なのか。

……いや、やめよう。こんなことをいくら考えたところで、答えなんて出やしない。それに、どうしようもないことをいつまでもウダウダと考えていると、頭が痛くなるのだ。

面倒になってきて、いまだに突っかかってくるゼロを追い返そうとした時。

「まあ、でも。ここに来た甲斐はありましたがね」

「どういうことだよ」

「そう短気を起こすのは良くないですぜ。シエル殿下にそっくりだ」

「シエル兄様よりはましだろう！」

「どっちもどっちでさぁ～」

ゼロはふあーと空気が抜けるように笑うと、ボリボリと腹をかきながらどうでもいいことのように言う。

「まあ、ここのことは安心してオレに任せてくださいよ。一度依頼を受けたからにはしっかりと護りますんで。後は王子の好きなようにやってくだせぇ」

だったら最初から素直にそう言ってくれ。

盛大にため息をつき、僕はガックリと肩を落とした。

要するに、最初からゼロの手のひらで転がされていたわけだ。焚きつけるためにわざとらしく大公を嘲笑し、僕が押さえつけてきた本心を揺さぶって。

何はともあれ、ゼロは約束は守る男だ。安心してここを出て行ける。

そろそろ出発の時間が迫っていることもあり、僕はゼロを連れて屋敷へ戻った。気持ちを切り替え、おチビちゃんたちにゼロを紹介することにする。

「あ、おチビちゃーん！　ちょっといい？」

「ジョシュア様……！」

出立の準備をしていた手を止めて、おチビちゃんと兵士のアラシ君が小走りで駆けてくる。

それにしても、アラシ君は本当におチビちゃんの傍を離れないな。もしかして、アラシ君が前に言いかけていた「恋人」というのは、おチビちゃんのことなのだろうか？

そこまで浮かんだ下世話な考えはすぐ霧散する。

まだあどけない小さな唇の端が、泣くのを堪えるようにきゅっと下がったからだ。

残念だが、おチビちゃんとアラシ君は一緒に帝都には行けない。もちろん来てくれたら嬉しいと思い、誘いはした。けれど、家族の傍を離れがたそうにしているのを見て、それでも連れていこうなんて勝手を言うつもりはなかった。

「偉いじゃん。今日はまだ、一度も泣いていないんだろ？」

「ぼ、ぼくは、泣いてなんて……。あの、ジョシュア様……また帰ってきてくれますよね？」

「もちろん。帰ってくるまで色々と頼んだよ。何か不便なことがあったら、後ろにいるゼロを頼るんだ。約束だよ？」

そう言って僕は少しだけ体を引いて、ゼロを示した。

初めて見るであろう、大きな体躯の獣人に見下ろされて、二人が身を引きかける。

それに気づいたゼロは膝をわずかに折ると、目線を合わせて、「よろしく頼んますわ～」と、緩く笑った。

おかげで二人の緊張が和らいでいく。

静観していた僕は、緊張が解けたことを確認して、ゼロを呼んで良かったと安心した。さて。ここまで来たのなら、僕も腹をくくるしかあるまい。

荷物を手にした僕は、おチビちゃんとアラシ君に別れを告げると、屋敷の前で待つ馬車へ向かった。

隣にゼロがいるからか、普段よりも視線を多く感じる。

好奇心や疑心、そして見惚れるような甘い視線。様々な感情が入り混じった視線が、皮膚にまとわりつくようだった。

まあ、それさえもゼロにとっては、気になるものでもないみたいで。目が合う人間には漏れなく笑みを返し、手を振るだけの余裕があるようだ。まるでアイドルが花道を行くかのようである。

「ゼロ。頼むから色恋沙汰で揉めることはするな」

「任せてくだせえ。うまくやりますんで」

そういうことではない。

しかし、ここで何を言っても仕方のないこと。

「王子」

ゼロの手を借りて馬車へ乗り込もうとしていると、大公がやってきて僕を呼んだ。

眼前に革手袋をはめた手のひらを差し伸べられて、僕はきょとりと瞬く。

「……あ！」

閃いた僕は小さく声を上げて、遠慮を表すつもりで首を横に振った。

「荷物ぐらいは自分で持てますよ？　それに今はゼロもいますし。持ってもらわなくても結構ですよ」

おおらかに笑い、荷物を持とうとする大公の気遣いを断る。

すると、すぐ傍で控えていたゼロがボソッと囁いた。

「王子。失礼ですが、馬車に乗る王子をエスコートしようとしたんでは」

「……な、なんだって!?」

僕は大慌てで大公に視線を戻す。

だが、もう遅かった。

大公は既に手を下ろし、僕から目を逸らしている。まるで何もなかったかのように背を向けてしまった。

去りゆくその背中はなぜか哀愁に満ちているようで、思わず手を伸ばしかける。

しかし、今引き止めたところで逆に気まずいのでは？

耳を伏せたり立てたりともたもた考えていると、ふと大公が足を止めた。

「……王子」

「えっ、はい！」

大公はわずかにこちらを見やるように横を向き、ポツリと言った。

「……俺はそれほど陰険で根暗か？」

「えっ」

「……いや。悪い。なんでもない」

「まま、待って大公！」

気にしているの⁉　ゼロの言葉をそんなに真に受けているの⁉

一連のやりとりの間、僕は馬車のステップに右足を乗せたまま、動くこともできなかった。

「決して陰険で根暗だから触りたくなかったとかではありませんからねーーーッ！」

声の限り叫んだ言葉が虚しく空に吸い込まれていく。

大公の背中が吹雪いているようにも見えて、僕は思わず頭を抱えた。

隣にいるゼロの肩が震えている。恨めしくて顔を見上げると、なんともまあ、これほど愉快なことはないと言わんばかりに笑っていた。

「くくっ、あー。……こんなに笑わせてもらったのは久しぶりでしたぜ」

「笑いすぎだ。それに、僕はお前を楽しませたつもりはないよ」

「まあまあ。代わりにひとつ、あの人間にお礼をしますんで、許してくだせぇよ」

「……お礼？」

ゼロが大公に？

何か土産でも持ってきたのかと考えたが、ゼロは手提げ袋のひとつもなくやってきたのだ。いったい何をするつもりかと訝しく思う。

見上げた先で、ルビーのような赤い瞳が一際輝いた時。

ゼロが片膝を折り、僕に向かって深く頭を垂れた。

これは、アンニーク王国の魔導士が、忠誠を誓う主にのみ捧げる最敬礼だ。

僕でさえ突然のことに驚きを隠せないのだ。もちろん周囲にいる者たちは、何事かとこちらを注視する。

「我が主の旅立ちを祝して、ひとつ贈り物をいたしましょう」

そんなゼロの一声で、周囲のざわめきはぴたりと途絶えた。

「我らが気高き春月の魔導士に捧げる。親愛なる主の祈りが、夜の輝きに導かれ、叶いますように」

腹に響くような、魔力を乗せた低い声が周囲を圧倒する。

頭を垂れていたゼロが、ゆっくりと立ち上がった刹那。

「――ッ！」

頭上を覆うように広がっていた分厚い曇天が消え去り、真っ青な空がベルデ領を照らした。

目を細めるほど眩い陽光に、その場に居合わせた者たちは言葉を失う。

この地に根付いた深い悲しみや諦念を癒すように、太陽は彼らの傷ついた心を照らしていた。

「行ってらっしゃいませ――我が主」

ゼロは清々しい笑みで、パチリとウインクをしたのだった。


帝都へ向けてベルデ領を出発して、三日目。

僕はげっそりとして力なく馬車の扉を開けた。よたよたとした足取りでステップを下り、恨み言のように呟く。

「もう……むり……」

お尻が、腰がバラバラになりそうだ。今は地面に足をついて立っているはずなのに、揺れている感覚が消えない。

でこぼこ道を長時間、馬車で移動する辛さにはどうにも慣れない。

今にも嘔吐しそうで、少し先に見えた湖までなんとかたどり着くと、崩れ落ちるように座り込んだ。

「し、しぬ……」

「大丈夫か？」

「むり……」

頭上からかけられた問いに、頭で考えるよりも先に言葉が転げ出ていた。

だが、すぐにそれが誰の声なのかに気づいて、慌てて顔を上げる。

「だから休憩を挟もうと言っただろう。無理をするな」

「い、今のはべつに」

太陽を遮るように僕を見下ろしていた大公がため息をつく。

この旅の道中、大公はこまめに「大丈夫か」「休憩をしよう」と何度も聞いてくれていた。ただ、迷惑をかけたくなくて、平気だと意地を張ってしまっていたのだ。

「今日はこの先にある宿をとった。……それなりのところらしいからゆっくりと休め」

「えっ！　でもそんなことをしたら」

「王子」

力強い声音に、僕は言葉を呑み込む。やるせなくて、知らぬ間に拳を握りしめていた。

僕はこれ以上、大公に負担をかけたくないのだ。

帝都に行くにあたり、護衛のためとはいえ王宮騎士を派遣するよう、自ら皇帝へ手紙を出すのは、そう簡単なことではなかっただろう。

それだけではない。大公は僕に付き添って帝都へ行くために、領地を守る傭兵を自身のお金で雇ったと、アラシ君から聞いた。万が一があった時のために、高級な治癒薬や食糧までも用意したそうなのだ。

それだけでもかなりの負担のはずなのに、そのうえ、僕の体調のせいで振り回したくはなかった。

「……なぜそこまで遠慮するんだ？」

不意の問いかけに、僕は視線を落として足元を見つめる。

「そんなの……好きな人を困らせてまで、楽をしたいとは思いませんよ」

いじいじとつま先を擦り合わせながら、ぽつりと答えた。

空気がわずかに緊張したように感じて顔を上げると、目が合った瞬間にぷいっと顔を逸らされてしまう。

「やっぱり僕、迷惑でした？」

「……。余計な気を使うな。王子一人ぐらいなんとでもなる」

大公はぶっきらぼうにそう言うと、僕の隣に座り込んだ。そして、茶色い紙袋を僕の手に押し付ける。

「……昼食だ。毒は入っていない」

「また毒味したんですか？」

「何があるか分からないからな」

そうなのだ。大公から食事を一緒に取ろうと誘われてから今日まで、一度たりとも、この「検査」が行われなかったことはない。

僕の推しよ……。どうしてそんなにも可哀想で、可愛いのだろうか。

あまりの健気さに、今すぐそのむっつりとした頬を掴んで、顔中にキスをしたくなる。

お尻の痛みよりも、胸を締め付けるズキズキとした痛みのほうがうんと苦しい。

幾度となく毒を盛られてきた過去があるせいで、大公は食事の時でさえ気を抜くことができないのだ。いつか、何を警戒するでもなく一緒に「美味しい」と言い合って食事ができたら、どんなに幸せだろう。

そう思いながら、紙袋の中を見た僕は嬉しい悲鳴を上げた。

「美味しそう……！」

「……そうか」

「大公、これどうしたんです？」

「そこら辺で買った」

「そこら辺で……？」

森のど真ん中で、こんなにも美味しそうなチョコとパンが売っていると？

とろとろチーズやお肉がたっぷり入ったこのパンと、チョコが？

「なんだ？　不満があるなら食べなくてもいいぞ」

「なんてことを言うんだ！　これは僕のですからね。さすがの大公でも、勝手に食べたら許しませんよ」

「ふーん？　俺よりもそのパンのほうが好きだということか？」

「――っ！　卑怯だ！」

パンと大公を比べるだなんて、とんだ下衆な考えをするものだ！

僕はむむ、とパンを見つめて……ゴクリと唾を呑み込んだ。そして、ぷるぷると震える両手でパンを差し出す。

「……し、仕方ないですね。一口だけですよ？　僕のことは気にせず……。ほら、パクッといっちゃってください！」

美味しいものを分けるだなんて……

あまりの悲しみと恐ろしさで直視できない。

僕は大公とパンから顔を背けて、ギュッと目を瞑り叫んだ。

だが、僕の声が森に響き渡り、静寂が戻ってきた頃。

ガサガサと隣で何かを漁る音が聞こえてくる。

僕はそっと瞳を開けて唖然とした。

「王子だけが食べるとでも勘違いしたのか？」

「な！　大公の分もあるならそう言ってください！」

「むしろ俺の分がないと思っていたのに、一口しかくれないつもりだったのか」

大公が意地悪く笑う。僕は顔が真っ赤に染まるのを感じながら、耳を伏せて唇を突き出した。

「すみませんね。食い意地が張っていて」

「誰も取らないからゆっくり食べろ」

「……はい」

やわく微笑んだ大公にそう促されて、パンを一口もそっと食べる。その瞬間、口の中に広がる濃厚なチーズの香り、食欲を刺激する肉汁やパンの甘さに、思わず頬を押さえて恍惚と目を閉じた。

いつの間にか尻尾はゆらゆらとご機嫌に揺れているし、耳もピコピコと忙しなく動いている。

夢中で二口、三口と食べ進めていると、隣からかすかに笑う声が聞こえた。

「なんれすか？」

「……いや。ついているぞ」

すっと伸びてきた指先が僕の口元に触れる。

具が溢れることも忘れて、パンを持っていた両の手に思わず力が入った。突然の出来事に、僕の心臓は痛いくらい騒ぎ出し、体はピーンと硬直する。

「王子は食事を前にすると子供みたいだな」

「……こ、子供でいいです」

大公にお世話をしてもらえるなら、もう、赤ちゃんでもいい。

革手袋越しとはいえ、触れられた唇が火傷したかのように熱かった。

そういえば、大公は食事の時にも手袋を外さないんだな。手袋は一種のお洒落アイテムではあるが、大抵は食事の時には外すものだ。

「革手袋は外さないんですね」

「……ああ、これか。特に不便もないからな」

「ふーん」

そういうものか。

僕は納得して、この時間を堪能することにした。

さっきまでは馬車酔いが酷くて周囲を見る余裕もなかったが、落ち着いて見渡すと美しい景色だ。抜けるような青空、それを映し出す透き通った湖、澄んだ空気、美味しい食事……

これはもう、実質推しとのランチデートなのではなかろうか。

むふふ、と零れそうなにやけを堪えて、半分にカットされたパンをひとつ食べ終わると、残りは後で食べるために紙袋へ戻した。チョコも夜にゆっくりと食べたくて、大事に大事にパンの隣に置く。

「もう食べないのか?」

すると、大公が不思議そうに問いかけてきた。

僕は顔を上げてこくりと頷く。

「はい。もうお腹いっぱいなので」

「……口に合わなかったか?」

「へ?」

紫の瞳がやけに探るようにこちらを見ていた。

大公がなぜそんなことを聞いたのかを考えて、ハッとする。

「違いますよ! 食べるのは好きですが、少ししか胃に入らないんです。だから気にしないでください。本当に美味しかったですから」

「……そう、か」

「はい。僕の胃が丈夫だったら、三つぐらい一気に食べるんですけどねー」

食べたいのに食べられないのは、今に始まったことではない。体調が悪い時には、食べたくても受け付けないなんてことはよくあるわけで。

だからこそ、僕の食への執着は凄まじいのだ。

んー、と腕を伸ばして、日差しに誘われるままに、背中から寝転ぶ。みずみずしく茂った草が僕の体を受け止めた。

大きく息を吸い込むと、青いにおいが胸いっぱいに広がり、清々しくて気持ちがいい。

「王子は」

「はい？」

「……いや。なんでもない」

「ふふ。大公ってほんとお人好しだなあ」

気にすることなどないのだ。この不自由な体でも、僕自身は楽しんで生きているのだから。

本人はなぜお人好しと言われたのか分かっていないのだろう。眉根を寄せて、解せないと言いたげな表情を浮かべている。

僕は小さく噴き出すと、寝転んだまま口を開いた。

「僕はもう少しここで休んでいますから、大公は気にせずに戻ってくださいね」

さわさわと葉が揺れる音を子守唄にしていると、瞼（まぶた）がとろんと落ちていく。
出発するまでの間、僕は少しだけ昼寝をすることにした。

「王子、起きてください。そろそろ出発いたしますよ」

「ん～？」

すぐ近くで聞き慣れない男の声がする。ゆるりと目を開けてみると、ヒゲを生やした騎士が恭々（うやうや）しく膝をつき、頭を下げていた。

「分かったー。今行くー」

僕は意識を搦（から）めとるような眠気にまとわりつかれながら返事をした。まだ起きたくないという気持ちを抑えつけて「よいしょ」と上半身を起こす。

すると、ぱさっと膝の上に臙脂（えんじ）色の上衣が落ちてきた。

「これって……」

「大公の上衣ですね」

僕の勘違いではないと肯定するように、騎士は優しい瞳で笑った。

ここを離れる時にかけてくれたのか……

大公の気遣いにじわじわと胸が温かくなる。

しかし同時に、僕の思考は別のことで埋め尽くされていた。

そう、手の中には推しが着用していた、生の私物があるのだ。

「……」

わずか数秒にも満たない間に、様々な考えが駆け巡る。

僕はごくりと唾を呑み込むと、そっと上衣に顔を埋めて深呼吸をした。

……分かっている。これが傍から見てどれほど危ないヒトに見えるかなど。

でも止められない。だって、推しが僕のためにかけてくれた私物だぞ!?

嗅がずにはいられないだろう！　いや、むしろ嗅ぐべきだ！

理性を抹殺した僕が夢中で変態行為にふけっていると、ふと、おかしな臭いが漂っていることに気づく。大公の爽やかでいて甘い香りに混じり、ツンとカビ臭いような、下水のような臭いがするのだ。

それは、ベルデ領にて嫌になるほど嗅いだ臭いと同じもの。

思わず眉を顰める。こちらを生暖かく見つめるだけで何も言わずにいてくれた騎士に顔を寄せた。

そして、確信する。

「……瘴気の臭いがするよ？」

「瘴気……。――ッあ！」

僕の動きに身を硬くしていた騎士がハッとする。

僕は立ち上がって服についた草を払い落としながら、戸惑う彼を見下ろした。

「そういえば、ひとつ前の任務で魔物の討伐がありまして。はは、お恥ずかしながら、実は少しヘマをして、右腕を噛まれてしまったんですよ」

「ふーん」

なるほど、今回の護衛任務で負った傷ではないのか。

見た限りでは怪我は完治しているのに、なぜ瘴気だけ浄化できていないのだろう。このまま浄化しきれずにいると、そのうち体中の魔素を穢されて死ぬというのに。

まあ、僕とは関係のない話である。目の前の騎士が死のうが生きようがどうでもいい。

面倒に思った僕は適当に話を切り上げると、馬車が待つ場所へ歩き出した。

「いや～、帝都では滅多に魔物は見かけないものですからね。初めて攻撃を受けた時は驚きました。とにかく手強いんですよ。あいつら、切っても切っても復活するんです。おかげで貴重な治癒薬を使っても、傷が治るのに時間がかかりまして」

切り上げたつもりだったのだが、騎士は話を続け、「参った参った、ダハハ」と豪快に笑う。

その様子は、まるで酒場にいる気のいい親父のようだ。なんとなく、直情的で短絡そうなところが、二番目の兄シエルを彷彿とさせた。

「そう。大変だったね」

治癒薬を使用しても、稀に怪我だけが治り、瘴気が完全に浄化できていないことがある。人間の中にはそれに気づけずに命を落とす者がいるのも、珍しくはない話だ。

僕たち獣人は鼻がいいから瘴気の有無を判断できるし、妖精族は七色に輝く虹瞳で見抜くことができる。残る龍人に至っては、どの種族よりも卓越した能力を持っているため、分からないはずがない。

しかし唯一魔力に疎い人間には、判断がつかないのだ。

さらに瘴気に関する死亡原因で一番多いのが、治癒薬を薄めたりケチったりすることだというのも、知らないのだろう。

「まあそれでも頑張れるのはやっぱり家族のためって言いますか……」

「……」

後ろをついてくる騎士は、奇跡的にわずかに存在する僕の良心をちくちくと刺すように、家族の話を語り出した。

思わずちらりと振り返ると、彼は緩みきった顔でヒゲを撫で回していて、幸せそうだ。治癒薬で完璧に浄化できたと勘違いしている。

「実は私にも最近、守りたい家族が増えた……とでも言えばいいんですかね。へへっ、これがもう、まだ赤ん坊のくせに利口そうな顔をしていて、可愛いんですよ」

……くっ。僕は決して絆されないぞ！

下手な揉め事に関わるつもりはないのだ。何より、長時間の移動で体調がすぐれないし、面倒だから浄化魔法は使いたくない。

だというのに……。わざとなのか？　この騎士は、僕の良心を試しているのかっ⁉

「それにしても臭いで分かるとは、王子は凄いですね！　でも、私の息子も将来は王子のような天才になるかもしれません」

「……」

僕の葛藤も知らず、男はすっかり子供自慢を楽しむ溺愛パパになっている。

そして、動かざるを得ない決定的な言葉が、僕のわずかな良心に突き刺さった。

「この任務が終わったら、私、息子のもとへ真っ先に帰るんです！」

「あぁ～、この馬鹿、やめろ！　フラグを立てるな！」

僕はガシガシと頭を掻きむしると、ついには足を止めて振り返った。

騎士からしたら、息子を自慢していただけなのに急に怒鳴られて、戸惑うことだろう。だが僕からしてみれば、今の流れは見事なフラグ建築でしかない。

諦めのため息をつき、騎士に浄化魔法をかけてやる。

青い光が大きな体を包み込むと、右腕のあたりで一際輝きが強まり、弾け飛ぶ。

キラキラと星のように降り注ぐ銀色の光を、騎士は呆然と見上げて呟いた。

「……王子、この光は？」

「浄化魔法だ」

「え、浄化魔法⁉　そそそ、そんな高貴な魔法を……！」

「お金なんて取るつもりはないから落ち着きなよ。それで、怪我をしたってのは右腕で間違いないのか？」

「はいっ、右腕でした！」

一際輝きが強まったということは、それだけ瘴気（しょうき）が根深く澱（よど）んでいたということだ。本当に、気づくのがあと数日でも遅ければ、この騎士は死んでいたのだろう。

これは僕が勝手にしたことだから、恩着せがましく対価を求めるつもりはない。

騎士も僕の言葉を信じてくれたのか、少しすると平静を取り戻した。

「あのさ、ひとつ聞くけど、怪我を治す時に治癒薬をケチったりした？」

「い、いいえ、とんでもないです！　治癒薬だけはケチるなと教えられているので、ドバドバ使いました！」

それもどうかと思うが。まあとにかく、彼はきちんと適量を使用したということか。

となれば……

「今も治癒薬は配付されているんだよね。見せてほしいんだけど」

そう尋ねると、ヒゲ騎士は僕を荷馬車に案内した。

「部隊ごとに配付されている治癒薬はこちらになります！」

「ん、ありがとう」

大きな木箱に丁重に並べられた治癒薬を一本手にする。

木の蓋を開けてわずかに手のひらへ載せ、スンとにおいを嗅いだ。

「……うっす」

においだけでも出来の悪いものだと分かる。試しにペロリと舐めてみても、浄化の効果はわずかにしか感じられなかった。

これでは、傷を癒す効果はあっても、魔物に受けた瘴気(しょうき)の浄化は行えない。

僕がベルデ領でわずかに作った治癒薬のほうが、うんと効果が高いだろう。ベルデ領に向(こう)いた時にも人間が使用する治癒薬の品質は確認したが、これほど酷くはなかった。

ましてや、彼らは帝国の騎士団だぞ？　治癒薬がこんな酷い代物(しろもの)であるなど、おかしな話だ。

「この治癒薬はよく配られるもの？」

「はい。ごく一部を除き、どの部隊も支給されている治癒薬は同じものです。……何かおかしいのでしょうか？」

おかしいも何も論外である。これは本来の治癒薬を水で稀釈しているのだ。

浄化の効果があるということは、元の治癒薬はきちんとした手順や材料を使用し、精製されていたということ。それなのに浄化の効果が半減してしまうほど、水でかさましして配付しているのだ。

治癒薬を仕入れているのがどこの貴族か官僚かは分からないが、どうせ横領でもしているのだろう。

先ほどこの騎士も言っていたが、帝都では滅多に魔物は出没しない。

ゆえに、浄化効果が限りなく低いものを治癒薬として配付したところで、気づかれる可能性なんてほとんどないのだ。目で見える傷は癒えるのだから。

このやり口を考案した張本人でさえ、今では浄化の効果が消えかけているとは知らないのだろう。

「王子？　やはり何か」

「……いいや。人間が使う治癒薬がどんなものか気になっただけさ」

この件こそ、僕とは無関係の話だ。

それに、こういうことに手を出しそうな人間が一人だけ思い当たっていて、僕はなおさら関わりたくないと思った。

三人目の悪役――ズロー侯爵とは、できる限り接点を作りたくないのだ。

それに、今は他にやるべきことがある。

「君が怪我をしたのは前の任務だって言ってたよね？　ということは、今随伴している大半が同じ任務についていたんじゃないか？」

「はい。この度、王子の護衛を任命されたのは、私たち黒陽騎士団と、近衛隊となります！」

「……そう。じゃあその黒陽騎士団の皆さんを呼んできてください」

「え？」

「いいから。ね？」

なぜ、よりにもよってこの旅の途中なのか。体調が万全ならまだしも、疲労が重なって最悪のコンディションだというのに。

だが、気づいてしまったものは仕方がないか。

諦念を抱きながら、僕は騎士が集まるのを待った。

突然の招集ということもあり、騎士の中には訝しげにしている者も見えた。

それも自然なことだろう。僕に対する噂がどんなものかは分からないが、決して友好的でないことだけは確かだ。

だから、僕は改めて彼らの前に立ち、よそ行きの笑みを浮かべて挨拶することにした。

「突然呼びつけて悪かったね」

獣人がどういう存在なのか、まだまだ彼らにとっては未知数。まず手始めに軽く声をかけると、思ったよりも感触は悪くない。

僕を見る瞳に嫌悪や敵対心がないことを確認して、隣に立つヒゲ騎士を見上げた。

「彼から、魔物との戦闘直後にもかかわらず、僕の護衛任務を任されたと聞いたよ。休む間もなく大変だろうに、務めてくれる皆を労(ねぎら)うのは道理だと思ってね。これは僕からのせめてものお礼だ」

言い終わるなり、僕は浄化魔法と癒しの魔法を発動した。

淡く発光する水色と澄んだ緑色の粒子がふわりふわりと浮遊し、騎士たちの体を包み込む。

「これは……」

「なんと、浄化魔法とはこれほどまでに美しいものなのか」

慰撫(いぶ)するような清らかな輝きを前に、騎士たちは感嘆の声を漏らす。

一方、僕は彼らを観察して、予想通りだったことに肩を落とした。

ヒゲ騎士と同様、瘴気(しょうき)が残ったままの者が何人かいたのだ。もしもこのまま護衛を任せていたら、突然死の騎士が出たとかで、僕が疑われることになったのではないだろうか。

さすがにこれは、僕を貶(おとし)めるために仕組まれたことではないだろう。

治癒薬を稀釈している当事者も、まさか表面上の怪我にしか効果がないとは思いもよらなかっただろうから。

何より、もし突然死があったとして、瘴気(しょうき)が原因かどうかは調べればすぐに分かること。問題となったら言い逃れはできないのだ。

「それから、ここにある治癒薬にも、効果が倍増するように魔法をかけておきました。万一なんて起きないのが一番ですが、今後、死にかけることがあれば躊躇（ためら）わずに飲んでくださいね」

背後にある荷馬車を指さして言う。

よし、これで僕の仕事は完了かな。さっさと馬車に戻って休もう。

そう踵（きびす）を返そうとしたが、一人の騎士が警戒の滲（にじ）む声をかけてくる。

「失礼ですが、王子はなぜ我々に浄化魔法を？　労（ねぎら）いにしても過剰ではないかと」

君の気持ちも分かるよ。

ここオウトメル帝国は階級制度が厳しくて、主が仕える側と仲良くするなんて恥だと言うぐらいだ。過剰な施しに、何かを企んでいるのではないかと疑うのも無理はない。

対して、アンニーク王国では主人と従者の距離が近いことは珍しくない。ゼロの態度を見たら分かるだろうが、王子の僕をちんちくりんと言いかけるぐらいだ。

そういった価値観の違いがあるとはいえ、人間の従者が相手では、正直どうでもいいのも事実。

ただ、ヒゲ騎士が急にフラグを立てるから、なんとなく処理したとも言えないし。

「特に理由なんてないけど。……んー、でもしいて言うなら」

僕は頑張って考えた。まともそうな理由を。

「皆さんにも大切な人がいるから、かな？」

どうだ。当たり障りのない完璧な回答ではないか？

それに、僕をその気にさせた最大の理由としては嘘でもない。

さっ、面倒な質問にも答えたことだし、今度こそ馬車に戻ろうか。

意気込んで足を踏み出したその瞬間、騎士たちが一斉に膝を折り、礼をとった。

突然のことに僕は呆然とし、目をぱちくりと瞬かせる。

「――この度のご恩、必ず王子へお返しいたします」

代表を務めるように恭々しくそう言ったのは、質問をしてきた騎士だった。

「はぁ……、ありがとう？」

あまりの急展開に呆けた返事をしてしまう。

黒い髪を後頭部で緩く結った、僕とそう歳の離れていない男。切れ長の瞳からは意思の強さを感じる。

それにしても「ご恩」だなんて……。ただの浄化魔法だというのに大袈裟すぎる。

それに今の僕は、お礼を受けるよりも、早く馬車に戻りたいのだ。もういいだろうかと、笑みを湛えて騎士に声をかける。

「あのさ――」

「何をしているんだ？」

分かっていた。もうここまで来ると、そう簡単には馬車に戻れないことなど。

二度あることは三度ある、と前世では言われていたしね？

僕の隣にはいつの間にやってきたのか、大公が立っていた。

悪いことをしたわけではないのに、なぜかいたずらを目撃された猫のような気分になる。

僕は慌てて、浄化魔法をかけたのだと説明しようとした。しかしそれよりも早く、大公自身が周囲に残る魔力の残滓を見つけ、僕が魔法を使ったことに気づいたようだった。

ふと大公の視線がこちらに移り、目が合った僕の心臓はドクリと嫌な音を立てた。

まるで刺すような鋭い目つきをしている。

初めて顔を合わせた時のような、暗くて温かみのない無機質な視線に、瞬く間に頭の中が真っ白になる。

絡まりかける思考をなんとか動かそうとする間にも、大公は手早く周囲に指示を出していた。

「では、支度が済み次第出発を。……王子はこちらへ」

「……は、はい」

呆然としている僕の腕を掴んで、大公が馬車のほうに歩き出す。

いつもより握る力が強い。半ば引っ張られるような形で、大公の背中を追いかけた。

「……」

冷え冷えとした態度が久しぶりのせいか、内心では酷く狼狽えていた。

森での一件から、大公の僕に対する態度は、自惚れではなく、柔らかくなっていたから。

どうしてまたあんな目で見られたのか気になり、引っ張られる力に抗って足を止める。

「待ってください！」

「……なんだ？」

「僕、何かしました？」

知らず知らずのうちに、平静を保とうと、大公の上衣をぎゅうと胸に抱きしめていた。

一方、大公は変わらぬ淡々とした態度でこちらを見下ろす。

「なぜ魔法を使った？」

「それは……」

僕は予想していなかった問いに瞬いた。

咄嗟に口にしかけた言葉を、伝えるべきか考えて、呑み込む。

こんな陰謀が絡んでいそうな面倒事を、大公が知って得があるのだろうか？

大公は僕の大切な人だ。多角的に考えても、横領が発生しているのであろうこの件に関わらせたくない。知らなければ争いにも巻き込まれないし、そもそも頭を悩ませる必要もないわけで。

「……えっと。ただ、騎士の皆さんも疲れていると思ったので、お礼にちゃちゃちゃ〜っと」

嘘をつくことへの罪悪感に目を逸らして答えると、そんな僕を嘲笑うように大公は鼻を鳴らした。

「はっ、なるほど。王子はさぞかし素晴らしい御仁なのだな。疲れている者がいれば自分の体調がすぐれなくとも慈悲をかけるのだから」

「いや、そういうわけじゃ……！　ていうか、今、僕のこと鼻で笑いました？」

「笑ってなどいない。それに俺は見たまま、聞いたままを言っただけだ」

大公はまたしても馬鹿にするように口端を持ち上げる。

その姿を見上げて、ムキーッと怒りが込み上げた。

笑っていないって？

じゃあ、目の前にあるその顔はなんだというのか。煽るように口端を吊り上げて、嫌味な笑い方をしているくせに……

癇に障る態度だ。そのうえ結局のところ、大公が何に不満だったのかも理解ができない。

「その態度はなんです？　僕、悪いことでもしました？　それともあれですか、僕が魔力を使ったら、大公の機嫌が悪くなるようにできているとでも？」

理由が分からないのでは僕としても気分が悪くて、つい意地悪なことを言ってしまう。けれど、また鼻で笑われるか否定されるかくらいの反応しか期待していなかった僕の耳に、予想しなかった返事が届いた。

「そうだ」

「え？」

「そうだと言ったんだ」

勢いよく顔を上げると、大公を見つめて呆然と呟く。

「……本当に僕が魔力を使ったから怒ってるんですか？」

「ああ」

「な、なんで？」

え、待って。もしかして僕の体を心配してくれて……？

瞬く間に、胸を覆っていた霧が晴れていくようだった。まるで心に羽が生えて、パタパタと真っ青な空へ飛び上がるように、気分が上昇する。

けれど、僕が喜びで舞い上がり無防備になった刹那。

「迷惑がかかるからだ」

無慈悲にも、大公は生えたばかりの羽をもぎ取ったのだ。

「…………んっ？」

「聞こえなかったか？　迷惑がかかる。体調が悪いくせになぜ魔力を使うのか、理解ができない。王子は俺に迷惑をかけたくないと言ったが、そう思うならば、でしゃばらずに大人しくしていてくれ」

「……………………」

んーと。えーと。この男はなんなんだ？

…………ハッ！　そうそう、このとてつもなく腹が立つ男は、僕の推しだ！

でもそれを忘れてしまうぐらいには、今すぐこの男の股間を蹴り上げてやりたかった。

おかしいなあ。なぜ推しがこんなにも憎たらしいのだろう？

いつだって天使であり、尊く、心を萌えさせてくれるのが、推しという存在なのに。

萌えるどころか、苛立ちと殺意が湧き上がるだなんて……

「……はは。なるほど。じゃあ、つまり。やっぱりこれまでも、僕のせいで大公には迷惑がかかっていたんだ？」

問いかけるように呟いたものの、返事など求めてはいない。

俯いて薄ら笑いを浮かべると、ぷつん、と遠くで糸が切れるような音がした。

「……いや、王子、今のは――ッぐ！」

何かを言いかけていた大公の顔に、腕に抱いていた上衣を容赦なく投げつける。勢いよく推しの顔面に叩きつけられた布の塊は、小気味いい音を立てた。

「……あ～、やってらんないわ。クソ。もう二度と優しくなんてしないからな」

僕はそう言い残し、上衣に顔を覆われた大公を置き去りにして一人で馬車へ戻った。

推しがこんなに血も涙もない男だとは思わなかったよ。

どうして魔力を使ったか、だと？

あんたら人間側の不始末のせいだろうが……！

どっかの馬鹿が治癒薬を稀釈しているから、使いたくなかった魔力を使ったんだ。

それなのに、……それなのに！

「くっそー！　迷惑がかかる？　はぁ～っ？　だったらもう二度と大公には迷惑をかけないよ。それで満足だろう!?　あんな奴の前で弱ったところなんて二度と見せるものか！　というか、僕はお前が思うほど軟弱じゃないんだ。これでも立派な男だぞッ」

行き場のない怒りをぶつけるように、馬車の狭い箱の中、腹の底からありったけの思いを叫ぶ。

幾ばくか心がスッキリしたところで、座席の背もたれに深く身を預けた。

腹が立つ。もう絶対、大公には頼るものか。

メラメラと燃え上がる意地から確固たる決意をした。

だが、馬車が出発するとすぐに、僕の心はへにゃへにゃに溶けてしまう。

だって、本当に辛いんだ……

がったんごっとん、と箱の中で上下左右にシャッフルされるのは。

僕は大公への恨み言を呟きながら、馬車酔いに負けるように眠るのだった。


寝返りを打った僕は、伸び伸びと手足を伸ばした。

肌触りのいいシーツといい、体を包み込む柔らかさといい、最高の寝心地である。あの酷い揺れがないだけで、こんなにも快適なのか。

ふー、と幸せなため息をついて、ハッとした。

「――どこだここは」

ぱちっと目が覚め、飛び上がるように体を起こす。

暗闇に慣れた目に、淡いクリーム色を基調とした上品な部屋が映った。

「……あっ。そっか、大公が言っていた宿か」

昼食の時の会話を思い出す。

確かに宿を取ったと言っていた。それからぶっきらぼうに、それなりのところなのだとも。

あの感じからすると、わざわざいい宿を探して取ってくれたのだろう。不器用な優しさに胸がギューッと締め付けられる。

だが、それを消し去るように腹の立つ台詞(せりふ)も思い出して、「うおおお」と頭を抱えた。

「王子！　どうしました？」

「い、いやなんでもない！」

僕が叫んですぐ、護衛の騎士が扉越しに安否を確認してくる。騎士が傍にいることもすっかり忘れていた。

注視しないと見過ごしてしまいそうなほど、不器用で控えめな優しさを見せる大公に萌える気持ち。一方で、いくら推しとはいえ「迷惑だ」と言われた憎たらしさがぶつかり合うのだ。

許すか、許さないか。

明日にはまた顔を合わせなければいけないわけで……

腕を組んだ僕は、悶々と考え出した。

「考え事の最中にすみません。王子、もしよろしければご夕食をとられませんか？」

そんな時、扉越しに騎士が問いかけてくる。

夕食というワードを聞いて、一気に気分がよくなった。

「ご飯？　食べる食べる！」

「そうですか！　では、大公へお伝えして参りますね」

「待って、大公⁉」

ああ、そうだった……

食事は必ず大公と同席すると、約束してしまったではないか。

再び頭を抱えて、僕は振り出しに戻る。

「お、王子、先ほどから唸り声が……」

「気にしないで。僕は今、大事な選択をしているんだから」

「ハッ！　失礼いたしました！」

なんだかやけに気合いの入った騎士だな……

あまりにも素晴らしい返事は、かえって僕を冷静にしてくれた。

とりあえずベッドから立ち上がり、部屋の中を見渡す。予想した通り、ローテーブルの上には、昼間に残しておいたパンとチョコの入った袋があった。

「良かった……。捨てられていなかった」

普通なら王族が食べ残しを大切にとっておくはずがないと捨てられてもおかしくないが、誰かが取っておいてくれたのだろう。

まあ、その「誰か」は一人しかいないけどさ。

僕は袋を開けてにおいを嗅ぐと、まだ食べられることを確認した。

「ごめーん！　やっぱり僕、まだ体調が完璧じゃないから夕食はいいや」

それらしい言い訳を伝えると、扉の向こう側が騒がしくなる。

「た、体調が……⁉　今すぐ医者に診ていただいたほうがよろしいのでは！」

「大丈夫だよ。ただの馬車酔いだし」

「しかし」

「いいのいいの」

だって仮病だしね。

まだ少し酔っている感覚はあるけれど、ぐっすりと眠ったおかげで気分はいい。

心配してくれる騎士に「大丈夫だ」と告げて、残りのパンを食べることにした。

冷めきっていても、魔法さえあればあっという間に温めることができる。チーズがとろ〜りと零れそうになったところで、僕はパンにかぶりついた。

「……」

美味しい。なのに、美味しくない。

昼間は心がワクワクするような味がした。同じ味なのにどうしてこんなにも違うのか。

もそもそとパンを食べ終わり、デザートのチョコを一粒口にする。

舌の上で溶けていくほんのりとした苦さが、今の僕の心のようで、どうにも気分が晴れない。このまま一人で部屋にいたらますます気落ちしそうで、気分転換にお風呂に入ることにした。

扉を開けてひょこり、と顔だけを部屋の外に出す。

「ねえねえ」

「あっ！　王子、体調は大丈夫なんですか？」

部屋の前には二人の騎士がいた。

一人は機能よりも装飾を重視した騎士服を身にまとっているので、近衛なのだろう。

もう一人は、今になっては見慣れてしまったフラグ建築の達人——ヒゲ騎士だった。やけに元気がある返事だなあと思ったよ。しかし、思わず見慣れた顔に癒される。

「大丈夫だよ。それよりさ、僕、お風呂に入りたいんだけど」

「それでしたら大浴場がございますよ！　貸し切りにしているので、のんびりとお好きな時間に入浴できます」

「そうなの？」

ぱちぱちと瞬く。

しばらく考えて、きっと大公が手配してくれたのだろうと思い至った。

「じゃあせっかくだし今から行こうかな。案内してくれる？」

「承知いたしました」

ヒゲ騎士は嬉しそうに頭を下げると歩き出す。

僕はその背中を追いかけながら、大公のことばかりを考えていた。

やっぱり、仲直りするべきだよね。口が悪いなんて、今に始まったことじゃないんだし。それに言われた通り、僕が体調を崩すと予定が狂うし、迷惑がかかるのだから。

「はぁ……」

「あっ！　お疲れ様です！」

どうしようもなくてため息をついた時だった。

ヒゲ騎士がぴたっと足を止めて前方に声をかける。

大きな背中から顔を覗かせて前を見ると、廊下をウロウロしている大公が見えた。

突然のことに戸惑ってしまう。どうしようかと考える間もなく、挨拶に気づいた大公がこちらを向き、目が合った僕は咄嗟（とっさ）にそっぽを向いた。

「ああ、ご苦労。……今からどこへ行くんだ？」

「はい！　王子を大浴場にご案内しているところです！」

「大浴場？　……その、体調はいいのか？」

「……」

きっと最後の質問は僕に向けているのだろう。

だが、いまだにモヤモヤとやさぐれモードが抜けきらない僕は、意地を張って再びぷいっ、と反対を向いた。

これは正しく「貴方とは二度と話しません！」の意思表示である。

そんな僕たちの雰囲気に気づかないのか、はたまた鈍感なふりなのか、ヒゲ騎士がほがらかに「大丈夫なようです」と答えた。

「そうか。……夕食には来ないと聞いたが」

「……」

「はい！　その時はまだ、王子は休まれたかったようですね」

「……なら、今からでも少し食事をとったらどうだ？　私もまだだから、王子が良ければだが」

「………」

「ああでも、どうやら王子はお昼のパンを召し上がったようなので、食事は大丈夫かと」

問いかける大公、沈黙する僕、元気に答えるヒゲ騎士と、不思議な流れで話が進んでいく。

まるで僕の代弁者のようにヒゲ騎士は答えてくれているが、なぜパンを食べたことを知っているのだろう？

もしやこいつ、意外とデキる奴なのかもしれない……！

だが、これ以上ここにいると、ヒゲ騎士がうっかり余計なことを言い出しそうな雰囲気を察する。

「ねね、お風呂は？」

そうなると困るので、僕は目前の大きな背中を両手でぐっと押した。

「おっ、そうでしたね！　では参りましょう」

「うん、ありがとう！」

そうして再び歩き出す。大公の隣を通る寸前、僕は間にヒゲ騎士を挟むようにして大公の反対側に回った。

すれ違いざま、騎士越しの大公が何かを言いたげにこちらを見ていたが、一度張った意地はなかなか折れない。なんでこんな時に天邪鬼（あまのじゃく）を発動しているのかと内心で頭を抱えながら、僕は無心なふりをして歩いた。

「それでは王子、ごゆっくり。私は入口で待機しておりますので、何かあればお呼びください」

「うん」

案内された場所は、四階建ての宿屋の屋上だった。なんと貸切りの大浴場は外にあるのだという。

前世で言うところの露天風呂に似たようなものだろうか？

早くお湯に浸かりたくて、ウキウキと服を脱いでいく。

しかし、シャツのボタンを全て外したところで、胸元の忌々（いまいま）しい紋章が目に映った。過去の出来事を連想して、無意識に紋章が刻まれた肌を引っ掻いてしまう。

「いてっ」

真っ白な肌にはみるみるうちに三本の赤い線が浮かび上がった。

「あほらしい」

みみず腫れができようとも、仮にその肉を抉ろうとも、僕に刻まれたこの契約は消えやしないというのに。

この紋章は、幼い頃の僕を支えてくれた。夢を見させてくれた。

何より、これがあるからこそ、僕は今も生きている。

けれど皮肉なことに、大人になった今では、僕を最も苦しめる存在へと変わった。

これはとあるきっかけで僕が前世を思い出した時に刻まれた、紋章——鎖なのだ。

「……はあ。これがなかったら今とは違う人生を歩んでたのかな？　いや、そもそもこの歳まで生きられていないか」

どうにもならないことを呟いて、大浴場に続く扉を開ける。風に吹かれて、もくもくと白い湯気が室内に入り込んできた。

目隠しのような湯気が薄れると、その先に広がる光景に笑みが浮かぶ。

まるで美しい星々を注いだかのように、広々とした円形の湯船に夜空が反射していたのだ。

「うっわー、すご」

天降石（ティラト）という、夜になると乳白色に輝く石が床に敷き詰められている。そのおかげで、暗い中を彩るようにして、柔らかな光が足元を照らしていた。

そんな淡い輝きに包まれた湯船は、水面に満天の星と月が反射していて幻想的だ。

「わー、最高！　ここに一人で入っていいとか贅沢だなぁ」

お風呂に入ってからの第一声は「ああ〜〜〜」という、なんとも情けない声だった。

ほぐれていく体が気持ちよくて、僕はゆっくりと手足を伸ばす。

記憶にある古風な露天風呂ではないが、それを西洋風に作り替えたような小洒落(こじゃれ)た作り。この世界にも露天風呂の文化ってあるんだなあと、満足のため息を零して、ゆったりと目を瞑(つぶ)った。

「あれ、そういえば、馬車で寝たわりには首も頭も痛くないな」

ベルデ領を出発した当日を思い返す。

眠った無防備な体は揺られて、首は捻(ひね)るしたんこぶはできるしで、酷いものだった。

「そうか、僕の体が慣れてきたってことだな？　さすがの僕も、そこまで貧弱じゃないってことが証明できたな！」

誰に、とは言わないが。

むっつりと口をへの字にして眉根を寄せてばかりの、某大公に当てつけのように口にする。

しばらく浸かっているとだんだんと気分がよくなってきて、鼻歌まじりに頭上に広がる星空を見上げていた時だった。

「こちらです」

「助かった」

扉の向こう側から、そんな会話が聞こえてきたのだ。

「えっ⁉　貸切りって言ってたよな……？」

僕は咄嗟にお風呂の中で身を縮めた。

そうしながら、ふと、とある可能性が浮上する。

「まさか……」

呆然と呟いた時。

ガタンッ、と勢いよく引き扉が開かれる。

もくもくと真っ白な湯気が流れていく向こう側に、一人の姿が見えてきて……

「〜〜ッ⁉」

たた、った、大公がどうして⁉

僕は声にならない叫びを呑み込んだ。お湯の中では濡れた尻尾の毛がぶわあっ、と広がっている。

大公の瞳がぐるりと浴場を見渡し、そして、硬直して動けない僕の視線と交わった。

彼は揺るぎない足取りでこちらにやってくる。その背後では、ヒゲ騎士が晴れ晴れとした笑顔で、親指を立てていた。

――グッドラック！　王子！

そんな台詞がぴったりの顔。真っ白な歯を見せて、ヒゲ騎士はぱちりとウインクしたのだった。

馬鹿野郎。グッドラック、じゃないんだよヒゲ騎士！

どうしよう、どうしよう、と頭の中はパニックだ。

けれど僕というものは、救いようのないぐらいに浅ましい。

なぜかって？

そりゃあ、前世でも見たことのなかった、大公の股間から目が離せないからだよ……！

僕だって年頃の男の子だよ？　仕方がないじゃないか。どんなに澄ました奴でも、十代の男子の頭の中なんてそんなもんさ。

だから、僕は堂々と宣言しよう。「めちゃくちゃ興味がある！」と。けれど……

「――なん、だと⁉」

見逃すまいとしていたのに、僕の目が捉えたのは真っ白な布……

腰に巻かれたふかふかで柔らかそうなタオルは、まるで僕から大公を守ろうとする強固な鎧（よろい）のようだった。こんなラブハプニング、この機会を逃したら二度とないはず。このまま諦めてしまうのはもったいない。

しかし、「推しは清らかに、尊くあるべきだ」と言う僕の中の天使と、「推しが相手だろうと、男として好きな相手の全裸チャンスなのにもったいない」と言う悪魔が喧嘩する。

いつまで待っても、答えなど出せない。

僕は頭を抱え、「うおおおぉ」と叫びそうになった。

「王子」

「――っ、ゲホ、ォエっ、ゲホゲホ」

「お、王子？　大丈夫か？」

大丈夫、生きている、僕はちゃんと生きている！

突然の推しとの混浴に心臓は爆発寸前だが、まだ停止はしていない。

それよりも……下心や緊張がバレないかと咄嗟に大公から目を逸らし、顔を隠すように背を向けた。こんな抵抗をしたところで、真っ赤になっていることなんて隠せないのに。

今の僕はきっと顔だけじゃなくて、全身が赤くなっているはずだ。

「……まだ、怒っているのか？」

大公の声が間近に聞こえて、びくりと肩が飛び跳ねる。

戸惑いを隠せない三角耳はペタリと伏せてしまい、言葉が見つからず答えることもできない。

そんな僕の胸中を知る由もない大公は、怒っていて無言なのだと勘違いしたようだった。

「いつまでへそを曲げている気だ？」

「……？」

あれ？　おかしいな、興奮しすぎたせいで幻聴が聞こえたのかな？

先ほどからうるさい心臓を落ち着かせるためにも、ヒーヒーフーと呼吸を繰り返す。頭にしっかりと酸素が行き渡ったところで、僕はそっと大公のほうを向いた。

彼は僕からほんの少し離れた位置で、気まずそうにこちらを見ていた。

「もしかして今、いつまでへそを曲げている気かって言いました？」

「………」

「言いましたよね？」

「……あ、ああ」

「…………」

ほーん。なるほど？　空耳でも幻聴でもなかったと。

またしても僕のこめかみに薄（うっす）らと青筋が浮かぶ。

「ではお言葉ですが、迷惑をかける僕には構わず、お好きなようにお過ごしになったらどうです？

僕はへそを曲げていて、貴方を見ていると腹が立つため、一人になりたいのですが」

「……お前は、俺が迷惑だと言ったから怒っているのか？」

「なんだってぇ？」

それ以外に何があるというのか。

ピキピキ、と新たな青筋が追加されていく。

「よくもまあ抜け抜けと言えたもんだ。……僕、言いましたよね。貴方に迷惑かけたくないって。

それを知っていて僕を迷惑だと言ったのに、無自覚だったとでも？」

「――――！」

「……それが本心なら別にいい。僕の存在が迷惑になるなんて昔からだしな。……でも普通に傷つくもんだから。僕だって好きでこんな体じゃないんだし」

思うように動かない、すぐに体調を崩す体に、誰よりもうんざりしているのは僕だ。

綺麗事を抜きにして、ありのままの自分を好きでいてくれるのは、きっとこの世で自分自身しかいないだろう。

なのに、気づけば僕は僕を好きではなくなってしまった。

体調を崩すたび、周囲から向けられる憐憫の瞳がいつ苛立ちに変わるのかと恐れていた。

体の弱い自分を嫌うようになった。守られてばかりの自分がやるせなかった。

そうしていつの間にか、偽悪的に、強かに見えるように振る舞うことを覚えた。

大切な人からめんどくさい奴だと、お荷物だと。そう思われているかもしれない真実を、もう二度と見たくはないから。

「――すまない」

「別にいいです。大公の本音が聞けたんで、これからはより一層、迷惑をかけないように――」

「そうじゃない！」

そっぽを向いた僕がぶすっと拗ねて言った時。

遮るように大公が叫ぶ。ビリビリと肌が震えるような力強い声に、僕は思わず口を閉じて瞬いた。

「……すまない。だが、お前が倒れて意識がない時に、俺はずっとこのまま目が覚めないんじゃないかと、二度と――顔が見られなくなるんじゃないかと、本気で、本気で……！」

勢いよく紡がれた言葉は、溢れ出た感情を止める術を知らないようで。

僕は息をするのも忘れて、大公の言葉に聞き入ってしまう。

「なのにお前は、いつでもヘラヘラと笑って他人の事情に首を突っ込む。今日だってそうだ。自分の体調が悪いことを隠して、騎士たちに魔法を使っただろう。そういうのを目にする度に俺がどんなに――」

大公はそこまで一気にまくし立てると、ハッと息を呑み、大きく目を見開いた。

やがて眦が真っ赤に染まる。じわじわとその朱色が顔中に広がった頃、大公は顔を隠すように手の甲を口元に置いて呟いた。

「……俺は、お前が心配だったんだ」

揺れる言葉はどこか自信がなさそうで、本人にもまだ明確に感情を把握できていないように聞こえた。

「あの時……。やけに胸がざわついたのは、お前の行動が迷惑だからだと思った。だが、お前の傷ついた顔を見たら、俺が言いたかったのはそうじゃないんだ、と……俺はお前が心配だったのか」

大公はそこで言葉を切ると、苦しげに、そして不可解そうに胸元を押さえて、僕を真っ直ぐに見つめる。

その眼差しがあまりにも無垢で、不安そうで、縋るように見えたものだから、僕は彼を見つめ返して優しく微笑んだ。

「僕と会えなくなると思うと、胸が痛いですか？」

「――――！」

「ううん、僕だけじゃない。貴方が大切に思う誰かを失ってしまうことを想像すると、泣きたくなりますか？」

大公にとって唯一の存在である主人公を失う痛みを、僕は問いかける。

「想像しただけで心臓がちぎれてしまうように痛くて、どうしようもなくお腹の奥が重くて、この世界を憎んでしまいたくなるぐらい……悲しくてたまらないように」

「……会えなくなるとはどういう意味だ。なぜそんなことを聞く」

「特に深い理由はないですよ。ただ――その痛みを大切にしてほしいから」

僕の言葉に大公は戸惑いを見せる。

「大公が今、誰かが傷つくことを恐れて感じた痛みを、僕も同じく感じています。大公に何かがあったらその痛みを同じように抱える人がいるんだと、知っていてほしい。そうしたら自然と自分の体を、命を大事にしようとするから。……もし大公に何かがあったら、僕は泣きすぎて死んじゃいますからね」

大公が僕を心配して怒ったように、僕も全く同じ理由で、無理をする大公に怒りを覚えていた。森での一件を思い返して生まれた切なさを、笑うことで昇華させる。

何かあったらどうするのかと、貴方が傷ついたら僕は悲しくてたまらないのだと、叫びたかった。幸せになってほしいのに、生きることさえ諦めている大公の姿を見るのは、苦しい。やるせなさや、言葉が届かない悲しみ。様々な想いが溢れて、どうしようもなく痛くて切なくて、涙を零してしまったあの日の夜を――

あの時、僕がどうして助けたのか、大公は理解できていないようだった。いや、正しくは理解したくなかったのだろう。受け入れたくなかったのだ。

失う痛みをよく知っているからこそ、人との関わりを遠ざけてきた大公。そんな彼が今、僕に柔らかな胸の内を明かしてくれた。

慣れない感情に、鈍感になってしまった心の動きに、戸惑いながらもたどたどしく言葉にして。

以前の彼ならば、有り得ないことだった。

希望的観測ではなく、少しずつ大公は変わってきている。

それが僕にとってどれほど喜ばしく、奇跡であるか……

これまでなら伝えても伝わりきらなかったであろう僕の思いが、今なら届く気がした。

「……だからお前は森での時、泣いていたのか？」

「……森の時だけじゃないですよ。大公が無理をすると、僕はいつもここが痛くなります。……だからあんまり僕を悲しませないでください。その代わり僕も無茶しないように気をつけますし、大公に相談するようにしますから」

僕もまた胸元を押さえて困ったような笑みを浮かべた。

酷く痛いのに、愛おしい。

そんな思いを抱かせてくれた大公が、やはり僕は大好きなのだ。

「……。さっ、仲直りもできたし、そろそろ僕は上がろうかな！」

きっと、大公にも考える時間が必要だろう。それに、僕もそろそろのぼせてしまいそうだった。

空気を変えるように明るく「先に出ますね」と伝えて、大公が顔を背けてくれるのを待つ。

だが、いくら待っても、大公の視線は僕のほうに固定されたままだった。

「あのー、大公。僕はお風呂を出たいです」

「……？　なぜ出ないんだ？」

「……。好きな人に裸を見られるのが恥ずかしいからですよ。目を瞑るかお湯の中に顔を沈めてほしいんですが？」

しばらくの間、不思議な静けさが僕たちを包み込む。

大公は遅れて非常に驚いた顔をすると、目を瞬いて首を傾げた。

「裸？　それなら問題ない。既に見ている」

まるで無垢な幼子のような声音だった。

その言葉を噛み砕いて理解した僕は、思わずブルブルと震え上がり叫ぶ。

「はーーーーッ!?　見た？　なにを？　僕の裸を!?」

「あぁ。お前の看病は俺がしたんだ。服を着たままで体が拭けるのか？」

「え……おチビちゃんじゃなかったの……？　いや、今はそんなことより！」

僕は思わず両腕で自分を抱きしめた。

今さら胸元を隠したところでなんの意味もないのに。

「見たって、いったいどのくらいなんだ……！」

大公はおかしなものを見るように怪訝そうに答えた。

「全部だ。何日も眠ったままだったんだぞ？　風呂に入れることもできないのに、全身を拭かないで――」

「変態！！！」

「はあ!?」

声の限り叫ぶと、不名誉だと言わんばかりに大公も大声を出す。

「俺がいつ変態と言われることをした！　むしろ感謝されても足りないぐらいだ！」

「なんだって⁉　この、僕の、裸を！　許可もなく見たくせに！」

「ハッ。お前の裸を見たところで俺にどんな得があると言うんだ？」

「うるさい、こ、この……童貞がッ！」

「なッ……！」

童貞のくせに生意気だ！

僕は勢いよく立ち上がると、ショックを受けている大公ににじり寄った。

「僕の裸を見たのなら、僕も大公のを見なきゃ不平等だ。そうだよね？」

「お、おい、こっちに来るな……」

「僕の可愛いお尻も、色っぽい胸元も、すべすべなお肌も、見たし触ったんだから、僕だって、僕だってぇーっ！」

より距離を詰めると、ついに大公が立ち上がる。

そうして僕たちは一定の距離をとり、お風呂の中で円を描くように時計回りに動き始めた。

「大公！　タオルを巻くなんて情けないですよ」

「ふざけるな、これはマナーだ」

「ハッ！　マナー！　どこがぁ？」

馬鹿にするように鼻で笑うと、大公のこめかみがピクリと動く。

僕がショックを受けている理由は、裸を見られていた事実とは別にある。

全裸を見たにもかかわらず、大公がほんの少しも下心を抱いてはくれなかった……

その事実がショックなのだ。

「僕のことをいやらしい目で見ないなんて、大公の目は節穴か⁉」

「〜っ急に何を言い出すんだ、お前は！　俺がいやらしい目で見てどうなる！」

「だって、普通は魅力的な相手の裸を見たら、『きゃっ……』とか、ドギマギするのが普通でしょうよ！」

「俺はこれまで同性をそういった目で見たことがないんだ。無茶を言うな」

「なっ……！」

——んだって⁉

確かにこの世界でも人間に限り、前世と同様、異性愛が尊重されている。その最たる理由は、人間同士では同性間で子をなすことができないからだろう。

だが、過去に受けた「人間を知ろう」という授業では、決して同性愛が忌避されているわけではなく、たいした差別もないと聞いていたのに……

まさか、あの授業は嘘だったのだろうか？

僕は異性愛が多かった前世の記憶はあるが、今持っている考えの根本はこの世界の価値観だ。だから、人間の「同性愛は差別されやすい」という考えがいまいち理解できていなかった。

僕たち獣人も、妖精族も、龍人も、「好き」に性別や種族は関係ない。それがこの世界の大半の者の「当たり前」だ。

まさかここで、前世の知識でしかなかった性別の壁にぶつかるとは……！

「――でも、おかしいだろ。この僕の完璧な見た目を前にして、性別なんてないに等しいはずだ！」

「……お前は、本当に」

大公はすっと目を細めると、心底可哀想な子供へと向けるような目をした。

――完璧な見た目？　どこが？

まるでそう言いたげな表情だ。

「～っ、だったら他の人間で証明してやる！」

その視線があまりにも衝撃で、僕は思わず叫んでいた。

「――は？」

「人間にとって僕がそんなにも魅力がないのかを知る必要がある。何人かを対象にして確認する必要が――」

「駄目だ」

硬質な声音が飛んできて、未だに湯船を回っていた大公がぴたりと足を止めた。

「他の男に何をする気なんだ？」

先ほどまで表情豊かだったのに。気づけば感情をなくしたかのように、無表情で突っ立っている。

急な変わりように驚きながらも、ふと疑問が浮かんで問いかける。

「なんでそんなこと聞くんです？　もしかして今、妬きました？」

「――ッ！」

揶揄い半分の言葉だったけれど、大公の顔が瞬く間に赤くなっていく。それを見て、僕はどうしようもなく胸がきゅーん、と締め付けられた。

だってだって、あの大公がほんの少しでも、僕に妬いてくれたかもしれないのだから。

「本当に？　僕が他の人にも好きって迫るかもしれないと思ったから妬いたの？」

「～っ、う、うるさい。俺がなぜ妬く必要があるんだッ」

僕は、昼間に起きた「迷惑だ」事件で学んだのだ。大公はまだまだ自分の中に生まれた感情を上手に汲み取れないと。

だから、目で得られる情報だけだと、先ほどの無表情な大公は怒っているように思える。しかし、実際はそうではない。

「ふーん？　じゃあ僕が騎士の誰かに好きだって言い回っても、大公には関係ないですよね？」

腕を組み、煽るように問いかける。

すると、大公は狼狽えるように口を開閉し、そして俯いた。

「大公」

「……なんだ？」

「隙を見せたが最後、観念しろ――――！」

僕は思わずにやりと口角を上げる。

「っ！　お、おい！」

僕は満面の笑みで、臨戦態勢を解いた大公に飛びかかる。

顔を上げた大公は、飛び込んでくる僕を迷わず抱きしめてくれた。

僕を受け止めた大公が尻もちをつき、バシャーンと水飛沫が上がる。僕は向き合う形で大公の太ももの上に乗ると、コアラのようにぎゅーっと推しの体に抱きついた。

「お前ッ！　飛びかかるなんて危ないだろうがっ、怪我をしたらどうする！」

「その時は僕が治してあげます！」

「いや、そういう問題じゃ……。はあ、もういい。何を言ったところで、お前が聞くわけないものな」

大公は右手で僕の背中を支えたまま、左手で濡れて張り付いた自分の前髪をかき上げた。

僕は嬉しくて大公の顔を見上げてから、首筋に顔を埋める。

「はぁはぁ、これが推しのナマ体温……！」

「気持ちの悪い言い方をするんじゃない」

「だって目の前に推しの全裸があるんだぞ。僕は悪くない」

ベルデ領に来た時は、わずかに手が触れただけでも叩き払われた。なのに今は、こうして安全が確認された後も、大公は僕を抱きしめたままだ。それも膝の上に乗せた状態で。

背中に回る腕の温もりも、僕を受け止める逞しい胸板も、幻だと言われるほうがよっぽど信ぴょう性がある。

「……大公」

「なんだ」

「雄っぱい、最高ですね」

「〜ッ！　お前、やっぱり離れろ！」

「いでででっ！　首！　取れる！」

服の上からでも素晴らしかったのに、ナマの胸筋は触り心地もふかふかで最高でした。

大公は胡乱な目をして、僕の顔を引き剥がそうとする。しかし、僕も負けずにひっつき虫を続行中のため、押し返す手のひらにおでこを押しつけて抵抗した。

「いやだ！　もっと大公にセクハラするんだ！」

「さっきから『オシ』や『シェクハラ』などの、意味の分からない言葉はなんなんだ。お前の国の言葉か？」

「まあそんなもんです、気にするな」

少しの間、闘いは続いたが、最終的には大公が折れた。

「分かったから……。もう好きにしてくれ」

死んだ魚のような目をして、大公がぽつりと呟く。

僕は喜んで再び目の前の体に抱きついた。

「……ん？」

しばらくしてからだ。

ドッドッドッドッ、と。とんでもない速さの心音が耳に届いたのは。

最初は自分かと思ったが、徐々に僕の脈とは音がずれ始め、大公のものなのだと気づいてしまう。

ぴとりと胸元に抱きついた状態から、大公を見上げて、問いかける。

「大公……心臓がどきどき言ってます。こんなに速いと心停止しちゃいますよ……」

「っ、うるさい」

そっぽを向いた大公は、赤い顔を手で覆って、ぶっきらぼうにそう言った。

その様子を見ていたら、心がうずうずと騒いでしまう。

どうして大公はこうも僕の加虐心を煽るのだろうか。もっと困らせたくなって、気づけば息をするように自然に言葉が零れ出ていた。

「へへ、大公」

「なんだ」

「好きです」

「っ」

見つめ合ったまま告白をすると、途端に心音が先ほどよりも大きく速く鳴り響く。

その音は言葉や表情、態度よりもうんと素直で。

——ああ、もう。僕、今死んでもいいや。

心からそう思ってしまうほど、大公が相手になると、僕はどこまでも単純な男になってしまう。

好きな人の一挙一動に振り回されてばかりの、馬鹿な男に。

「好きです」

「……」

「大好きです」

「……黙れ。こっちを見るな」

「僕が大好きなのは大公だけですよ」

言葉を重ねれば重ねるほど、心に押し込めた感情が溢れそうだった。

ふと、頑なにこちらを見なかった大公が、ようやく僕を見てくれる。熱を帯びた紫の瞳は、僕の心の内側を読み取ろうとするように、静寂を纏い神秘的だった。

「……他の男にもそう言うんじゃないのか」

「えっ⁉」

「……。さっき、確認すると言っていただろ。俺以外の誰かにも、そうやって好きだと言うのか？」

先ほどまでとは言葉の重みが違う気がした。

まさか……本当にやきもちを妬いていたのか？

問われた真意を考えてそう思い当たると、今度は僕の心臓が早鐘を打ち出す。

ずっと、それこそ永遠に、一方通行の想いだと思っていたから。冷たい表情に隠れた独占欲の片鱗に、舞い上がらないでいられるはずがない。

「ちょ、ちょっと待ってください……！」

だが、突然推しからの攻撃を受けたせいか、興奮のあまり、あろうことか僕は吐き気を催してしまった。

どうやらこれまでの塩対応に慣れてしまって、萌えの許容量を超えたようだ。

「……むり」

限界オタクに成り下がった今、この状況はまずい。

僕はそっと大公の背中に回していた手を解きかける。

だが。

「どこへ行く？」

「うおぉぉっ」

離れようとした瞬間、大公が僕の腕を引き寄せた。

鼻先が触れ合いそうなほど間近に迫った顔があんまりにも美しくて……

全身の温度が急激に上昇した。

「かか、顔が、近い気が……」

「先ほどまでお前がしていたことだろ？」

「さ、さっきは揶揄（からか）っていたというか、なんというか」

誘うような色気を纏（まと）った瞳に、僕だけが映っている。

そんな、急に大人の雰囲気を出されても、僕はどうしたらいいのか分からない。僕のように子供が戯（たわむ）れるような軽い空気ならまだしも、こんな真剣に推しに迫られたら、口から心臓が飛び出そうだ。

そもそも、僕は迫ることには慣れていても、こうして誰かに迫られることにはめっぽう弱いのだ。

「王子」

ああ、やめてくれ。いい声で呼ばないで……

顔を上げることもできずに、うろうろと視線をさまよわせて、目を伏せる。

すると、大公の指先が僕の頬に触れた。びくりと肩が跳ね上がり、何が起きるのかと期待混じりに、そうっと目を上げて、言葉を失った。

「あ……」

彼の右手の甲に広がる、痛々しい火傷の痕を見つけたのだ。

「大公、これ……」

唇が震えて、呆然と大公を呼んでいた。

思わず彼の右手を取り、火傷の痕に触れる。手の甲を覆うように広がる火傷は、腕から背中のほうへ、だんだんと広がるように続いていた。

脳裏に、あの館で起きた凄惨な事件が浮かび上がる。

目の前で失った大切な人を、いつまでも抱きしめて離さなかった幼い少年の姿——

どれほど痛かったのだろうか。こんなにも酷い火傷を負うだなんて。痛みの中、少年は自分の身を犠牲にして、守ろうとしたのに……

消し去ることのできない現実が、何度でも大公を苦しめる。

「……今も痛みますか？」

「過去のものだ。既に痛みはない」

火傷（やけど）の痕を撫でながら問いかけると、大公は淡々と首を横に振る。

胸を刺すような悲しみに、僕は泣き出しそうだった。

痛くないのは、体に残る傷だけですか？

心に残っている傷は、どんなに時間が経とうとも、癒える日は来ないのでしょうか。

心の中で、口にはできない言葉を零す。

どんな言葉も慰めにさえならないと分かっているから。

僕の魔法で火傷（やけど）の痕を消すことはできるけれど、それにはなんの意味もない。表面上は消えたように思えても、一番大切なところは膿（う）んだままだ。

「大公」

「ん？」

「大公」

「なんだ？　さっきから呼んでばかりだな」

ふっ、と柔らかく大公が笑みを零す。

わずかに緩んだ眦（まなじり）が愛おしくて、僕は腕を伸ばすと、大公の頭を抱えるように胸に抱きしめた。

「何度だって言います。僕は貴方が大好きです」

「――ッ」

「好きです。大好きです。僕の宝物です」

腕の中、静かに息を呑む気配がした。

僕にこんなふうに言われても、うんざりするかもしれない。煩わしいかもしれない。それでも知っていてほしい。

「見過ごしてしまいそうなほど、不器用で優しい大公が好きです」

人から受けた傷を癒すことができるのも、同じく人だと思うから。

「何より、大公だけが我慢する必要なんてないんですよ。……手袋だって外したかったら外してください。文句だって言いたかったら言ってください。僕も黙ってないから、また喧嘩になるかもしれません。ですが、大公だけが我慢するぐらいならお互いに罵り合って、スッキリしたほうが絶対にいいです。喧嘩したら仲直りすればいいんです」

食事の時にも手袋を外さない理由が、今になって分かった。

火傷の痕を見せないために、見られないために、隠そうとしていたのだと。

どんなに喧嘩をしたって、どれほど酷い扱いを受けたって、貴方を嫌いになることはない。

「僕は絶対に貴方を嫌いになることはないよ」

最後にそう伝えると、黒髪を撫でて頭頂部にキスをする。ゆっくりと大公から離れた僕は、少し下がって膝をつき合わせるように座り込んだ。

「……俺は」

ゆらゆらと、疑いと戸惑いが綯い交ぜになったような、不安定な瞳が僕を映す。

目の前に差し出された優しさを受け取っていいのか分からない、と子供のような面持ちで。

大公にとっては全てが怖いのだろう。

人から受ける善意や好意が怖いのだ。悪意に慣れてしまった者にとって、理解しがたいものだから。

「いや。……なんでもない」

結局、大公は言葉を呑み込むように首を横に振った。

僕もまた、何を言うでもなく静かに頷く。

聞こえるのは風に揺れる葉の音や、虫の鳴き声。

しばらくの間、夜がもたらす穏やかな静寂が、僕たちを優しく包み込んでいた。

「よーし！　お風呂も堪能したし、さすがにもう上がりましょうか」

「……ああ。そうだな」

気遣いを察してか、気持ちを切り替えるように頷いた大公が、先に立ち上がる。

僕も後に続こうとして——笑みを浮かべたまま固まった。

「大公」

目の前に突如現れた、大公の大公を見つめて。

「こんにちは、大公」

「——ッ⁉」

「ご立派です、大公」

大公を守ってくれていたタオルが、無情にもぷかぷかと湯船に浮かんでいる。

現状に気づいた大公は顔を真っ赤にすると、「喜ぶな変態！」と僕を罵(ののし)ったのだった。

「たーいーこーおー、いつまで拗ねてるんですか？」

「……」

昨晩とは立場が変わり、今日は僕がへそを曲げた大公を揶揄う番だった。

大公が湯船でポロリしてからというもの、話しかけても目を見てくれない。照れているのだと分かっているので、僕はこの状況をニマニマと楽しみ、背中を追いかけ回していた。

「そんな照れなくても～。……というか、僕たちもう結婚しちゃいます？　裸も見せ合った関係だし、婚約者じゃなくて伴侶に……！」

「うるさい。さっさと馬車に乗れ」

そっぽを向いたまま、大公が馬車を指さす。むすっとしているけれど、髪から覗く真っ赤な耳は隠せていなかった。

仕方ない、揶揄うのもこのぐらいにするか。

「は～い」

力の抜けた返事をして、僕を待ってくれているヒゲ騎士のもとへ向かった。

「王子、おはようございます。どうやら仲直りできたようですね」

「うん！　昨日はありがとうね」

軽く挨拶して、馬車が待機している場所に歩き出す。

「お二人の仲がいいようで、私たちも安心です。ここだけのお話ですが、昨日も王子が馬車の中で頭を打たないように、ずっと大公が肩を貸していたんですよ」

「……え⁉」

だが、ヒゲ騎士が思わぬことを言い出して、僕の足はすぐにピタリと止まったのだった。

「それに、宿に運ぶ時も。私たちには任せず、必ず自分が連れていくと言って、大切そうに王子を抱えていらっしゃいました」

「大公が？」

「ええ。いやあ、それを見ていたらなんだか私も若い頃を思い出してしまいましてね。嫁に出会ったばかりの私も、あんなだったのかな～なんて、胸がくすぐった――」

「それ嘘とか幻じゃないよね？」

思わず言葉を遮り問いかけてしまう。

「もちろん。事実のみをお話ししておりますよ？」

ヒゲ騎士は気を悪くすることもなく、微笑みを浮かべて肯定した。

大公がそんなふうに気を回してくれていたことに、気づけなかった。だから最近は、頭のどこにもたんこぶがなかったのか……

無意識に後頭部を触りながら馬車に乗り込み、窓を開けて大公が来るのを待つ。

しばらくして、こちらにやってくる姿を見つけた。

「大公」

「なんだ」

「昨日、僕が寝た後に肩を貸してくれていたんですか？」

「なぜそれを」

大公が驚いてこちらを向く。

その様子に嘘ではないと確信して、僕はむーっと頬を膨らませた。

「せっかくなら僕が起きている時にしてくださいよ。大公とくっつけるのに、寝ている時だけなんてもったいない」

「……昨日は、お前が怒っていたからだろ」

「ほーん？　怒らせたのは大公ですけどね」

へへ、と笑いながら言うと、大公は困ったように眉根を寄せる。

「今日は？　僕の隣に来ますか？」

「……俺が隣にいたら狭いだろ」

「ぜんっぜん！　むしろ嬉しいです！」

「……分かった。だったら、そちらに行こう」

大公は自分の馬を近くの騎士に預け、馬車の中へやってくる。僕がポンポンと左隣を叩くと、戸惑いながらも、おずおずとそこに座ってくれた。

僕は「わーい」と両手を挙げて喜んだ。

馬車の中は意外と広いから、二人で並んで座っても余裕があった。

「へへ、なんか大公とデートしているみたい」

「違う。ただ帝都に向かっているだけだ」

「うーわ、なんて空気の読めない男なんだろう」

「お前は本当に口が悪いな」

僕が？　今の発言で？

意味が分からない、と肩をすくめると、大公が僕の頬をつねる。

「いたいっ！」

「生意気だ。静かにしていろ」

「はいはい。……あ！」

「……今度はなんなんだ」

僕のひらめきに、警戒した大公がそっと窓際へ後退る。

そんなのはおかまいなしで、開いた距離を瞬く間に詰めると、僕は人差し指を立てた。

「僕、お願い券を使用します！」

「何をする気だ……？」

「そんな身構えなくても大丈夫ですよ。大公のこと、ノクティスって名前で呼んでもいいですか？」

難しいお願いでもないだろう。

そう思っていた僕だが、大公の渋そうな反応を見て、首を傾げる。

「嫌ですか？」

「……ああ。その名は好きではない」

「あっ……」

ノクティス。

確か、この世界では「夜」や「闇」の意味を持つ言葉だ。

そして、オウトメル帝国は太陽神を崇めている。

眩い太陽とは正反対の意味を持つその名は、大公の存在を認めないと、否定しているようにも解釈できた。もし本当にそういう意味で名をつけたのならば、どこまでも皇家は性格がねじ曲がっている。

ノクティスって、素敵な名前なのに。

僕は夜が好きだから、なおのことそう思うのかもしれない。

昔から昼よりも夜が好きだった。静かな世界を照らすように輝く月や星を見上げる時間は、悲しみを癒してくれるから。

「そっか。じゃあー、スーちゃん！」

「つげほ」

「ノクティスが嫌なら、スーちゃんって呼びますね！　それから、めんどくさいので、いい加減僕も敬語はやめます」

「お前、大人に向かって、スーちゃんだなんて……！」

「可愛いでしょ？　というか、お願い券なんだからスーちゃんに拒否権はないよ」

「……」

にこにこと笑いかけると、「スーちゃん」は諦めたように眉間を揉む。

どうせ答えは――

「……好きにしろ」

予想していた通りの答えに、僕はにっこりと笑みを深めた。

「スーちゃんも僕のことシュアって呼んでいいからね」

「断る」

「もう、そんな恥ずかしがらなくても……」

スーちゃんは腕を組んでそっぽを向いてしまう。

僕は体を押しつけるように一層身を寄せると、耳元でそっと囁いた。

「僕たち昨日、あ～んなに濃い時間を過ごしたんだからさ」

「～ッ!?」

スーちゃんはバッと振り返り、耳を手で押さえてぴったりと窓に身をつけた。

どこまでも初心で、可愛い反応をするものだ。本当に愛らしい。

その後。

いつまでも笑う僕に腹を立てたスーちゃんが反撃を始めたのだけれど、帝都へ向かう時間は穏やかに過ぎていった。

第四章　プライドなんて捨て去るほどに

オウトメル帝都でも有力貴族のみが住まうことのできる居住区に、中でも目を引く豪華絢爛（けんらん）な屋敷が一軒。

そこに住まうのは、二人の娘を持つ、ズロー侯爵だ。

現当主のズロー侯爵は皇太后を姉に持ち、貴族社会では発言力が強い。

現在の帝国は、皇帝、皇后両陛下を支持する派閥と、皇太后を担ぎ上げ、亡き先帝の政治を支持する派閥とで二分化している。

ところが最近、派閥のバランスが崩れてきた。最たる理由は、異種族を帝国内部に招き入れた両陛下に疑念を抱く者や、融通の利かない皇帝を煙たく思う者が増えたことである。

華やかな帝都の明るさとは正反対に、水面下では両派閥の読み合いという名の争いが、なおのこと火花を散らしていた。

傀儡（かいらい）政権としてズロー侯爵と共に皇太后が牛耳（ぎゅうじ）るか、はたまた両陛下が今の座を守り抜き新たな時代が始まるのか。

中立の立場を保っている貴族たちは、どちらにつくのが賢明であるかを静観している状況であった。

「――ついに来ましたな。くだんの獣人王子」

ダークブラウンを基調としたサロンの中心で、ズロー侯爵はワイングラスを片手に呟く。

大きな体躯に、剥き出しの欲望を映し出したギラギラと力強い瞳。貴族特有の傲慢さと気品を併せもつ姿は、中年とは思わせない覇気がある。

整った顎ヒゲを撫でながら、ズロー侯爵はペロリと上唇を舐めた。考える時の癖であるその仕草は、歳を重ねた者だからこそ魅せる、渋い色香を漂わせる。

ズロー侯爵の脳裏に浮かぶのは、今日帝都に到着したというベルデ大公と、獣人王子の姿。

「獣人」と噂で聞いて思い描いていたよりもはるかに見目が良かった。己のコレクションにしたいと思うぐらいには。

陽に透けて真っ白に輝く白銀の髪と、揃いの耳と尾。目が合うと吸い込まれそうな、不思議な引力を持つ、空色の重たげな瞳も。

思わず目を惹かれた美しい獣人の姿に、ズロー侯爵は下衆な想像を繰り広げる。

ただ一点、残念なところを挙げるならば、男を見る目がないというところか。

鈍そうな雰囲気は、さすがあの男を婚約者に選んだだけのことはある、と嘲笑したくなるものであった。婚約者にしたところでなんのうまみもない捨て犬を選んだ、馬鹿な王子だと。

「私は噂通りのようだと思いましたがな。貴方はどうです？」

続けてズロー侯爵は問いかける。

対面に配置された一人掛けのソファには、額に脂汗を滲ませた同年代の小太りの男がいた。その表情はどこかぎこちなく、根底ではズロー侯爵を軽んじているのがうかがえる。

だが、男はおもねるように作り笑いを浮かべると、かすかに見えていた軽蔑の眼差しを溶かすように塗り替えた。

「ええ、ええ、見ましたとも。閣下や娘の言うように、鈍く阿呆そうな王子でしたね」

「はは、そこまで言わずとも。アレでも一応は王子。……まあ、貴方がそこまで言うのならば、我々のように高貴な血筋ではないということでしょうな」

男の笑顔が固まる。ぴくりと動きかけた眉をかろうじて押しとどめ、ゴクリと唾を呑んだ。

遠回しに、ズロー侯爵はこう言ったのだ。

——王子をこき下ろしたのは貴様。まあ、だが、一理ある。獣人などというケモノ風情が、人間のふりをしているのがおかしいのだから、と。

「は、ハハハッ！　さすがは閣下ですな！　閣下のような気高さや気品の前には、多くの者が膝をついてしまいましょう」

「何を言うか。私などまだまだ」

慌てたような男の見え透いた媚びには目もくれず、ズロー侯爵はワインを呷（あお）る。ズロー侯爵にとって、おもねるような視線も美辞麗句も、当然のものだ。

そして、目の前の男が腹に一物を抱えていようとも気にならない。不必要と判断すればいつだって「捨てる」ことができる駒（こま）の一つに過ぎないのだ。道端に転がるゴミが自分に危害を加えるかもしれないと、気にかける者などいるのだろうか。

そんな傲慢さを少しも隠そうとしないズロー侯爵を、男は冷めた瞳で見つめながら、早くここから立ち去るためにも、例の件を持ちかけた。

「して、閣下。ベルデ領にいる娘の件ですが」

「ああ。そう急かさずとも忘れてなどおらぬよ。……まあ、何やら大公と王子の噂は、これと言った面白みに欠けるものではあるが」

「……っ」

男はぐっ、と拳を握りしめる。

ズロー侯爵の頬は赤く染まり、微酔といった様子ではあった。だが、そんな状態であれ、ケチ臭いところは変わらない。

男の大切な愛娘は今、ベルデ大公の屋敷で使用人をしている。

なぜ僻地とも言われる場所に、貴族の出である年頃の娘が送り出されたのかと言えば、城で起こした事件がきっかけであった。学院の頃に見下していた女が皇后になったことが許せずに、少々行きすぎた態度を取ったのだ。

とはいえこの「少々」というのも、娘を溺愛する男から見た度合いであり、周囲にとってみれば左遷されて当然の態度ではあったのだが。

「し、しかし娘は危うく死ぬところだったと」

「だが、死んではおらぬのだろう？」

「で、ですが、王子は他の使用人をいたずらに氷漬けにし、娘を脅したのですぞ……！」

「ほう？　氷漬けに。もしやそれはなんの罪もない使用人を相手にか？」

男はズロー侯爵の言わんとすることを理解する。そして、息を呑む間もなく大袈裟に頷いた。

「ッそ、そうでございますとも！　娘の態度に腹を立てた王子は癇癪（かんしゃく）を起こして、近くにいた男たちを氷漬けにして脅したのです！」

「ほ～う。なんとも、さすがは獣人。野蛮な生き物だ」

「では閣下！　娘は……！」

「待て、早まるな。それよりも、こんな恐ろしい話を両陛下が知らずにいらっしゃるのは心配ではないか？　なんせ、瘴気（しょうき）の問題を解決するためとはいえ、わざわざ他種族に依頼を出すことにしたのは皇后自らの考えだと聞く」

「なっ……！」

ズロー侯爵はニタリと笑う。

男が今しがた作り替えたこの話を、帝都に流せと言うのだ。それも、自然と両陛下の耳にまで届くように。

そのためには貴族界隈（かいわい）に嘘の話を広げる必要がある。

結果として、噂が獣人王子の耳に届こうとも構わないと。その時に罪を被るのは、ズロー侯爵ではなく、吹聴したこの男なのだから。

男は、三日月のように細めた瞳の奥で、怒りの炎を燃やした。

――獣人王子を迎える大公のもとで何かが起きたら大変だ。そう思わないか？

今よりもう少し、春の面影が残っていた季節。男にそういたずらっぽく持ちかけたのは、目の前のズロー侯爵だ。

そして、報酬はそれなりに弾むと口にしたのも。

だというのに、ズロー侯爵は噂に違わず、自分を好きに使うだけ使って、切り捨てるつもりなのだ。大切な娘を危険に晒し、ベルデ領の騎士に賄賂まで渡して、柵の確認を怠るように手を回した。屋敷を取り仕切っていた堅物の執事長が領地を離れるよう、工作までしたというのに……

ここまでやらせておいて、ズロー侯爵はまだ自分に何かをさせるつもりなのである。

男は思った。

――このまま報酬もなく引き下がるわけにはいかない、と。

「確かに。臣下としては心配ですね。ですが、噂をお伝えするにはそれ相応の信ぴょう性が必要ではないかと」

「信ぴょう性とな？」

「はい。被害者である娘が帝都の茶会に出てありのままを話す。それが一番、周囲の人々の心を揺さぶるのでは？」

「……」

ことり、と、サイドテーブルにワイングラスが置かれる。

ズロー侯爵が視線を男から離さないまま、幾ばくかの時間が過ぎた。

「良かろう。お前の娘は私が帝都に戻してやろう」

冷ややかな笑みを口元に浮かべて、ズロー侯爵は言う。

男はまるで、ちろり、と舌を覗かせる蛇に心臓を締めつけられたかのような錯覚を覚えた。

だがこれで、大切な娘は戻ってくるのだ。それがこの男の望みであるのだから、これ以上の何かが起こるはずもない。

本音を言えば、娘の帰還と共に報酬金も頂戴したいところではあるが……

「ありがたき幸せでございます。必ずとも、閣下の望む結果をお届けいたします」

「期待しているぞ」

こうして男は屋敷を去った。

静寂が戻りつつあるサロンへ、男と入れ違いに青年が入室する。

クリーム色の髪に、薄茶色の瞳。華やかな雰囲気はないが、静寂を纏った端麗な見目をしている。

一方で、日に焼けた褐色の肌は男らしい印象を与えた。

「閣下、お呼びでしょうか」

「ああ、待っていたぞ、ロイド。あの狸がしっかりと仕事をするか見張っていてくれ」

そこで一度言葉を切り、ズロー侯爵は酷薄に笑う。

「もし、用済みだと判断したら教えてくれるかい？　不要なゴミはすぐに捨てないとうじが湧くものだ。……ああ、それと私の予定した通りに獣人王子の侍従はお前に決まったぞ。期待している」

「……承知いたしました」

硬質な声音は感情を読ませない。

ロイドと呼ばれた青年は、深々と頭を下げた。

その瞳に宿る怒りの炎を隠すかのように。

＊　＊　＊

オウトメル帝国の南にそびえ立つ城は、戦うことを目的として造られたのだろう。敵の侵入を拒むような、一メートルはあるだろう分厚い壁に、小さな窓。そして、重たい石の天井を支える半円アーチが並んでおり、装飾性とは無縁の静けさだ。

質実剛健とした外観は、帝都の華やかな街並みとは酷い温度差だった。幾度となく人間たちが争いを繰り返してきたのだという、過去の爪痕を感じさせる。

そんな城内の最奥に位置する謁見の間にて。

僕は、この世界の主人公とも言える両陛下を前に……げんなりしていた。

「——お初にお目にかかります。アンニーク王国第三王子、ジョシュア・アンニークと申します。この度は、城への滞在をお許しいただき、感謝の念に堪えません」

とは言うものの、本心では全くこれっぽっちも感謝していない。僕は会いたくなかったわけで。ついに出会っちゃったかー、と気が重い。

スーちゃんも、僕の隣で同じように控えている。実際のところ、その胸中がどんなものであるかは分からないが、皇帝とは会わせたくなかった。

とはいえ、僕もこれでも王族だ。よそ行きモードは徹底しており、レネ直伝の優雅な微笑みを貼り付けて、挨拶を終わらせる。

続いて、猫を被ったスーちゃんも、別人かと疑うほど穏やかに挨拶の口上を述べた。

ひと呼吸置いて、スーちゃんに似た、しかし僕の心に響かない声が続く。

「私がオウトメル帝国――皇帝のレーヴ・ジェア・オウトメルだ。楽にしてくれて構わない。この度の縁が、今後、互いに良いものになることを願っている」

スーちゃんにそっくりな容姿に、声音。文字通り「瓜二つ」だと誰もが思うほど、二人は似ている。

違うのは髪の色だけだ。

レーヴ皇帝は黄金色の髪をしている。太陽神の国の王に相応しい、太陽の光を呑み込んだような、輝かしい美しさだ。

それ以外は瞳の色も同じだし、今は座っているから詳細は分からないが、背格好も同じように見えた。

何より、愛想のない冷たい表情は、スーちゃんの素の時を彷彿とさせる。今はにこやかによそ行きの笑みを浮かべている姿を盗み見ると、笑ってしまいそうになるけれど。

僕の視線に気づいたスーちゃんが、「なんだ?」と文句を言いたげに見返してくる。

そうそう、この生意気でツンとした視線。これでこそ、僕の推しだ。

内心でそんなことを呟きながら、なんでもないと首を横に振りかけた時。

鈴のような温かい声が部屋を包み、スーちゃんの視線は吸い寄せられるように、それが当然であるかのように、真っ直ぐにただ一点を見つめた。

その先に待つのが誰かなんて、考えなくとも分かる。

「オウトメル帝国皇后のサナ・ジェア・オウトメルでございます。わたくしも、お二人に——特にジョシュア王子に、お会いするのを楽しみにしておりました」

見る者を安心させるような柔らかな笑みに、心からの言葉だと思わせる、誠実さと純真さ。

小説『希望のフィオレ』の主人公であるサナ皇后は、内側から輝くような透明感を持つ、愛らしい女性だった。ふわふわと腰まで届く亜麻(あま)色の髪も、穢(けが)れのない翡翠(ひすい)の瞳も。

人々の悲しみを癒し、バラバラになってしまった種族同士の手と手を再び繋ぎ合わせるに相応しい人物。

そんな、この世界の主人公が今、悪役(僕)に笑いかけている。

見たくないと思うのならば、見なければいい。そう、頭では理解している。

けれど、心はどうしたって言うことを聞かないものだ。

「……ほらね」

誰にも届くことのない、空気に溶けて消えていくような、か細い声で己を嘲笑う。

まるで自傷行為のようだ。

スーちゃんがどんな表情で彼女を見ているか、だなんて。

確認しなくとも、理解していたはずだろ。

なのに、今しがた目にした光景が、ギリギリと心臓を苛む。

僕の前では一度だって浮かべたことのない、穏やかでいて、尊い何かに触れるような、切ない瞳で……

ただただひたむきに、サナ皇后を見つめているのだ。

まるで世界にたった二人しかいないようだ。

まざまざと見せつけられる。

この瞬間、スーちゃんの中にはレーヴ皇帝も僕も存在していないのだと。

ずっと恋焦がれてきた唯一の人だけが、彼の心に存在しているのだ。

ぐっ、と喉が締まるような感覚に襲われて、息苦しさを覚えた。

咄嗟に、スーちゃんの視線を奪い取りたい衝動に駆られる。けれど、そんなことをしたところで、より一層惨めなだけだ。

たとえ今ここで僕が彼を呼んでも、その瞳が彼女から逸れることはないのだろう。

だから来たくなかった。

悪役は主人公には勝てない。

そんな捻くれた考えをしてしまうから。

これから起きることが僕たちにどんな影響を与えるのか。まるで暗い未来を示唆するように、僕の心臓は嫌な音を立てていた。

帝都に来てから数日が経ち、城での生活を楽しむ余裕も出てきた。

ここでも「食事は必ず一緒に」の約束は継続しており、スーちゃんとの関係も良好だと思う。

ただ、今日のスーちゃんは、表情が陰っていた。それが一層のこと色気を溢れさせており、僕は彼が目を伏せる度にドキドキしてしまう。

おかげで食後の紅茶を味わうこともできず、半ば作業的に飲み込んでいると、スーちゃんがうかがうように口を開いた。

「……王子。嫌なら断ってくれて構わないのだが」

「なに？」

「十日後に王子の来訪を歓迎する舞踏会が行われることになった」

「そうなんだ」

ティーカップを片手にパチリと瞬く。

そんな僕の反応に、スーちゃんはどこか気が抜けたような顔をした。

「それだけか？　嫌なら断っていいんだぞ」

「なんで嫌なの？　僕、舞踏会好きだよ。ダンスも好きだし、華やかなご飯も」

「それは……」

スーちゃんが何かを言いかけて口ごもる。

それだけで、彼が言いにくそうにしていた理由と呑み込んだ言葉を察せて、笑みが零れた。

「僕が獣人だから、人間だらけの場所で傷つかないか心配しているんだね？」

「……当たり前だ。お前は少し鈍感すぎるぞ」

「ふっ。ねえ、スーちゃん。僕はね、ベルデ領にいた時は君に好かれたくていい子にしていたよ。けど、もう今ではこの感じだし心配には及ばないよ」

何かされて黙っているほど僕は気弱でもないし、やられたことは倍にして返す主義だ。

だが僕は、そこまで言うことができなかった。

サナ皇后は絶対にそんな物騒なことを口にするはずがないから。

「だが、王子が思っているよりも、人間は他種族に慣れていない。それが結果的に王子を傷つけることになったら」

「まさか、それでずっと悩んでいたの？」

「……悪いか」

少しだけ間を置き、居心地が悪そうに頷く。

眦（まなじり）がちょっぴり赤く染まっていて、僕は思わずへへっ、と間抜けな声を上げて笑った。

「当日はスーちゃんも傍にいてくれるの？」

「ああ」

「だったら悩む必要ないね。大丈夫だよ！　それよりも僕は、スーちゃんと一緒に踊れることのほうが楽しみだ。間近でエスコートする姿を見られるのかぁ～」

高揚感を隠し切れていない感想に、スーちゃんはほんの少しだけ安心してくれたようだった。それでも結局、部屋を出て行く最後の最後まで、「嫌ならいつでも言うんだぞ」と、過保護なまでに気を遣ってくれていたのだけれど。

一人になり、天を仰いで考える。

スーちゃんにとってこの優しさは特別なものではないのだろう、と。

けれど僕は、優しくされればされるほど「もしかして」と期待を抱いてしまう。

それと同時に、出会ったことで僕の中に明確に存在するようになったサナ皇后と、自分を比較してしまうのだ。

そして勝手に落ち込むという、謎の現象を繰り返していて、我ながら辟易(へきえき)していた。

好きな人を相手にすると、こんなにも女々しくなるものなのか、と。

スーちゃんはこれから仕事があり、夜まで会うことができない。一方、僕は何もすることがないから、暇潰しに、窓から見下ろした先にある広い庭を見学に行く予定だ。

僕の護衛には、ヒゲ騎士が在籍する黒陽騎士団から一個小隊を派遣してもらっている。今日散歩に付き合わされるのは誰だろうと考えつつ、隣の部屋に控えている侍従を呼んだ。

「モブくーん！　僕、散歩に行ってくるね～」

呼びかけと共に足音もなく姿を現したのは、褐色肌にクリーム色の髪の組み合わせが、思わず美味しそうだと思わせる青年。

「かしこまりました。……失礼ですが、私の名前はロイドでございます」

「へえー」

「……よろしければ、そろそろ名前を覚えていただけると嬉しいのですが」

感情が見えない無表情とは相反した、とある感情を浮かべた薄茶の瞳が僕を見つめる。

僕は嘲笑を浮かべた。

「なぜ？　お前、僕の敵だろう？」

「ッ」

青年はピクリと肩を震わせ、わずかに動揺を見せた。

しかし、すぐに平静を取り戻すと、「おっしゃっている意味が分かりかねます」と淡々と答える。

「分からないかー。そうか、ならひとつ教えてあげる。君はね、大公を見つめる瞳に、殺意を込めすぎなんだよ」

この城での滞在が始まって、侍従として紹介された日から、ずっと。

スーちゃんに対して隠しきれない嫌悪や憎悪を、彼から感じていた。

もちろん、向けられる本人だって気づいているだろう。でも何を言うでもなく、罰を受けるように、攻撃的な視線を受け止めているのだ。

両者の態度の理由が分からず、僕は彼が何者なのかとスーちゃんに聞いた。

詳しいことは教えてもらえなかったけれど……スーちゃんは言ったのだ。

――ズロー侯爵の遠戚だ、と。

僕に付けられた侍従があのズロー侯爵側の人間だと分かっただけでも、僥倖(ぎょうこう)だと思えばいいのか。

「暇だしちょうどいいや。少し話そうか。君はなぜ大公を恨んでいるの？」

「申し訳ございませんが、なんのことだか私には――」

「見え透いた嘘をつくなって。今ここで解雇されたい？　それとも真実を言って、形だけでも僕の傍にいたい？　君の飼い主はどうしたら困るかな～」

同じ返事を繰り返そうとする侍従を遮り、二本指を立てる。

選択次第では即刻首を切られると理解したのか、侍従は諦めたように口を開いた。

「あの人は――私たちの姉を殺した最低な人だ」

薄い唇から放たれた、感情が乏しい言葉。耳に届く声はどこまでも冷たいのに、その瞳はやはり激しい怒りを宿している。

「殺した？　大公が君の姉を？」

「あの人は……幼い頃、姉を身代わりにしました。黙って暗殺者に殺されていれば、姉だけじゃなく、他の犠牲者だって生きていたはずなのに」

幼い頃。身代わり。暗殺者……

三つのワードが線で繋がり、脳裏にあの凄惨な情景が呼び起こされた。

「もしかしてそれ、屋敷で起きた酷い火事のことを言っているのか？」

「っ！　あの事件を知っているのですか!?　それなのにどうしてあんな男を！　あいつは自分が死にたくないからと、使用人の命を盾にした卑怯な男だ。もし今後も同じようなことがあったら、ジョシュア様の命だって――」

感情のままに言葉を羅列していた侍従が、はっと息を呑む。

僕は彼を見つめたまま、ただ静かに笑みを浮かべた。

指先から熱が冷えていくようだった。腹の底へと、淀(よど)みのように怒りが重なっていくのが分かる。

目の前にいる男は、この国が、皇家が作り出した膿(うみ)そのものなのだ。

僕が知らないだけで、スーちゃんは何度もこうして誰かの慟哭(どうこく)や偏見を受け止めてきたのだろう。

どうして僕たちは、悲しみや怒りに取り憑かれてしまった時、真実ではなく、見たいものや信じたいものばかりを、事実だと思い込んでしまうのだろうか。

少し考えれば分かるはずだ。本当に恨むべき相手は誰なのか。

どうして、スーちゃんを除いて誰も助からなかったというのに、「使用人を盾にした」と伝わっているのか。

冷静になれば分かるはずなのだ。そんなのは真実ではなく、歪曲された話でしかないと。

「そう。話してくれてありがとう」

「っ、も、申し訳、ございません……っ」

「謝らなくていいよ。話せと言ったのは僕だ。それに、何を信じて何を疑うかを決めるのは君なのだから」

顔を青くした侍従が、頭を下げようとするのを制止する。

僕の怒りは彼に向けるものではない。

あの事件が起きた頃ならば、彼もまた小さな子供だったはずだ。そんな幼少期に大切な姉を失くした者へ、嘘を吹き込んだ「誰か」が、僕は許せない。

「話してくれたのだし、このまま僕の侍従でいなよ。でもね」

ただ。……それでもひとつ、これだけは伝えておかなければならない。

僕は彼の目前に立つと、雄弁に心を語る瞳を見上げた。

「僕の大切なモノを傷つけるなら、死ぬ覚悟をしてからにしてね？」

「――ッ」

「もし、スーちゃんに何かしたら……。その時は僕がお前を殺すから。お前の飼い主にも言って構わないよ？　一線を越えた時には容赦しない。スーちゃんが受けてきた苦痛以上の絶望を味わわせると」

人を恨むならば恨めばいい。憎みたいのならば憎めばいい。

しかし、その思いを刃にする時は、自分の命を懸ける覚悟を持つべきだ。

己が憎んだ相手は、名も知らぬ他の誰かにとっての、愛する者であるのだから。


「ジョシュア王子。まだどちらの庭に行くか決まっていないようでしたら、オルティンセアの花が咲く、南の庭はいかがでしょうか？　見られるのはこの季節だけのため、人気なのですよ」

「オルティンセア？　知らない名前だな。どんなお花なの？」

「有名なのは、青紫色の美しい花です。桃色や白色などもありますよ。小さな花びらが身を寄せ合って丸い形を象（かたど）っているのですが、大変美しいのです」

僕が滞在している宮内から庭へ続く回廊を歩きながら、本日の護衛を務める「隊長さん」がおすすめを教えてくれる。

青紫の花と聞いて真っ先に思い浮かんだのは、紫陽花だった。

名前は違えど、もしかしたらそれかもしれない。前世の記憶を懐かしく思い、僕はその庭へ行くことにした。

「いいね！　じゃあ、今日はそこに行こうか」

「承知いたしました。それではご案内いたします」

隊長さんはいかつく近寄りがたい雰囲気を崩すように、穏やかに笑う。

彼は、騎士たちを浄化した時に「なぜ浄化魔法をかけたのか？」と問うてきた騎士だ。そして、黒陽騎士団の隊長でもある。だから、あだ名は「隊長さん」にした。

あの時、皆を代表するように頭を下げていたからそうではないかと予想はしていたが、この若さで隊長とは、素直に素晴らしいなと感心する。

きっと、並大抵の努力ではなかったはずだ。

だからなのかな？　どこか近寄りがたく感じるのは。

顔はとても整っているのに、ちょっと隙がなさすぎて、「かっこいい人」の話題には上がらなそうなタイプなのだ。

僕はそんな隊長さんの案内のもと、順調に庭への道を進んでいた。

だが、城と宮を繋げる広い階段を下っていた時。

前方の踊り場に嫌な奴の姿を見つけて、足を止める。

僕が警戒を見せたことで、隊長さんも鋭い目付きに変わり、僕を背に隠した。

「――これはこれは、皇后。偶然ですね。して、本日はどちらへお出かけに？」

「――ごきげんよう、ズロー侯爵。天気がいいものですから、庭へ行こうかと」

迫力のある声。大袈裟な身振り。ニヤニヤと意味深な笑い。前世で見た映像そのものの姿で、天敵のズロー侯爵が存在していた。

周囲を行き交う者たちも、何かが起こるのではないかと、平静を装いつつ聞き耳を立てているのがうかがえる。

まあ、それも当然。皇后のほうが地位が上なのに、侯爵から慇懃無礼に声をかけたのだ。

今でこそ皇后だが、元は落ちぶれた、または没落した侯爵家の「貧乏娘」だ。原作では主人公を嘲笑する場面でよく使われていた呼称である。

たまたま光魔法が使えたから選ばれただけの「お飾り皇后」と、ズロー侯爵率いる反皇帝派はそう思っていた。

特に、ズロー侯爵はサナ皇后の存在が許せないのだ。彼には、自分の二人の娘のどちらかを皇后にし、己が宮中を掌握する算段があったから。

僕が記憶を呼び起こしている間にも、彼女たちの舌戦は続いていた。

「それはそうと、皇后。昨夜も陛下は執務室で就寝なされたと聞きましたが。私は思うのですよ。果たして帝国はこのままで大丈夫なのだろうかと」

「どういう意味です？」

ズロー侯爵め、とんでもない爆弾を投下したな。

要は「まだ抱かれていないのか？」と言いたいのだ。それだけではなく、「寝室を分けるほど、お前に魅力がないのか？」とか、「子を産むのが皇后の役目なのに怠慢だ」とか。

まあ、色々含まれた質問であることは確かだ。それも、とんでもなく無礼な。

さてさて、この先はどうなるのかな～。

僕は尻尾をゆらりとさせて、隊長さんの背後から顔を覗かせた。

僕にとってズロー侯爵も主人公も、どうでもいい存在だ。周囲と同じく彼女たちの戦いを見学させてもらおう。

「いえね、お気を悪くされたのであれば申し訳ございません。ただ、考えてもみてください、このままでいいのかと。私は純粋にこの国の行く末を――」

「ズロー侯爵」

ズロー侯爵の言葉を切り裂くように、サナ皇后が口を開く。その声は凛然と透き通っており、決して大きな声ではないのに、場の空気を一瞬で掌握した。

「貴方は今、わたくしを――ひいては皇家を愚弄したと受け取ってもよろしいでしょうか？」

反抗されるとは思ってもいなかったのだろう。先ほどまでの、自分に酔いしれた恍惚の表情が一変して、ズロー侯爵の顔が引き攣っていく。

「は？　愚弄ですと？　いったいこの私の――」

「そうですか」

だが、またしてもサナ皇后は言葉をぶった切った。「この場を支配しているのは貴方ではなく、わたくしなのよ」と示すように。

「わたくし、嘆かわしいですわ。まさか侯爵ともあろうお方が、当然のマナーをご存知ないとは……。驚きました。時と場を選んで正しい会話をすることができないのですもの」

それはそれは愛らしい笑みを浮かべて、サナ皇后は言う。

あれは「こんな誰が通るか分からない場所で閨の話をするだなんて下衆な人。育ちが悪いのですか？」とでも言ったのかな？

貴族言葉ってどうしてああも遠回しなのかな。それでも、読み取るのが苦手な僕が理解できたのだ。当然、あの馬鹿も理解したはずだ。

視線をやると、案の定、みるみるうちにズロー侯爵の顔が赤く染まり出した。

「なっ……！」

「そんな気に病まないでくださいませ？　人間誰しも足りないところはございますもの」

そうして最後に、ふふっ、と軽やかな笑い声で止めを刺す。

サナ皇后付きの二人の侍女も、援護射撃とばかりに、優雅な笑みを浮かべている。

だが、僕は気づいてしまった。

サナ皇后の指先が震えていることに。

「私は——」

ズロー侯爵が何かを言いかけるのと同時に、僕は軽快に階段を下りると、二人に近づいた。

「サナ皇后ー！　こちらにいらしたんですね？　僕、捜し回りましたよ～」

突然の乱入に驚いた彼女は、真ん丸な瞳を瞬いた。

「あれ？　以前お約束した庭を紹介してくださる日って、今日ではなかったですか？」

僕はすっとぼけた調子で首を傾げる。

そんな約束はしていないのだから、彼女が困惑するのも当然だ。頭上にクエスチョンマークでもつきそうな顔をしている。

だが、「そうでしたか？」なんて下手な反応をされても困るから、さっさと話を進めることにする。

僕はわざとらしくズロー侯爵のほうを見て微笑んだ。

「それでサナ皇后、こちらの方は？」

ズロー侯爵のことならば、よーく知っている。

しかし、紹介されてもいないのに、知ったような口を聞けるわけもなく。僕は彼を紹介してほしいと話を振った。

すると、ここでようやく僕が助け舟を出したと察したのか、彼女は表情を切り替えて「ズロー侯爵です」と端的に答えた。それほど紹介したくないようだ。

「ズロー侯爵ですね。お初にお目にかかります、僕はアンニーク王国第三王子、ジョシュア・アンニークです。しばらくこちらに滞在する予定なので、仲良くしていただけると嬉しいです」

「これはこれは！　ご挨拶いただきありがとうございます。ご紹介にあずかりました、ズロー侯爵でございます。王子とは是非、親交を深められましたら幸いですな」

ズロー侯爵は快活に笑うが、目は全く笑っていない。ギラギラしていて、言葉だけは友好的な挨拶が高圧的に感じる。

ある意味貴族らしいと言えば聞こえはいいが、それは中身が伴ってこそであり、欲望に満ちてどろどろしている男なんて御免だ。

「そういえば王子はベルデ領からいらしたとか。……噂で耳にしたのですが、何やら屋敷の人間と揉めたらしいですな」

榛色の目を一際鈍く輝かせ、ズロー侯爵は舌なめずりするようにねっとりと言った。

「僕が屋敷の使用人と、ですか？」

「ええ、なんでも……王子を怒らせる出来事があったとか」

「……あぁ」

この男、自分がこの世の支配者だとでも思っているのだろうか。

僕は頷くのと同時に顔を伏せた。微笑の浮かんだ口元を隠すために。

「……もしかして、あのことかな？　ベルデ領の皆さんはとてもいい人たちで、僕を歓迎するために色々と考えてくれていたんです！　でも、ほら、まだまだ僕たちはお互いに知らないことが多いでしょう？　そのせいで勘違いや行き違いがあって……」

やはり、この男が手を回していたのか。

内心で辟易しながら、僕は同情を煽るように眉を八の字にする。

周囲が注目していることも分かっていて、耳を伏せ、尻尾もたらりと力なく下ろした。

「それがこちらではそんなふうに噂されているんですか……？　悲しいです。僕を怒らせるどころか、とろい僕のせいで皆のほうが大変だっただろうに。これじゃあ、頑張ってくれていた皆が報われない……」

ズロー侯爵は、僕をわがままで乱暴かもしれない要注意人物として、印象付けたかったのだろう。

だが、僕が分かりやすく可哀想なポーズをとったものだから、周囲は噂はただの噂でしかないと判断したようだった。至るところから、同情や慰めるような視線が飛んでくる。

ズロー侯爵も周囲の者たちの心の機微を悟り、慌てたように口を開いた。

「いやはや、まさか事実がそうであったとは！　しかし、王子は優しいお方なのですな」

「とんでもない！　僕はただ、ベルデ領の皆が悪く思われちゃうのが嫌で……。それに、向こうの生活も凄く楽しかったんです。皆で一緒にご飯を作ったりもしたんですよ。あと、魔石や治癒薬を作ったりも」

「――――！　なんとそのようなことまで！」

魔石や治癒薬なんて、お前は喉から手が出るほど欲しいだろう？

僕を敵に回すのか、それとも表面上だけでも仲良くしておくべきか。

どちらが自分にとって益となるか、嗅ぎ分ける嗅覚は人一倍すぐれている男だ。周囲の僕に対する友好的な空気も相まって、ズロー侯爵は僕を敵に回すことはやめたようだった。

このままでは聞き耳を立てている使用人たちに、「何も知らない王子を虐めた意地の悪い侯爵」と噂を立てられる。それは本人もご遠慮したいところだろうしな。

「そうだ、サナ皇后も侯爵も、僕にできることであればいつでも相談してくださいね？」

いい子ぶるのは、このくらいでいいだろう。

サナ皇后が優しく「ありがとう」と言い、これで終わり……かと思えば、ズロー侯爵が思い出したように「そういえば」と再び口を開いた。

「王子の侍従（ロイド）は私が推薦したのですよ」

「侯爵が？」

まるで褒めろと言わんばかりに、モブ君について言及する。

とっくに知っていたが、僕はわざとらしく驚いた。

それに気を良くしたらしいズロー侯爵が、自慢するように頷く。

「そうですとも！　彼は私の遠戚なのですが、稀少な魔法が使えるため、魔法に秀でている王子とも話が合うのではないかと」

「へえ……」

「何より、あの子は不憫（ふびん）な子でしてね。生まれた時に両親を亡くし、親代わりの姉も幼い頃に亡くして……。あんまりにも可哀想ですから、私が引き取ったのですよ」

「そんな過去が……。でしたらなおのこと、彼とは仲良くなりたいですね」

へえ、そう。だから、遠戚の子供を、お前のような男が引き取ったのか。モブ君が「稀少な魔法を使える子供」でなかったなら、見向きもしなかったくせに。

まるで女神のごとき慈悲を与えたと言わんばかりの態度だが、いずれ自分の駒（こま）になると考えた結果だろう。

人間たちは、魔法が使えるということをかなり重要視している。

だから、魔力を持っているというその事実を知って、殺そうとしていた我が子を飼い殺しにしたのだ。

もしあの火事でスーちゃんの魔力が発現しなかったら、たとえ一命を取り留めたとしても、お前たちは無感情に命を奪ったのだろう？

それなのに、まったくの善意で、優しく手を差し伸べたつもりでいるのだ。

僕たち獣人を見くびるくせに、魔石や治癒薬は欲しがる。我が子でさえ穢(けが)れた存在だと嫌悪したくせに、稀少な光魔法が使えると知れば、生かしておくのだから……

虫唾が走る。やはり僕は、こいつらとは仲良くできそうにない。

「ジョシュア王子は素晴らしいお方ですね。ベルデ領での生活、大変だったと思いますが、皆に寄り添ってくださりありがとうございます。それから、侍従にもお気遣いくださいましたこと、重ねてお礼申し上げますわ」

話を切り上げるようにサナ皇后が言う。僕も相槌を打ち、サナ皇后と共にその場を離れた。

しばらくして回廊に出ると、彼女が足を止めて僕を振り返る。

「ジョシュア王子、先ほどは助けていただきありがとうございます」

「いいえ。僕はただサナ皇后がかっこいいと思ったままでですよ」

「かっこいい、ですか？」

不思議そうに首を傾げた彼女の姿に、原作小説を思い返す。

彼女は元々とても気が弱かった。今の姿からは想像もできないほど。

実質没落貴族であり、名ばかりの侯爵位。貴族社会において風当たりは当然強いものだ。そのせいか、サナはいつの間にか「私なんか」と自分を卑下するのが当たり前になった。自分の存在を隠すことばかりが上手くなり、周囲の意地悪な態度に傷つけられることに慣れてしまうような環境は、彼女から自信を奪い去った。

ただ、そんな自分の生き方を酷く後悔する出来事が起きる。

それが、光魔法を発現した時のことである。

きっかけは、彼女の父親である侯爵が病に臥せったことだ。救う手立ては光魔法だけという特殊な病であったが、高額な治療を受けられるほどの資金は、サナの家にはない。

そして、自分と妹を心配させまいと笑いかけてくれる優しい父親を亡くした直後に、彼女の中に眠っていた光魔法が発現したのだ。

サナは嘆いた。

「自分なんか」と口癖にしていた言葉が、己を縛り付ける呪いになっていたのだと。

諦めるほうが、痛みに慣れるほうが、楽だから。

そうして逃げた結果、助かったかもしれない父を、救う機会さえ失った。

だから、自分に約束したのだ。

もう二度と大切なものをなくさないように、何もせず諦めることはしないと。

「……やっぱり、サナ皇后は強いですよ」

「そう、でしょうか？」

何も言えず陰に隠れるばかりだった少女が、ああしてズロー侯爵に立ち向かっていた。だから、指先が震えているのに気づいた時、思わず助けてしまったのかもしれない。

ズロー侯爵がそれに気づいたら、きっと酷い結果になっていただろうし。

「あ、あの！　ジョシュア王子！」

「なんでしょう？」

「もしよろしければ、お紅茶でもいかがでしょうか？」

サナ皇后は頬を赤く染めて、やや緊張した面持ちだった。

僕は少しだけ悩み、その誘いに乗ることにする。

「いいですね！　僕、お茶会が好きなんですよ」

この日から、僕の一日にサナ皇后との茶会が組み込まれたのだった。


「今日も皇后のところへ行くのか？」

昼食後、部屋を出て行くスーちゃんが、どこか言いにくそうに問いかける。

僕はその質問にどんな真意が含まれているのかと考えてしまい、咄嗟(とっさ)に答えることができなかった。

「……頻繁に皇后のところへ行くのはよしたほうがいいかもしれない」

すると、またしてもスーちゃんは言いにくそうに、そう付け加えた。

スーちゃんの言う通り、僕は頻繁に茶会に招かれている。

そういえば人間の常識では、茶会とは本来は女性が行くものであり、男性はそうそう参加しないものだ。これが成人前ならば話は別なのだが、残念なことに僕もサナ皇后も成人している。

祖国であれば、性別の枠に囚われず、男性が主催することは珍しくなかった。その感覚で深く考えずにいたが、人間は違うのだったな……

僕はスーちゃんの婚約者という立場なので、どちらかと言えば女性寄りの立ち位置になるだろう。

それでも、人間からすると扱いに困るのかもしれない。女性として扱えばいいのか、もしくは男性としてなのか、というふうに。

「うーん、分かった。確かに男の僕と皇后が二人でよく会っていたら、下手に勘ぐる人も出てくるものね」

ここは祖国ではないから、僕が人間の価値観に寄り添う必要があるだろう。

ただ、今日はサナ皇后から紹介したい人がいると聞いていた。だから今日だけは顔を出して、以降は控えると伝えると、スーちゃんはほっとしたような表情を浮かべた。

胸がざわつく。

その安心はどういう心理から来るものなのだろうか。

大切なサナ皇后に、立場上だけでも婚約者である僕が距離を置くことによる安心？

それとも、僕がサナ皇后と仲良くなるのを控えてほしいから？

そんな、勝手な想像で卑屈になっていく。

いつもと変わらない、口元にほんのわずか乗せられた微笑を見て、その笑顔も偽物なのかな、なんて思う自分が、情けなかった。


茶会はいつか散歩した南のオルティンセア庭で開かれている。オルティンセアという花は予想通り、前世の記憶に残る紫陽花(あじさい)と同じものだった。

その庭へ向かいながら、頭の中を整理する。

原作での流れと照らし合わせると、今は初夏だから第三章のあたりだろう。

スーちゃんが死ぬ第四章――龍人編は、夏本番に開催される星夏祭から始まるのだ。

余談だが、原作のわがまま王子ジョシュアが本来登場するのは、スーちゃんが死んだあと。物寂しさが漂う秋の始まりの頃だ。

それはさておき、星夏祭まで残すところ約二ヶ月。今のところ、スーちゃんを見ていて不安定だと感じることはないが、これからはより気を引き締めて、おかしなフラグはビシバシと折っていかなければ……

確か第三章は、瘴気(しょうき)の問題が浮き彫りになり、サナ皇后が祈る思いで他種族へと手紙を出すことから始まる。そして、両陛下が視察のためベルデ領に向かう途中で、人攫(さら)いに襲われている妖精族の第二王子を保護するシーンへと繋がるのだ。

妖精族はひと目見ただけで分かるほどに目立つ容姿をしている。成人してもあまり高くならない身長に、七色に輝きを変える虹瞳（アースアイ）。

そして、周囲に精霊が集まっているため、物凄く眩しいのだ。妖精族は精霊と仲が良く、互いに信頼し合っている。そのため、妖精族の目には精霊の姿は普通の人々と変わらず、くっきりと見えているそうだ。

一方、僕たち獣人は、気まぐれな精霊が姿を見せたいと思わない限り、眩しい光の球体としてしか彼らを認識することができない。その結果、周囲に精霊を纏（まと）わりつかせている妖精族は、獣人たちにとっては眩しくて、目に優しくないのだ。

まあそのおかげで、どこにいてもすぐに「あ、あそこに妖精族がいるな」と判断できて便利なのだけれど。

とはいえこれは獣人側から見た妖精族の姿。

人間は魔力が少ないから、精霊を見ることはそうそうできない。

確か、両陛下が妖精族の第二王子と出会った時は、王子が魔法で人間の子供に姿を変えていた気がする。

どこにでもいる平凡な子供を両陛下が救ってくれて、良い人間もいるのだなと興味を持った第二王子が、本当の姿を教えて人間のもとで暮らし始める、といった流れだ。

おいおい、第二王子が襲われかけたのは、妖精族の王位継承問題に関わる計画的犯行だったと判明したりもするのだけれど……

まあそのあたりでは、僕やスーちゃんは物語に関係がない。解決するのも原作小説の終盤辺りだったし。

考えの整理がひと区切りついた頃、ちょうどよく庭に到着した。

庭には今が盛りの紫陽花が、四阿へ向かう道を囲うように咲いている。完璧な計算のもと整えられたであろうここには、ささやかながら小川もあった。みずみずしい緑の葉に、紫や青、桃色の大ぶりの花が咲き誇り、耳に心地いい水の音が流れている。

ただ、どうしてなのだろう。眩い陽に照らされ輝いているのに、どこか物寂しくぽつねんと存在しているような印象を受けるのは……

目前にある見事な青紫色のグラデーションの花に、手を伸ばしかけた時。

僕の鼻先をひとつ、ふたつと何かが通り抜けていく。

小指の爪ほどの大きさをした、真っ白な光。それは、ほんの少し前に、過去の記憶と照らし合わせたばかりの光の球体そのもので……

「え、まさか」

僕は顔を上げると、紫陽花に隠れた向こう側にある四阿へ急ぐ。

徐々に明確になってきたその場所に、見慣れたサナ皇后ともう一人——妖精族の第二王子の後ろ姿を見つけて、僕は足を止めた。

「だから眩しいんだって！」

ライトを眼前に突きつけられたような眩しさに、僕は思わず叫ぶ。

すると、妖精族の第二王子が振り返った……ように見えた。なんせ姿が光に包まれているものだから、なんとなくのシルエットから予測する他ない。

「ジョシュア王子！　こちらですよ！」

「ああ、サナ皇后……。申し訳ないんですが、その……」

いや、もう面倒だからいいか。

「妖精族の方、失礼ですが周囲にいる精霊を遠くに行かせてもらえますか？」

「ああ、そうだったね。獣人はこの光が苦手だったな。……キミたち、すまないがそういうことなんだ」

妖精族の第二王子が、申し訳なさそうに空中に向かって話しかける。

その様子を見ていたら、なんだか僕が意地悪で精霊を追い払わせたようで、いささか居心地が悪かった。

「獣人王子、精霊たちは他で遊んでくるそうだ。もうじきボクの姿が見えてくるだろう」

「お手数おかけしました」

少年特有の鼻にかかった甘い声音に、利発そうな口調だ。

言われた通りに、徐々に光が和らぎ出す。まだ見ぬ姿を覆っていた光の球体が、ひとつふたつと空へ消えていき、淡い輝きの中にうっすらと輪郭が浮かび上がった。

光に透ける柔らかなピンク色の髪に、ぱっちりとした大きな瞳は、こちらから見ると赤いさくらんぼうのようだ。ちょこん、と椅子に座るちんまりとした体に、地から浮いた足をたどった先にある、まるい膝小僧。フフン、とどこか偉そうに笑うたびに揺れる、顎先で切りそろえられた髪の毛……

気づけば、僕は思わず叫んでいた。

「えぇっ、ちっさ！　可愛いっ！」

記憶していた情報よりもはるかに小さくて可愛い姿に、胸がときめいた。

「い、……今、なんと言ったんだい？」

「ん？　可愛い？」

「それではない！　それの前だ！」

「あー、小さい？」

「～ッ！　ぼ、ボクは小さくないぞ！　これでもキミよりははるかに年上なのだからねッ」

ぷいっ。

妖精族の第二王子――セラジェルが拗ねたようにそっぽを向く。

本人は怒っていると示したいのだろうが、むしろ逆効果だ。だって、むっちりとした頬をぷくーっと膨らませるものだから、怒らせたという感情よりも、「えー、可愛いー！」のほうが先に心を埋め尽くすのだ。

僕はセラジェルの近くへ寄ると、顔を覗き込んでへへ、と笑った。

「僕はアンニーク王国の第三王子、ジョシュアだよ！　よろしくね、かわい子ちゃん！」

「お、お前……！　先ほどからボクを馬鹿にしているのかっ」

「そんなわけないじゃん！　ほんとにこんなに可愛い子、初めて見たよ！　ここが僕の国なら、今すぐ弟にしたいぐらいだ！」

決して馬鹿にしているわけではないのだと熱弁する。

圧倒的な可愛さに、心がワキワキしてしまうだけなのだと。

妖精族と会うのは初めてではないし、セラジェルの姿は前世の記憶で知っていた。だが、こうして本物を目の前にすると、前世の情報よりもはるかに鮮やかで愛らしくて……

「そ、そうか……？　ふむ。確かにボクの可愛さはそんじょそこらの者では敵わないだろうな。……ボクはセラジェルだ。まあ仲良くしてやらないでもないぞ」

「アハハ、否定しないんだね？　結構ナルシストなのかな」

「ナルシストではない！　ボクはあくまでも真実を述べただけで――」

「うんうん、分かった分かった」

それに加えてこの反応だ。

弄（いじ）りがいがあるセラジェルを気に入った僕は、知らぬ間に尻尾を揺らしていたらしい。ふわりふわりと揺れる飾り毛が、横に立つサナ皇后のドレスに当たってしまった。

「あっ、ごめん！　大丈夫？」

「いいえ、お気になさらず。それよりも、お二人が仲良くなれそうで、安心いたしました」

ふふ、と笑うサナ皇后に、噛み付くようにセラジェルが「仲良くない！」と否定する。

だが、僕が「仲良くしてくれないの？」と見つめると、ぐっと喉を鳴らし「……しないとは言っていない」と呟いた。

そうそう、セラジェルってこんな性格をしていたなー。

頭脳明晰で他人に甘く、とても照れ屋なのだ。

ピンク色のサラサラで柔らかそうな髪の毛が風に靡く。綿菓子みたいで美味しそうだなと思った時、僕を見つめるセラジェルの瞳が七色に変化した。

その視線は刺すように、僕の心臓――いや、紋章を透かし見ていた。

「キミ、その紋章――」

「ねえ」

その話は、今ここですべきものではない。

僕の胸にある紋章は精霊に付けられたものだ。それをこの世界では「祝福」と呼ぶ。だけれど、既に僕にとっては呪いと化したこの紋章に、どんな意味があるのかを暴かれたくはなかった。妖精族の王族であるセラジェルには、この紋章がどういう条件で成立しているかなど、見えているのかもしれないけれど……

それでも、今はその時ではない。

「その話はまた今度。それよりセラジェルって呼んでもいい？」

「……ふん。勝手にしたらいいさ！」

「わーい！　ありがとうセラジェル！」

「まったく、キミこそ子供じゃないか」

とかなんとか言いつつ、セラジェルの口元は嬉しそうにモニョモニョしている。

僕は知っているぞ。

あまり人付き合いが上手くない彼もまた、僕と同じく友達がいないことを。

さすがにいくら獣人や妖精族が、人間のように礼儀にうるさくないとはいえ、相手を知っていなきゃここまで不躾な行動は取れない。

……まあ、単純に僕の性格的に、堅苦しいのが苦手なのもあるけれど。

ただ、話しかけるたびに嬉しそうに口をモニョモニョさせるセラジェルと、友達になれたら楽しそうだと思ってしまった。

＊＊＊

「ベルデ大公。どうです、少し休憩をとられては」

「ああ……そうだな、少し外の空気を吸ってくるよ」

書類仕事を終えた俺は、補佐の提案に乗り、執務室を出た。

大きな支柱が等間隔に並ぶ回廊を、あてもなく歩く。外に面したここは支柱の間から心地のいい日差しと風が入り込むため、息抜きにはちょうどよかった。

しかし、そこに水を差すように女性の囁き声が耳に届き、歩みが止まる。

「ねえ、あの噂知っている？」

「獣人王子と皇后様のことなら、知らないわけがないわ」

「そうよね。皆、お茶会は名ばかりで、密会しているんじゃないかって……本当なのかしらね」

「やだー！　それが本当なら今頃二人で、ってことなの？」

滞在先として宛てがわれた宮の一角。

曲がり角の向こうで交わされる会話のその声音はどこか愉悦を含んでおり、下世話な思惑が隠しきれていない。

ここは王城内ではないが、俺と王子が滞在していることは知っているはずだ。誰が聞くとも分からない往来でする話題ではないだろう。

何より、退屈しのぎのために妄想とも言える噂話をされていると思うと、腹立たしかった。

「それは間違いですよ」

「キャッ！」

「――った、大公様！」

角を曲がり、侍女二人の顔をしっかりと見定めてから、柔く微笑んだ。

「驚かせてしまったかな？　ただ、こんなところで私の婚約者の話が聞こえたものだから」

「も、申し訳ございません……！　い、今のはッ」

赤茶色の髪を後ろに束ねた女が、顔を青ざめさせて言い訳しようとする。

俺は言葉に被せるように首を振ると、「そうではない」と言った。

「そんなに怖がらずとも大丈夫。何も知らなければ、邪推してしまうのが人間なのだから」

「えっ、それはつまり……」

きょとりと瞬いたのは、突然のことに固まっていた、もう一人の小柄な女だった。

赤茶髪の女から、そちらへ視線を移す。

「実のところ、皇后との茶会を勧めたのは私なんだ」

「た、大公様が……？」

「どうしてなのですか？」

心の底で熱が引いていく。

この状況を恐れながらも、興味を殺しきれていない。

俺は決して「許す」とは口にしていないというのに。

「私の婚約者はこの国の者ではない。当然、人間の礼儀作法を詳しくは知らないし、帝都には友人もいないからね」

「あっ、それで皇后様をご紹介に？」

「そう。私は皇后とは昔馴染みで、面倒見の良さも知っているからね。何より国同士の理解に繋がるなら、と紹介したのだが二人とも気が合うようで」

そこで言葉を区切り、わざと困ったように眉根を寄せてみせた。

「私のことも少しは構ってほしいのだけれどね」

「――――！」

「まあ……大公様は王子殿下のことを好いていらっしゃるのですね？」

小柄な女が顎の下で手を組み、恍惚(こうこつ)と問いかけてくる。

俺はそれに言葉では答えず、ただ微笑みを浮かべた。

「なのに私たちったら……。先ほどのご無礼を心よりお詫び申し上げます」

「申し訳ございません、大公様」

「私の婚約者は繊細だから、あまり虐めないであげておくれ」

「ッ！　もちろんです！　同じような話を聞いたらしっかりと注意いたしますわ！」

城務めの大半が噂好きであることなど、誰しもが知っていること。これで少しでも王子に関する嫌な噂が消えるのならば、装うことなど些末なことだと思えた。

「……」

そこではた、と自分の考えに困惑する。

今、何よりも真っ先に思い浮かんだのは「王子」に対しての心配。

「皇后」よりも、まるで当然のことのように「王子」を優先していたのだ。

これまでの自分は面倒なことは避けてきた。先ほどの侍女たちの会話が俺に対するものであれば、対処しようとは考えなかっただろう。

……ただ、嘲りの矛先が王子に向いているのだと理解した時。

たいそう腹が立った。何も知らずに噂を吹聴する者たちへの明確な怒りや軽蔑を抱いたのだ。

それに、もし王子がこの噂を耳にしたら、どう思うだろうか。

「僕が魅力的だからそんな噂が生まれちゃうのも仕方ないよね～」と自信たっぷりに笑うのか。

はたまた、「へー、いい度胸だねぇ」と空色の瞳を獰猛に輝かせて、強者らしく不遜に言い放つのか。

どちらにせよ、聞かせたくはない。

王城は今、王子と皇后の噂でもちきりだ。

だから、噂が王子の耳に届く前に、皇后との茶会を控えるように注意した。今日で最後にすると言っていたが……。それが王子から楽しみを奪うことになるならば、俺のしたことは間違っていたのではないか。

王子の歌うように話す姿を、いつの間にか心地よく感じるようになった。何にも縛られない自由な鳥のような姿に。

なんてことない会話ひとつでさえ、楽しくて仕方がないのだと。幼子が、起きた出来事を嬉しそうに母に話すように。

王子の言葉はいつだって真っ直ぐで、気づけばするりと心に入り込む。そんな姿を好ましいと感じていたのに、ここ最近の王子はどこか影があり、無理をしているようだった。

考えてみると、王子は帝都に来ることを酷く拒絶していた。

だからと言って、瘴気(しょうき)に侵されたあの地に王子を滞在させ続けるわけにもいかない。そう思って連れてきたはいいが……

「ずっと独りではつまらないよな？」

領地では「おチビちゃん」との愛称で呼んでいた少年を筆頭に、使用人たちと仲が良かった。それに比べてここには、気の許せる相手もいないだろう。

もし王子にとって皇后との茶会が唯一の息抜きになるのであれば、噂ごときでその時間を奪うのは酷なのではないか……

一度浮上した疑問や不安は、そう簡単に振り払うことなどできず。

結局のところ直接本人の様子を見るのが一番だと、気づけばくだんの茶会場所へ足が向いていた。

茶会をしているという南の庭の入口に差し掛かったあたりで、一人の男を見つけた。

背中に流れる豪奢(ごうしゃ)な黄金色の長髪に紫の瞳を持つ男は、まるで鏡に映る己を見ているかのように錯覚させる。

唯一違うのは髪の色と長さだけ。

愛想のない仏頂面も、傍にいる者を大切にできない愚かさも……

嫌なところまで瓜(うり)二つである。

能面のように感情の抜け落ちていた顔を見て、機械的に口元に笑みを浮かべた時。

その男も俺の存在に気づき、こちらへ視線を投げた。

「奇遇ですね。——陛下もこちらにご用が？」

俺だけが知る真実。

同じ父と母を持つ本当の兄弟——レーヴ皇帝陛下はその瞳に、ほんの一瞬ではあるが困惑を浮かべた。

「ベルデ大公か。……いや、特に用はないのだが」

「それでは散歩に？　中では茶会が開かれていらっしゃいますが」

陛下と皇后については、二人が結婚してからこれまでの三年間、仲睦まじさをうかがわせる噂のひとつさえ耳にしたことがない。率直に言えば、二人の仲は冷えきっている。

とはいえ、それも噂に過ぎない。実際のところは皇后は陛下に想いを寄せており、陛下がそれに気付かずにいるのだ。

ただ、この男を見ていると常々思う。

気付かないのではなく、気付きたくないのだろうと。

皮肉なことに、兄弟だから分かることなのかもしれない。

そんな、周囲からは皇后と犬猿の仲だと勘違いされている男だ。皇后が茶会を開いていることなど、把握していなくとも不思議ではない。

そういった意図で問いかけたのだが、意外にも陛下の反応は鈍く、分かった上でここまで足を運んだようだった。

「……私は王子の様子を見に来たのですが。どうです、ご一緒に中の様子をご覧になりませんか」

「大公も様子を？」

「ええ。せっかくの紅茶も、喧騒の中では楽しむこともできないでしょうから」

俺の言葉を陛下は思案する間もなく理解したようだった。

その様子に、俺は内心で驚いた。陛下も俺と同じく、噂が気になってここに来たのだ。

その噂とは、先ほど耳にした根も葉もないもの。皇后と王子が密会——逢い引きしているのではないかという、不愉快なものである。

以前の陛下ならばどんな噂が立とうと、自らの足で確認することなどなかったはずだ。あるとしても「自覚不足だ」と淡々と、皇后の行いが軽率であると指摘するぐらいだろうか。

だというのに、目前に立つ陛下はおそらく自らの意思でここにいるのだ。

皇后——彼女を気にかけて。

「せっかくいらしたのですし、陛下がよろしければ私がご案内いたしましょう」

「……分かった、頼む」

本当のところ、どんな考えで来たのかは本人にしか分からないことだ。

俺が考えたところで無意味だと判断し、陛下と共に庭へ踏み込む。

奥にある四阿（あずまや）に向かう間、不思議な感覚に陥（おちい）った。

少し前であれば、しいられたわけでもないのに陛下と二人きりになるような選択はしなかっただろう。何よりも、彼女と陛下が共にいる姿を自ら見に行くような状況を作り出すわけもなかった。

そんな考えよりも今は、王子がどうしているのか、それだけが頭を占めていたのだ。

黙々と歩き、オルティンセアの間から四阿（あずまや）が見えてくる頃。

「陛下？」

半歩後ろを歩いていた陛下が歩みを止めた気配を感じて振り返ると、いつもの仏頂面に、少しの気まずさを乗せていた。

「悪いが、私はやはり——」

「んっ……！」

その時。

陛下の言葉に被せて、艶(なまめ)かしい吐息が鼓膜を揺らした。

距離もあるせいか、それに気づいたのは俺だけのようだった。

陛下が俺の様子に不審そうにしたが、意識は既に四阿(あずまや)のほうに引き寄せられており……

「あ……ッ、そこは、ダメだってば……！」

今度ははっきりと聞こえた震える声が王子のものだと理解するのと同時に——気づくと俺は駆け出していた。

しかし、たどり着いた先で目にした光景に、肩の力が抜ける。

「そこは気持ち良すぎるから、あんまり触らないで！」

「ほ～う、キミは耳の付け根が好きなんだね？」

未成年と思しき少年が、王子の白い三角耳を揉(も)んでいた。

手の動きに合わせて、尻尾はご機嫌そうに揺れ、王子は気持ちが良さそうに、ぽーっとした顔をしている。話し方もどこか舌っ足らずで、今にも溶けそうな雰囲気だ。

その光景にどこか既視感を覚える。まさに犬が顎下を撫でてもらっている時と全く同じ顔をしていた。

先ほどの声はただマッサージが心地よくて出た声なのだ。

そうと知るなり、羞恥心が込み上げてくる。たかがマッサージに俺は何を思い違いをしていたのか……

とはいえ、この少年もいつまで王子の耳に触れているつもりだ？

見たことのない顔、皇后と王子を前に堂々としている様子から、他国の王族であることは察せられた。しかし王子も、たとえ相手が危険人物ではないと分かっているとしても、そう簡単に体の一部を触らせるなど、危機感がなさすぎる。

ふにゃふにゃと蕩（とろ）けそうな笑みを見ていると、腹の奥がじりじりと焼けつくような、不快な気持ちが込み上げてきた。

たまらず、いまだこちらに気づかない彼らの——少年の手を止めようとした時。

皇后がこちらに顔を向け、パチリと目を瞬いた。

「あら、大公？　それに陛下まで……。揃ってどうされたのですか？」

その問いかけで、少年の手が止まり、王子がこちらを振り仰ぐ。

空色の瞳がこちらを見ていると認識すると、先ほどまで胸を占めていた違和感が嘘のように鎮まっていった。

ひと呼吸おいて冷静になる。皇后の疑問に答えねばならない。

それらしい言い訳をしようとしたが、陛下が先に答えた。ただし愛想の欠片（かけら）もない、ぶっきらぼうな形で。

「様子を見に来た」

言われた皇后たちからしたら、「なぜ？」と思うだろう。

しかし、陛下はそれ以上を説明する気はないようで、早々に口を閉ざす。

俺は咳払いをすると、当たり障りなく続けた。

「……まず、前触れもなく訪れた無礼をお許しください。陛下のおっしゃるように、普段どのように過ごされているのか興味がありまして。もしよろしければ、私たちも参加させていただけませんか？」

「ッ！」

隣から激しい動揺を感じた。同席を申し出たことが予想外だったのだろう。

だが、この男にこれ以上気を遣うつもりは毛頭なかった。

皇后の許可を得ると、有無を言わさず陛下を席に案内し、俺は王子の左隣に腰を下ろす。

じとり、と穴でも空きそうなほど、王子がこちらを見ていた。ただ、ここで目を合わせては普段のように揶揄われると思うと、視線を返すことができない。

――僕がそんなに心配で来たの？

だとか。

――スーちゃんったら、僕のこと大好きだよね～？

なんてことを言われかねない。

想像しただけで羞恥心が込み上げてきた。

王子の手のひらの上で転がされるのは、二人きりの時で十分なのである。

頑なにそちらを向かないように意識していると、その奥――王子の右隣に座る少年が声をかけてきた。

「キミが噂の大公かい？」

少年特有の甘さを含んだ声。だが、不思議なことに目を合わせた印象は、視覚から得る情報よりも大人びているように感じた。

「噂というのは分かりかねますが……。まあ、おおむねその『噂の大公』で間違いありません」

噂の元はきっと王子であろうな。

チラリと視線を下ろすと、眠たげな大きな瞳がいまだ刺すように俺を見上げていた。

その瞳が何かを言いたそうにしている。

異変を感じて、どうかしたのかと声をかけようとすると、少年が王子の服をちょんちょんと引っ張った。そして、何か秘密を告げるように、声を潜めて話し出す。

とはいえこの距離だ。全てではないが、ところどころは聞こえていた。

「――であれば、ボクは本当の姿を見せてもいいのではないか？」

「うん？　いいと思うよ。だってスーちゃんだしね」

スーちゃん、と王子が口にした刹那。

その場にいた三人の動きがピタリと止まる。

思わず頭を抱えたくなった。いい歳をした男が「スーちゃん」と呼ばれているのだ。

陛下や少年はいいが、皇后は俺の本来の性格を知っている。恐る恐るそちらを見れば、翡翠の瞳がぱちぱちと瞬き、そうして面白いものを見たとでも言うように、三日月型に細められた。

「ジョシュア王子は大公を愛称で呼んでいらっしゃるのですね」

「うん。それで僕のことは、シュアって呼んでもらう予定」

「まあ！　予定と言いますと、大公はまだお呼びになっていないのですね？」

四組の瞳が示し合わせたようにこちらを見る。

その重圧に耐えきれなかった俺は、話を切り替えることにした。

「っゴホン、それよりも、私たちが来る前は何をしていらしたのですか？」

俺ではなく王子たちが中心となる空気に戻したかったために出た言葉。

だが、この選択が誤りだった。

「来る前はジョシュアの耳を触らせてもらっていたな」

そう言ったのは少年だ。

そうして再び小さな手が伸びて、三角耳に触れようとする。咄嗟(とっさ)にその手を止めようとすると、王子自身が頭を後ろに退き、人差し指を重ねてバツを作った。

「もう、だーめ」

「いいじゃないか。少しぐらい」

「いっぱい触ったでしょう？」

ふんっ、と気ままな猫そのもののようだ。先ほどとは一変して、尻尾をくねらせて王子が顔を背ける。

その態度に、またしても心底安堵した自分に困惑した。

なぜ、王子が断ったことに安心したのか。

今回のことだけではない。王子が関係すると、何かと自分らしくない行動を取ってしまう。ペースを崩されて、気づけばいつも王子に振り回されてばかりだ。

ただ、それを苦痛とは感じておらず、どこかで楽しいとさえ思っている自分がいる。

その理由が、霞がかった向こう側から、朧気に輪郭を浮かび上がらせる。見えかけた答えに指先が触れようとした時、ふと名前を呼ばれて、それは霧散していった。

「噂の大公だってそう思うだろう？」

「はい？」

「悪いのは僕ではなく、ジョシュアの耳や尾が魅力的なせいだと」

「……」

思案している間に、話が飛躍していて戸惑う。

ここで同意したら、またしても王子に揶揄われるのではないか？

咄嗟に想像してしまい、答えあぐねていると、皇后が「大公も内心では可愛いとお思いなのでは？」と微笑んだ。

彼女の微笑みが、幼い頃に見た、いたずらを仕掛けた時の表情と同じで嫌な予感を覚える。

きっと、俺の口から「可愛い」と言わせたいのだ。思惑通りに動くのは、なんとなく面白くない。

ただ。

「……」

俺は王子を見つめて思案する。

可愛いか可愛くないかで言えば……可愛いのだろう。

小さな輪郭にバランスよく配置された、空色の瞳にツンとした小鼻、ぷっくりとした唇。ふわふわと風を含む柔らかそうな髪や飾り毛も相まって、透明感があり楚々とした佇まいだ。

だが、右目の下の泣き黒子か、はたまた重たげな二重瞼のせいか、どこか艶かしい雰囲気もある、不思議な男だった。関われば関わるほど、印象がころころと変わる。

だから、何も知らずに客観的に見るだけならば、「可愛い」のではないかと思う。

ただ、それよりも、俺にとって王子は綺麗だった。

苛烈な存在感や、どこまでも自分を貫く芯の強さ。王族らしく身勝手で不遜な一面もあるというのに、それさえも許容してしまうような魅力。

もしも、彼が今の姿をしていなくとも。たとえ王子が醜いと言われる容姿をしていても。

俺はきっと、彼を――「美しい」と思う。

とはいえ、そんな小っ恥ずかしいことを言えるわけもなく。

熱を持ち始めた顔を隠すためにも、曖昧に笑って返事を誤魔化した。

まさか、先ほどの話の転換がこんな結果に繋がるとは。これ以上の地雷を踏み抜かないためにも、席を立とうか考える。

しかし、少年が王子に触れていた光景を思い返すと、その場から動く気にはなれなかった。

……もう少しだけここにいよう。

できれば口を閉ざして、静かに紅茶を飲みながら。

＊＊＊

僕は窓際に椅子を持ってくると、そこに座った。

わずかに開いた窓の隙間から、雲に隠れた月を眺めて、今日のことを思い返す。

『――君は動物が好きなのか』

抑揚のない低い声はレーヴ陛下のもの。

聞かれたサナ皇后は、こくりと頷き答えた。

『ええ、好きです。特にふわふわな子を見ると、もふもふしたくなります』

サナ皇后がにこりと笑う。

だけど僕は、その笑みがスーちゃんに向けられているものだと、気づいてしまった。

笑いかけられたスーちゃんの眦(まなじり)が赤く染まっていくのを見て、たまらず視線を逸らしたのだった。

こうして思い返すだけでも、胸の中が黒いもやで染まっていくような気分になる。どろどろとした醜(みにく)い何かに手足が沈み込んでいくような、不安定な気持ちの悪さ。

今日の茶会で実際に見て、確信した。

原作通り、スーちゃんが誰にも暴かれたくないと願っている秘密を、サナ皇后は知っているのだと。

スーちゃんにとってその秘密は、全ての元凶であり、忌々(いまいま)しい真実だった。

しかし、幼少期にスーちゃんの本当の姿を見たサナ皇后は、言ったのだ。

――ステキだね！　かっこいいね！

陰鬱な空気を霧散させる、弾けるような眩い笑顔。暗殺者により大切な人を失ったばかりのスーちゃんにとって、その笑顔は光そのものとなる。

『希望のフィオレ』を読んでいた、前世の僕でさえ思ったのだ。

スーちゃんが彼女を愛するのも自然なことだ。スーちゃんが彼女を思う気持ちは、何があっても変わらないのだろう、と。

「……」

前世の僕が抱いた感想に傷つく己が滑稽で、自嘲の笑みが零れる。

僕の存在とは、いったいなんなのだろう。

本人に聞いたわけでもないのに、彼の人生を変えた沈黙の幼少期を知っている。そして、スーちゃんが暴かれたくない秘密――獣人であることも知っているのだから。

いや、正しく言うなら先祖返りというものだ。

今は人間と仲が悪い僕たちだが、過去を遡ると共に生きてきた。祖先をたどれば、異種族婚の家系があるのは当然のこと。

人間と他種族の仲が断絶して以降、人間は先祖返りで異種族の特徴を持って生まれた者を、忌み子として扱ったのだ。

スーちゃんのように人間であり獣人でもある存在は、珍しいだけで、決して呪いでもなければ、忌み嫌われる謂れもない。

僕の国でも、獣人の夫婦から人間の容姿を持つ赤子が生まれることはある。

しかし、過去に諍いがあろうとも、赤子に罪はない。容姿だけで差別することは恥ずべき行いと考えられていた。

けれど、スーちゃんを取り巻く環境はそうではなかったのだ。

スーちゃんが皇家に捨てられた本当の理由。

他の全員が命を落とした火事の中で、唯一生き残れた理由。

そして、魔法を使う時には必ず一人になり、姿を覆い隠すように外套を羽織る理由。

全ては彼が先祖返りで、人間でありながら獣人でもあるから。

スーちゃんのような先祖返りは特殊な体質のため、危惧することがひとつある。

彼らは、体は人間だが、その身に宿る魔力は獣人そのものだ。本来、普通の人間は魔力が少なく、それに合わせた肉体を持って生まれてくる。そんな、弱い入れ物に大量の魔力が入ったらどうなるのか？

……壊れるに決まっている。内臓からズタズタに傷ついて、即死だ。

しかし、先祖返りは違う。

一度に使用する魔力が大きくなると、体が傷つかないようにと、大量の魔力に耐えるために肉体が変化していくのだ。それが、彼らが「特殊な体質」と言われる理由だった。

だからこそ、スーちゃんのように先祖返りであることを隠したい場合は、注意が必要なのだ。

つまるところ、このままずっとベルデ領の浄化を彼が一人で行っていると、肉体までもが獣人へと変わり、いずれ人間に戻れなくなってしまう。

今でも大きな魔法を使用する時に外套を纏うのは、一時的に耳や尻尾が生えてしまうからなのだろう。

命を脅かす火事が起因したのだと思う。

幼少期、スーちゃんの体は無意識に大量の魔力を用いて治癒魔法を放ち、しばらく人間の姿に戻ることができなかった。これが、スーちゃんの体に起きた最初の変容だ。

そうして、その時に本当の自分が獣人であることを知り、それが理由で捨てられたのだと、真実を悟ってしまう……

そんな彼にとって「本当の姿」は、誰にも明かしたくない秘密であり、弱さでもある。

僕はそれを知っていて、大事な秘密を勝手に覗き見ているようなものなのだ。

だというのに、サナ皇后に対して、思ってしまった。

僕だってスーちゃんの秘密を知っている。傷ついた過去だって知っている。

全てを知ったうえで好きなんだと――

そんな感情を抱く自分が、酷く醜い存在に思えた。

彼を幸せにしたいと大口を叩いた。そこに嘘はなかったはずだ。

なのに、この有様はなんだ？

目の前でスーちゃんとサナ皇后が意味深に視線を交わすたび、嫉妬という淀みの中に沈み込んでいく。

生に執着せず、目を離した隙に消えてしまいそうな姿を見て、彼の幸せを願ったくせに。

ベルデ領を離れてから、僕は欲張りになった。

優しさを受け取るたび、僕のことを好きになってほしいと願うようになってしまったのだ。

同時に、自分に前世の記憶があることを恐れた。

隠したい秘密をこんな形で知られていると知ったら、スーちゃんはどう思うだろうか。

ううん。スーちゃんだけじゃない。

誰だって、こんな形で自分の秘密を暴かれていたら、気味悪がり、嫌悪するのではないだろうか。

僕のような存在を恐れるのではないだろうか……

「――ジョシュア様」

突然、暗い思考の渦から呼び戻される。

顔を上げると、わずかに眉根を寄せた侍従のモブ君が、ひざ掛けを手にして立っていた。

「なに？」

「なに、ではありません。いくら初夏とはいえ夜は冷えるのです。いつまでも夜風に当たっていたら、本当に体調を崩されますよ」

「――！」

僕は、モブ君の言葉に驚いた。夕食を食べなかった理由が仮病であると見抜かれている。

今日はとてもそんな気分になれず、食欲がないのは本当だったけれど、具合が悪いと言い訳して夕食を抜いたのだ。

こんな状態で一緒にいたら、何か余計なことを言ってしまいそうで。

「気づいていたの？」

「気づかれていないと思っていたのですか」

「てっきり興味ないとばかり」

「それは……」

モブ君の言葉尻が小さくなる。

まあ、僕たちは言うならば、敵対し合っているようなもの。

わざわざ冷えるからとひざ掛けを持ってきたり、僕の体調が本当に悪いかどうか注視したり、甲斐甲斐しくする理由はない。

「……私はただ、仕事はきっちりとしたいだけですから」

すると、僕の考えを読み取ったように、ツンと澄まし顔でそんなことを言う。

僕は思わず笑いながら、ありがたくひざ掛けを受け取った。

「僕たちさ、もし出会う場所が別のところだったら、仲良くなれていたのかもね」

「……私はごめんです。ジョシュア様のような物騒な方、傍にいてほしくありません」

「えー？　僕意外と優しいよー？」

「いったいどこが……」

モブ君の頬が引き攣っている。

当初は能面のようで、感情が乏しい男かと思っていたが……こうして見ていると、瞳だけでなく、意外にも表情自体もころころと変わることに気づく。

「……それから夜食を準備しておきました。お腹が空いたら食べてください」

「さすがモブ君！　デキる男だねぇ」

「そうやって揶揄うのはやめてください。……私はもう寝ますよ。ジョシュア様も早くベッドにお入りくださいね」

猫の獣人である僕が言うのもなんだが、モブ君のほうがうんと猫っぽい。最後までツンツンしながらも、ひざ掛けに加えて、きちんと夜食まで手配してくれるのだから。

お腹が空いていた僕は、モブ君が用意してくれた夜食を窓際に持ってきて、頂くことにした。

月が天上に差し掛かった頃、部屋のドアがコンコンと叩かれた。

あれから結構な時間が経ってしまったからモブ君が確認に来たのだと思ったのに、誰何した僕は、返ってきた声に戸惑う。

「――夜に悪い。俺だ」

「……スーちゃん？」

訪ねてきたのは、スーちゃんだった。

半ば困惑しつつも小走りで扉に向かうと、彼は小包を片手に、緊張した面持ちで立っていた。

「……その、体調が悪いと聞いたからな。大丈夫なのかと顔を見に来たんだ」

「ああ……。うん、大丈夫だよ」

ソファに案内しながらやんわりと答える。

僕たちは木製のローテーブルを挟むように向かい合って座った。

「お茶でも飲む？」

「いや、気にしないでくれ。夜も遅いし、すぐに戻るつもりだ」

本当に様子だけを見に来たのだと知り、チクリと針で刺されるように良心が痛んだ。

「そうだったんだ。ごめんね、わざわざ」

「気にするな。それより……」

肩を落とした僕に言って、スーちゃんが小包を差し出した。

「……食欲がなくとも、飴なら食べられるか？」

「えっ」

うかがうような表情に、もしやと思案する。顔を見にと言いつつ、本当は、食欲がない僕に飴を渡すことが、真の目的なのではないかと。

「どうしたのこれ」

「……街に出たついでに、美味そうだから買ってみた」

やはりそうだ。

不器用な言い方に包まれた優しさ。

白色のレースに包まれた飴を受け取って、心が震える。

「……」

……彼が好きだ。欲張りになるほど、想いが溢れる。

それが、何よりも恐ろしかった。

ここにいると、僕はどんどん原作のジョシュアになってしまいそうで、怖いのだ。

「……スーちゃん。僕たちベルデ領に戻らない？」

「……どうした？　何かあったのか。誰かに何かされたのなら俺が――」

「ううん。何もないけど」

スーちゃんの言葉を遮り、首を横に振る。

これは、ただのわがままだ。

だから、説明できるほどの立派な理由などない。

口ごもった僕を見かねてか、スーちゃんが口を開く。

「何か不便があるなら手配しよう。楽しみは……今のところはないだろうが、皇后との茶会も、王子が望むなら続けて構わない。――ただ、たまには俺も一緒に行くことにはなるだろうが」

「どうして？」

思わず疑問が零れ落ちる。

僕は嫌だった。今日のような気持ちを、何度も何度も味わうなど御免だ。

でも、スーちゃんにとっては唯一の時間になるのか。どんな形であれ、サナ皇后と話すことができるのだから……

「……それって好きだから？」

「好き？　何をだ」

「……サナ皇后」

「――ッ！」

スーちゃんは言葉を失ったように息を呑み、だが次の瞬間には低い声を放った。

「誰が言っていた？」

「……誰からも聞いていないよ。僕が思っただけだ」

「ならば、そんな勘違いはやめろ。俺は誰のことも好きにはならない」

紫の瞳が怒りを孕み、鋭い眼差しは僕を射貫くようだった。

知らぬ間に視線が落ちていき、飴を緩く握り込んだ己の拳が映る。

――俺は誰のことも好きにはならない。

先ほどの言葉が何度も脳内を駆け巡っていた。

はじめから分かっていたじゃないか。

スーちゃんがどういう環境で生きてきたのかを理解したうえで、押しかけたのは僕だ。

勝手に幸せになってほしいと願ったのも、自己満足でしかない。

スーちゃんが僕に何かを望んだこともないのだから、傷つくこと自体がお門違いなのだ。

そんなこと、うんざりするぐらい、頭では分かっているのに。

「……ふ」

噛み締めた唇の隙間から、乾いた笑いが零れる。

指先が震え、頭の奥では警鐘が鳴り響いていた。

——やめておけ、言うんじゃない。

その一線を越えたら、彼の傍にいられる奇跡を失ってしまう。

なのに、一度溢れた激情は、僕たちの関係に、終止符を打つ。

「——僕のことは好きではないですか」

己のものではないように、僕の唇は勝手に言葉を象っていた。

「僕は……確かに契約で構わないと言った。だから、半年という期限も定めた。でもね、僕は本当に貴方が好きなんだよ」

「——ッ」

「いつもふざけて言うのは、本気で伝えたら貴方の逃げ場がなくなってしまうからだ。けれど……好きという言葉を軽く受け取られることや、こうして僕が伝えた好きを、なかったことにされるのは——苦しいんだ」

——やめろ。やめろ、もう、それ以上言うな。

「大公……貴方は一度でも、僕が伝えた想いを真剣に受け止めて、考えてくれたことはありますか？」

この世界から音が消えてしまったかのように、苦しいほどの静けさが訪れる。

ああ、僕は取り返しのつかないことを聞いた。

核心に迫ってはいけなかった。この不安定な関係を保っていた世界を壊したのだ。

全てをぶちまけた後ではもう遅いのに、今になって、感情のままに言い放った言葉を後悔する。

答えがなければ、僕たちは残りの時間を、これまでのように曖昧で、けれども穏やかに過ごせていけた。

しかし、歪(いびつ)であれど優しい世界は、終わったのだ。

緊張か、恐れか。指先の震えは全身に巡り、僕は強張りかけた顔をそのまま上げることしかできなかった。

「～っ、ごめん、今のは聞かなかったことにして。やっぱり、今日の僕はちょっとおかしいみたいだ。……少し頭を冷やしてくる」

耳を刺すような静寂が恐ろしくなり、ソファから立ち上がる。

この場から今すぐ逃げ去りたかった。

足早にスーちゃんの横を通り過ぎようとした時。

スーちゃんが僕の右手を掴んだ。

振り払うこともできず、スーちゃんが立ち上がるのをただ待った。

「王子」

「……はは。やだなあ、そんな真剣な顔をしないでよ！　さっきのはちょっとした冗談だってば」

「王子」

——やめてくれ。言わないでくれ。

そんな顔をするぐらいなら、このまま見逃して、曖昧な時間を過ごせばいいではないか。

自分から答えを求めておいて拒むなど、身勝手な振る舞いだと分かっている。それでも……それでも、大好きな人から、決定的なその言葉だけは、聞きたくなかったのだ。

けれど、その願いさえ叶うことはない。

「――応えられない」

「……ッ」

「俺は、王子の気持ちに応えることができない」

なんで……どうしてスーちゃんが、傷ついた顔をするんだよ。

痛くて、苦しくて、泣き喚（わめ）きたいのは、僕のはずだろうに。

「……それが、スーちゃんの答え？」

「……ああ」

「ふっ……。真剣に考えてほしいって言ったのに、そんなにすぐに答えが出ちゃうのか」

口をついて出たのは酷く嫌味たらしい台詞（せりふ）。

きっと今の僕は歪んだ表情で、醜（みにく）い姿をしているのであろう。

スーちゃんは、そんな僕を見下ろし、淡々と告げる。

「……王子は何度も俺を幸せにすると言った。だが、幸せとは誰かに何かをしてもらって得るものではない。それに……己を幸せにすることも難しいからこそ、俺のためではなく、自分のために生きて幸せになってほしい」

僕の嘲(あざけ)りを含んだ言葉とは正反対な、透明で揺るぎない声音。

強い意志を持った眼差しを前に、返す言葉など見つからない。

わずかな繋がりが消えたことを示すように、先ほどよりも厚い雲が月を覆い隠す。窓から差し込んでいた朧気(おぼろげ)な月光は姿を消し、部屋の中は闇に染まっていく。

「……分かった」

大公の手を振り払い顔をあげた僕は――

「もう、好きって言わない」

心がバラバラになってしまいそうなのに笑っていた。


「うっ、ううっ、うううえっ」

「な、なんなんだい、キミは……こんな夜遅くに……！」

泣きながら酒の瓶を抱きしめて部屋の扉を叩いた僕を見て、セラジェルが悲鳴を上げる。

僕が押し掛けてくるまで眠っていたのだろう。眠気を纏(まと)った瞳が一瞬で大きく見開く様が、涙に濡れた視界にも捉えられた。

「うっ、ふ、っ、ぶりゃれだあ……！　じぇらじぇりゅ、なぐしゃめでぇ……っ」

僕は振られたのだ。大、大、大好きな人に。

時間が経てば経つほど、少し前のやり取りを思い返して実感する。

先ほどよりも胸の痛みは増し、僕は扉の前で子供のようにわんわんと泣いた。

見かねたセラジェルが「まったくもう！」と言いながら、僕の手を握って部屋に入れてくれる。

その小さな手が温かくて、より一層涙は溢れて止まらない。

「とにかく落ち着きなよ。そんなに泣いていたら体調を崩してしまう」

セラジェルは僕をベッドに座らせると、ハンカチを取り出して、涙や鼻水で汚れてしまった僕の顔を拭いてくれた。その優しさがやけにしみて、またしても嗚咽が漏れる。

僕は三角座りをすると、足と胸の間に酒の瓶を抱えてしゃくり上げた。

「うっううっ……ぼ、ぼくのなにが、わるいんだよぉっ。ぼく、かおもいいし、せいかくもいいし、おうじだし、文句のつけどころなんて、ないはずなのにぃ……っ！」

「いや、そういうところじゃないかい？」

「～っ、酷い……ぼくの存在じたいがわるいってこと……？」

「うっ」

きまりが悪いのか、セラジェルの手が僕の背中をことさらに優しく撫でる。

僕はチラリとその顔を見上げて唇を尖(とが)らせた。

そんなことしたって、流されたりしないんだからな……！

しかし、セラジェルの撫で方は本当に優しくて、言葉ではなくとも行動が心を慰めてくれる。心地よさに身を委(ゆだ)ねると、しばらくしてようやく泣き止むことができた。

「泣き止んだかい？」

「うん」

「それじゃあ夜も遅いしボクは……」

「……」

泣き腫らした重たい目で、じとーっと見つめる。

僕の視線にセラジェルは冷や汗をかき始め、うろうろと目を泳がせた。

けれど、彼は優しいのだ。

すぐに大きなため息を零すと、幼子を相手にするように笑う。

「分かったよ。キミにとことん付き合おうじゃないか。何日でも気が済むまで呑み明かそう！」

そうして、やけくそになって言ったのだった。

——もう、どれだけの時間が過ぎたのかも分からない。ただただ、グラスが空になれば酒を注いで、呑み干しては、また同じことの繰り返し。

僕は、いひひ、と笑い声を漏らして、グラスに入った果実酒を一気に呷る。喉を落ちていく熱を堪能すると、隣に座るセラジェルに甘えたくて、抱きついた。

「へっへっへ、しぇらじぇる〜。かわいいねえ〜。ぼくのおとーとになればいいのにぃ」

「ふへへ、ジョシュアがどーしてもって言うなら、ヒック、かんがえなくもないよ？」

お互いに、すっかり酔いが回っていた。足元には空の瓶がいくつも転がっている。

僕はゆらゆら揺れる視界に抗えず、すとんとセラジェルの膝の上に頭を乗せた。

「ほんとー？　ぼくのおとーとなる？」

「なるなる」

ひっく、としゃっくりを零して、セラジェルはにこにこと笑った。

それに気を良くした僕は手を伸ばし、こちらを見下ろすむっちりとした丸い頬を、揉むように挟み込む。

「じゃあ、なつがおわったら、いっしょにかえろーねー！」

「帰るぅ？　なんで、もう国にかえっちゃうのか？」

「ちっがーうよ！」

もう、これだから酔っ払いはだめだね。

自分のことは棚に上げて頬を膨らませると、もう一度伝えた。

「かえるのは、あーき！　……ふりゃれたからって、約束をやぶったりしないんらからな」

振られたからと言って、大人同士で交わした約束を違えるつもりはない。

そもそも……

「べつにぼく、たいしてスーちゃんのこと好きじゃなかったしぃ～」

「そうだそうだ！」

「ちょっと顔がいいだけだし、スーちゃんよりもっといい男なんて、星のかずほどいるんだしさぁ～」

「そうだそうだ！」

ふと脳裏に、「王子」と囁くように僕を呼ぶスーちゃんの姿が蘇る。

彼の笑顔はいっつも雪みたいに儚くて、あっという間に消えてしまいそうなのだ。だから僕は彼が笑いかけてくれるたび、見逃さないように、焼き付けるように、心に刻み込んでいた。

「……ぐずっ。べ、べつに、そんなに好きだったわけじゃ、ないもん」

「……うん。よしよし」

嘘をつけばつくほど、痛みが増していく。

自分の心を誤魔化すことは、かえって己を傷つけるのだと、初めて知った。

瞬きと共に零れ落ちた涙を、セラジェルの小さな手が拭ってくれる。

「……セラジェル」

「なんだい？」

「ぼくとけっこんする？」

「ことわる」

「ぐすんっ」

いいもん、別に。僕は独身王族として、優雅に暮らしていくのだから。

へそを曲げて、涙を堪(こら)えるために下唇を噛む。

すると、セラジェルが小さく噴き出した。

「まったくキミは……。ボクはジョシュアの伴侶にはなれないけど、友達にはもうなっているつもりだよ」

「……ともだち」

言い慣れない言葉を、舌の上で何度も転がす。

これまでの人生で、友達と呼べる相手は一人としていなかった。僕の世界は、家族と、スーちゃんと、美味しい食べ物で作られていた。

大切なものが増えてしまうと、いつの日か訪れる別れが怖くなるから。

だからこれ以上は何も持たず、限られた宝物をめいっぱいに愛そうと思っていたのだけれど……

「……ともだちって、こんな感じなんだね」

切ないような、嬉しいような。不思議な感情がむず痒い。

僕は逃げるように、セラジェルのお腹に顔を埋めた。

「……まあ、ボクも、ジョシュアが初めてだけれど」

だが、頭上から降ってきた台詞に、またすぐ顔を上げてしまう。

酒で真っ赤な顔が、羞恥からさらに赤く染まりそうな様子に、思わず破顔する。

「ブハッ、なーんだ。じゃあ、おたがい、はじめてのオトモダチだね？」

「そ、そういうことになる」

さっきとは正反対。今度は僕がセラジェルのサラサラな髪の毛を撫でる番だ。

細く柔らかな髪の毛に指を絡ませながら窓を見やる。カーテンの隙間からは、か細く陽の光が射し込んでいた。

「……あれ、朝だ」

もう、そんなに時間が経ったのか。

僕は上体を起こして座り直すと、ベッドに入る準備を始めた。

モゾモゾと服のボタンを外していく。

それを見ていたセラジェルが「何をしているんだ？」と問いかけてきた。

「寝るんだよ。あっついから裸で寝る」

「つな、は、破廉恥だ！」

「えぇー？　でもぼく、あんまり暑いのとくいじゃないから」

アンニーク王国は年間を通して春のため、僕は夏の気候に慣れていない。

初夏とはいえ暑いものは暑いし、今はお酒を呑んでいるからなおさらだ。

「ぽーい」

そうしてシャツを脱ぎ捨てた僕は、今度はズボンに手をかけた。だが、セラジェルの手が僕の左手首を掴む。

どうしたのかと顔を向けると、セラジェルの虹色の瞳は僕の胸元を刺すように見ていた。

「ジョシュア」

「なに？」

「これ、この紋章、消えかかっているのはなぜだい？」

「……へへ、なんでだろーね？　うんめいのひとに、会えないからかなぁ」

セラジェルの表情が徐々に硬くなる。その瞳に酔気はなくなり、真剣なものへ変わっていた。

「ふざけている場合じゃない！　このままだったらキミは死――」

僕は人差し指と親指で、セラジェルの唇を挟む。

言葉を遮られた彼は不満そうに、そして怒りを滲ませていた。

「いいの」

だって人生の終着点は、誰しもが平等に迎える結末だ。

そして僕は、僕らしく最後まで生きると決めたのだから。

スーちゃんのもとへ行きたいとお父様にお願いした時に、己に向けた問いを思い返す。

――もしも、自分が生きられる残りの時間を知っていたとしたら?

僕の答えは、今でも変わらない。

――残りの決められた時間を生きるなら、僕はやっぱりスーちゃんの傍にいたい。

その思いは決して変わらないのだ。

もう少し。あと少ししたら、普段の僕に戻るから。

それまでの間は、惨めったらしく「スーちゃん」と呼ばせて、好きでいさせてほしい。

自分の気持ちにケリがついた時には、いつもと変わらぬ笑顔で大公と話せるだろうから。

＊　＊　＊

「申し訳ございませんが、主は本日もお食事は自室で召し上がるとのことです」

「そうか」

いつも二人で食事をとっていた部屋にやってきたのは、王子の侍従だった。

今日も王子はここへは来ない。いや、これからもずっと来ないのだろう。

目の前に用意された食事を見ても食欲が湧かず、そのまま退席しようかと腰を上げかける。

だが、これまでの王子を思い出してとどまった。

彼はいつも、どんな食事であれ残すことをしなかった。中には口に合わないものもあっただろう。

だが、王子は本当に王族らしくなく、出された食事に文句ひとつ言わず、美味しそうに平らげていたのだ。

「王子は……食事はしっかりと、とっているのか？」

「はい。変わらず三食召し上がっておりますので、ご心配には及びません」

「そうか。ならばいい」

脳裏に浮かんだ王子の笑顔が、瞬く間に、数日前に見た泣き出しそうな笑顔に塗り変わる。

思い返すたび、喉の奥が締め付けられるような苦しさを覚えた。

それを紛らわせたくて、カトラリーを手にとる。

しかし、黙々と食事を続けていくほどに、違和感は浮き彫りになっていった。

つまらない世界が戻ってきたのだ。

色も音もない、無意味なだけの時間が流れる世界が。

これが、お前が生きてきた本当の世界（人生）なのだと、まざまざと思い知らされる。

真っ直ぐに俺に向けられていた花のような笑顔も、美味しいとはしゃぐ歌うような声音も。全ては幻想だったのだと考えるほうが自然なほどに。

結局、最後の一口を飲み込んでも、息苦しさは消えなかった。

食堂を出て、執務室へ向かう途中に、皇后と偶然出会う。

彼女がやってきた方向には王子の部屋があるのみで、他には何もない。そのことから、彼女が王子に会っていたことは一目瞭然であり、思わず羨望と共に執着の念を抱いた己を嘲笑った。

「ごきげんよう大公。奇遇ですね、今ちょうど王子にお会いしてきたところなのですよ」

「ええ、そのようですね。楽しいひと時をお過ごしなさったようであれば何よりです」

彼女の笑顔に影はなく、王子も普段通りであることがうかがえる。

そのことにほんのわずかながら安堵した。

だが、目敏い彼女は上辺だけの返事に疑問を持ったようで、探るような視線を投げてくる。

「……ジョシュア王子には、明日の舞踏会の件でお話に伺ったのですが、大公にもお伝えしなければならないことがあったのを思い出しましたわ」

「舞踏会のことですか？」

「ええ。それほどお時間は取らせません。……そうですね、歩きながらお話ししてもいいですか？」

「……分かりました。でしたら、ここから近い中庭にでも向かいましょうか」

皇后が頷くのを確認すると、俺たちは歩き出した。

中庭に到着し、しばらく散策すると、どちらからともなく足を止める。彼女がここに来るまでの間に、言葉を用いず人払いを命じていたことには気づいていた。

臣下としてではなく昔馴染みとして話があるのだと察し、重たい口を開く。

「それで、話とはなんだ？」

「別にないよ？　ただ、散歩をしたほうがいいかもなって」

「……なんだそれは」

小さくため息を零すと、張り詰めていた糸がほぐれていくようだった。

「そんなに緊張しなくても。お母さんに怒られる子供でもないんだし」

「一言余計だ」

砕けた態度で他愛もない話が始まる。そうしていると、初めて出会った頃や幼少期のわずかな記憶が懐かしく思えた。

中庭の最奥まで進んだ辺りで、白と薄い水色のグラデーションが見事な花が目につく。花びらが重なった八重咲きは華やかで、ただそこに在るだけなのに、惹き込まれるように美しい。

「そのお花も紫陽花（オルティンセア）のひとつだね」

「これもそうなのか？」

「うん。気に入ったのなら、部屋に飾ったら？」

「……いや、やめておく。前に王子が言っていたんだ。花は本来あるべき世界で咲くから美しいんだと。手を加えた美しさもいいが、自然に咲き誇る花の美しさは何物にも代えがたいそうだ」

「そっか」

目の前の花はまさに王子のようだった。

華やかで美しい。それなのにどこか儚（はかな）くて、見ていると寂しさが湧いてくる。

膝を折り、花弁のように見えるガクにそっと触れると、皇后も同じ姿勢で花を眺めた。

「オルティンセアの花言葉ってたくさんあるけど、知っている？」

「多くは知らないな。『家族団欒（だんらん）』や『移り気』ぐらいか」

「じゃあ、白色のオルティンセアの花言葉は？」

「白色は……」

答えを持たないので口を閉じると、皇后は真っ直ぐに花を見つめて言う。

「――『一途な愛情』だよ」

細い指先が慈しむように、ガクを撫でる。

鼓膜に響いた言葉が、何かを揺さぶった。突然体の動かし方が分からなくなったかのように、動きが停止していく。

「それから青や紫色は、『辛抱強い愛』」

ふと、わけもなく力ない笑いが込み上げた。

それがどんな心理からもたらされるものなのかを理解するまでもなく。ただただ胸を占める痛みを、遠ざけたかったのだ。

「……そうか」

お前は本当に、王子のようだな。

心の中でぽつりと零し、触れていたガクから手を離した。

一途な愛情、辛抱強い愛。

王子が俺に向けてくれたたくさんの想いをあえて言葉にするなら、そのふたつが心に浮かび上がる。

いつだって真っ直ぐに、ひたむきに注がれてきた。王子と視線を交わすたび、これまで築いてきた自分が崩れていくようだった。

だから。

『――僕のことは好きではないですか』

あの夜、そう王子に尋ねられた時に恐ろしくなったのだ。

性別のこだわりも、これまで頑なに拒んできた幸福も、己自身でさえも。全てをいともあっさりとなきものにして、心に入り込んでくる王子が。

彼が欲しいと、俺だけのものにしたいと、独占欲を抱いた。そんなふうに、ずっと傍にあることを望んでいる己を、突きつけられた時に思ったのだ。

――手放すべきだと。

誰よりも幸せになってほしいからこそ、彼を手放すべきなのだと。

「……そろそろ戻るか。あまり遅いとお前の侍女たちも心配するぞ」

踵を返して歩き出す。

だが、背後から投げかけられた言葉に、ピタリと歩みが止まった。

「――好きなんでしょう?」

「……」

「ジョシュア王子のことを、好きなんでしょう？」

振り返ることができなかった。どんなに言葉を繕(つくろ)ったところで、顔を見られてしまえば、全てが嘘だと見抜かれてしまうから。

「どうして素直にならないの？」

けれど、彼女は傍まで来ると、俺の腕を引いて視界に入り込む。

「誤魔化してもお互いに傷つくだけだよ」

「やめろ。俺は誰のことも好きにはならない」

彼女がわずかに瞠目(どうもく)する。そして、諦念を抱くように眉を八の字にして笑った。

「『誰のことも好きにはならない』も、『私なんかには無理』も、全部全部、呪いみたいだね」

そう言って静かに笑う姿は、俺の記憶に最も強く残る、か弱い少女そのものだった。

「……その笑い方、懐かしいな」

「何もできなくて、言い訳ばかりして、全てを諦めていた頃の私を思い出すから？」

記憶の中の、自信なさげに佇(たたず)む少女の姿が、はっきりとした声音により、霧散する。

俺は、もう一度、今の彼女を見据えた。

……違う。目の前に立つ彼女は、俺が知る頃の彼女ではない。意志の強い眼差しを持つ姿に、過去の気弱な少女の面影はもうないのだ。

「——弱くないよ」

「それは」

「貴方が思うより、弱くないんだよ」

それは、いったい誰のことを言っているのか。

「守られるだけの存在じゃないから」

「……」

「ジョシュア王子は強い。貴方の強いところも弱いところも、情けないところもかっこいいところも。貴方がジョシュア王子に与える優しさや喜びも。そして——貴方に残る深い傷も。全てを愛したいと思ったから、あの子は、ジョシュア王子はたった一人でここまで来てくれたんだよ」

真っ直ぐに向けられた言葉には力があり、言い訳がましい言葉はひとつも口にできない。

「何より。貴方の言う『好きにはならない』は、『幸せになっちゃダメ』としか聞こえないよ」

俺は視線を上げて、皇后を見つめて問いかける。

「……大切だからこそ傍に置きたくない。もし万が一にでも彼に何かあったら、今度こそ俺は……」

——バケモノになる。

「不安定な環境がいつあいつの笑顔を奪うのか。そうやって疑心暗鬼になりながら、誰かを幸せにできると思うのか？　大切だからこそ、そんな簡単に俺のもとへ来いと、無責任に言っていいわけがないだろ」

予感がするのだ。

もう、次はないと。

あの笑顔を、王子を奪われたら俺は。

この世の全てを憎むバケモノになるだろう。

「……私も勝手なことを言っていると思う。嫌な気持ちにさせている自覚もある。でも……」

言い淀み、一度は言葉を区切る。だが、迷いながらも最後に彼女は、守るべき大切なものを持つ者の目で言うのだ。

「大切な人を失くした痛みを知っているからこそ、今を生きている人たちを——誰よりも愛することができるんじゃないの？」

奥底にしまい込んだ、開けられたくなかった箱の蓋が、ズレ始めていく。

抑えてきた何かが溢れそうになり、俺は堪えるように、強く強く拳を握りしめていた。

＊　＊　＊

舞踏会当日。

僕の部屋では二人分の呻き声と、一人の叱る声が響いていた。

「うっ……きもぢわるい……」

鏡に映る僕の顔色は真っ青で、今にも倒れそうだ。

一方で、身に纏う服は薄い水色を基調とし、ポイントに白や銀色が使われた華やかなドレススーツ。ふりふりや可憐なレースがふんだんに使われており、ずっしりとしている。

そうでなくとも、生地ひとつひとつに丁寧に刺繍が施されているため、かなり重たいのだ。

「当然です。何日もお酒ばかり呑んでいたのですから、ね！」

「うえっ」

しかしモブ君は、そんな可哀想な僕にも容赦がない。

銀糸で編まれた美しい腰紐の束を思い切り結ばれて、思わず汚い声が漏れてしまった。

「ちょ、……ぅ……モブ君、お手柔らかに頼むよ」

「私は何度も注意しましたから。これは全て自業自得ですっ」

「……じゃ、頭の上に吐いてもいいの？」

しゃがんで腰紐をぎゅうぎゅうに絞っていたモブ君がそうっと顔を上げる。僕は血の気の引いた顔で、ふりふりと手を振った。

「……。……少々きつく縛りすぎましたかね。少し弛めましょう」

最初からそうしてくれればいいのさ。ヒヒ、と意地悪な笑いを零すと、モブ君が衣服を正しながら睨めつけてきた。

なんだか最近分かりやすい反応をするモブ君が可愛い。

……なんて思っている間にも、再び気持ちの悪さが戻ってくる。

「あ〜〜。むり。もっとラフな衣装ない？」

「ありません。そもそも皇后からの贈り物ですから、着ていかないわけにはいきませんよ」

「そうだよね……」

昨日のことだ。サナ皇后がこの衣装を持ってきてくれたのは。

その様子はやけに張り切っていて、目がギラギラしていた。あの興奮度を考えると、もしかしたらサナ皇后は、こういった服を考えるのが好きなのだろうか？

まあ、女性は洋服とか好きだよな……なんて考えていると、僕のベッドからも呻き声が上がる。

「セラジェル、大丈夫？」

「……生きてはいるよ」

「はは。じゃあ大丈夫だね」

セラジェルは、何日もやけ酒に付き合ってくれた。泣いたり笑ったり拗ねたりと忙しい僕の傍に、文句も言わずにずっといてくれたのだ。

その時、パチリ、とセラジェルと目が合う。

反射的に笑い返すと、セラジェルと一緒にモブ君までもが眉を顰めた。

「そこの侍従君」

「はい。セラジェル様」

「……今日の舞踏会は欠席とはいかないのかい？」

「そういうわけには参りません。主役不在となっては両陛下のお顔に泥を塗ってしまいます」

「そうだよね。でもなぁ……」

二人はそこで会話を止めると、再び僕を見る。

意味不明だが、突っ込む気力もない僕は、ソファにぐったりと背を預けて手を振った。

「いいかい、ジョシュア。今日のキミは普段よりも隙が多くて、そこそこ魅力的だ」

「なんだよそれ。僕はいつも魅力的だよ」

「とにかく！　あまりそういう気怠そうな雰囲気を出さないこと！　挨拶が終わったらすぐに下がること。それから人気のないところには――」

「うんうん。分かった分かった」

まるでお母さんみたいだ。

小言が止まらないセラジェルに、手のひらを向けてストップと示した。これ以上言われても頭にぐわんぐわんと響くだけだ……

そうして、支度の時間は騒々しく過ぎていったのだった。

舞踏会の開催時間が近づいてきた頃。

僕は案内された控えの部屋で一人きり、鏡の前に立っていた。

「ジョシュア、もう大丈夫だな？　ちゃんと切り替えて笑顔でいられるよな？」

鏡に映る自分に問いかける。

もう、大公に迷惑はかけない。弱気にならない。これ以上の性悪にはならない！

「……大丈夫だ。お前は強いから、いつだって笑顔でいられる」

言葉は魔法だ。萎れてしまいそうな心を封じるために、自分に言い聞かせる。

すると単純なことに、鏡には先ほどよりもしゃんと背筋を伸ばして笑う僕が映ったように思えた。

部屋を出ると、隊長さんとヒゲ騎士が僕を会場の入り口まで案内してくれる。今日のために特別に開放された華やかな庭園を抜けると、二人がこちらを振り返った。

「それではジョシュア様、我々はここから先へは入れないため、外でお待ちしております」

「うん、ありがとう！　会場内は近衛騎士が警護していると聞くし、何もないと思うから、きちんと休憩はとってね？」

騎士団にはそれぞれに割り振られた役目がある。団ができて日が浅い黒陽騎士団は、こういった催しがある時には外の警備を任されることが多い。

では、宮廷内の警備を担うのはどこかと言えば、煌（きら）びやかな近衛騎士団だ。

僕は二人に手を振ると、会場へと足を踏み入れた。

入口を入ってすぐ、周囲を警備する近衛騎士よりも頭ひとつ背の高い男の後ろ姿が目に入る。

きょろきょろと辺りを見渡し、誰かを捜している様子に、思わず足を止めてしまう。

遠くから見ても分かる、真っ直ぐに伸びた背筋に、鍛え抜かれた体躯。光沢のある黒を基調としたスーツを身につけた姿は普段よりも格好良くて、男の色香が溢れるようだった。

「……スーちゃん」

ポツリと、気づけば彼の名前を口にしていた。

すると、まるで僕の声が聞こえたかのように、スーちゃんが振り返る。

長い睫毛（まつげ）が影を差す切れ長の瞳がこちらを見たのに気づき、ぞくりと背筋が粟立（あわだ）った。

「……くそ。やっぱりかっこいいんだよなぁ」

数日前のいざこざがなければ、今すぐに抱きついて褒めちぎっていただろう。

だけど今はそんな雰囲気になるなんて、とうてい無理なわけで。心の中で葛藤していると、目前にやってきたスーちゃんが僕に手を差し伸べた。

「そろそろ俺たちが呼ばれる番だ」

「はーい」

平常心を装って、普段通りに返事をする。

けれど、心臓は引き攣ったように痛み、緊張で息が詰まりそうだった。

革手袋をはめた左手へ、自分の手を乗せるだけなのに。たったそれだけの触れ合いでさえも、喜んでいる自分がいるのだ。

まだこうして僕にも接してくれるのかと、心が震えて泣きたくなる。

どこまでも未練がましい。好きだと思ってしまう自分が情けなくて、同時に恥ずかしかった。

舞踏会場へ続く大きな両開きの扉に近づくと、華やかな楽団の演奏が全身に降り注ぐ。

晴れ晴れしく名前を呼ばれた僕たちは、スーちゃんのエスコートのもと、入場を果たした。

「王子」

「なに？」

「大丈夫か？」

笑みを湛えたまま、僕はなんてことないように頷いた。

獣人族の第三王子。噂の的である僕の登場に、至るところから視線が投げかけられる。

なんのうまみもない男を婚約者に指名した、頭の悪い王子。

そう噂されていることは事前に知っていたため、品定めするような視線を向けられることは想定内だった。それよりも、僕のせいでスーちゃんの評判が落ちるのだけは阻止したい。

改めて気を引き締めると、彼らの不躾(ぶしつけ)な態度や視線も気にすることなく、堂々と挨拶をこなしていった。


「だ〜っ、疲れた〜」

一通りの挨拶が終わった頃、椅子に腰掛けた僕は小さく呟いた。

パーティは好きだけど、形式張った挨拶返しだけは大嫌いだ。

お茶会でサナ皇后から情報を聞いていた、触れちゃいけない貴族や、友好的な貴族が誰なのかを、この目で確認できたのは良かったけれど……

「すまないが王子、俺はまだ挨拶があるから少し抜ける」

その時、スーちゃんが申し訳なさそうに話しかけてきた。

僕は椅子から立ち上がった彼を見上げて笑い返す。

「大丈夫だよ大公。こちらのことは気にしないで行ってきて」

「……ああ」

僕を見下ろす紫の瞳が、わずかに揺れた。

吸い込まれるような輝きに、目が離せなくなる。

気づけば、言葉もなく互いに見つめ合ったまま、数秒が過ぎていた。

何か言いたげな表情に口を開きかけるが、浮上した考えを振り払うように視線を外す。

僕たちがいる場所から螺旋階段を下りると広々としたダンスホールがあり、多くの人々が優雅にダンスを楽しんでいる。ふわりと広がるドレスの裾は色とりどりの花のようだ。

僕はその光景を遠い世界のことのように見下ろし、かき乱れそうな心とは裏腹に軽快に告げる。

「……大公、この前はごめんね。でもおかげで目が覚めたよ。今後は僕のことは気にしなくていいからさ、お互い気楽に行こう。せっかくだし僕も、美味しいご飯を食べてくるね」

引き止めるような視線を振り払い、その場を離れる。

あのまま口を開いていたらおかしなことを聞いてしまいそうだった。

──本当に僕のこと好きじゃないの？

なんて、一瞬でもそんなことを考えた僕は馬鹿だ。現実逃避もここまでくると救いがないな……

長い螺旋階段を下り、ダンスホールから少し逸れた左端に、僕のお目当てはあった。

美味しそうなにおいと華やかな料理の数々に、お腹がきゅーと音を立てる。

二日酔いでも、失恋をしても、食欲は失せないのだ。

僕は近くにやってきた給仕からサングリアをもらい、気になった料理を皿にとってもらう。そして、中央で繰り広げられているダンスを肴に、食事の時間を堪能したのだった。

腹が膨れてくると、特にやることもなくなり、手持ち無沙汰だ。

主要貴族との顔合わせも済んだことだし、そろそろ退散しようかと思案した時。

「あ、あの、ジョシュア王子！」

「はい？」

「よろしければ私と――踊っていただけませんか？」

数人の若い貴族を率いた男が、顔を真っ赤にして僕に手を差し出した。

目前の手のひらを見つめながら、思考は全く別のところへと向く。

アンニーク王国では、まずはじめにパートナーと一曲目を踊るのがマナーだ。

だが、ここでは祖国とは違い、パートナー以外の相手とは二曲以上連続で踊らなければ、問題がないことを思い出す。

てっきり、スーちゃんと踊っていないから誰からも誘われないだろうと気を抜いていた。

無意識にスーちゃんがいるであろうほうへ視線を向けて、逡巡した後に首を横に振った。スーちゃん以外の男の手を握るつもりもなければ、体を寄せ合うことも御免だ。

「申し訳ありません。実は体調がすぐれなくて……。なのでベルデ大公が迎えに来るまで、こちらで休むようにと言われているんです」

「そ、そうとは知らず、不躾にお誘いしてしまい申し訳ありません……！」

「いいえ、僕こそせっかくお誘いいただいたのにすみません」

僕は一度そこで言葉を区切ると、できる限り貧弱そうに小さく笑った。

誘ってくれた青年だけではなく、その後ろにいる貴族たちの顔を一人一人見る。今ここにいる貴族の子息に、皇家と対立している勢力がいないことを確かめて、胸を撫で下ろした。

「でも僕、本当は踊るのが大好きなんですよ。ですから、もしも他の舞踏会でお会いした時には、僕からお誘いしますね？」

「～っ！　ありがとうございます！　楽しみにお待ちしております！」

声をかけてきた青年と共に、後ろに居並ぶ皆までもがコクコクと頭を頷かせる。

そのあまりにも初心な様子に、僕は思わず心からの笑みを浮かべていた。

「良かった。お気を悪くされていたらと心配していたので、皆さんいい人そうで安心しました」

「気を悪くするだなんて！　王子こそとても、おき、ッお優しい方のようで……。あの、舞踏会の場でなくとも、どこかでお会いした際には、お声をかけてもよろしいでしょうか？」

皇家と敵対していたらこんな申し出も面倒だけど、ここにいるのは皇家を支持している貴族と中立派のみだ。なんの問題もないので、僕は「もちろん」と頷く。

それからほんの少し他愛もない話をしてから彼らを見送った。

とはいえ、平穏が訪れるわけではない。

こういう場合、ひとつが捌けたら、また次の来訪者が控えているものなのだ。

特に強い視線を感じていた僕は、給仕におかわりをもらうふりをして、さっと目を配る。視線の先には、こちらを分かりやすく見定めながら、話し込んでいる女性たちがいた。

特に集まりの中心、艶やかに扇子を揺らすご婦人の姿を見つけて、尻尾がぴーんと立ち上がりそうになる。

あの色気が噎せ返るような女性は、先ほど僕たちに挨拶をしに来た侯爵夫人だ……！

僕が目をつけていた理由は、彼女が侯爵の位を持っているからではない。

彼女がスーちゃんに色目を使っていたからだ。

悔しいことに、遠目からでも美人であることがうかがえる。きゅっとくびれた腰に、豊満に揺れる胸元。若い女性にはない艶やかな色気……

僕の勘違いなんかではない。彼女は間違いなく、スーちゃんをねっとりと見ていたのだ！

思い返すだけでも、怒りで鼻息が荒くなる。

僕はどうしたって男だから、体は柔らかくないし、骨ばっているし、ボンキュッボンでもない……。唯一僕が勝っているとすれば、とっても顔がいいところぐらいか……！

悔しさにムムム、と唸りそうになって深呼吸した。胸中で何度も「落ち着け～、落ち着きたまえ～」と唱えながら。

そして、ようやく平常心を取り戻した頃、僕は彼女だけに向けて意味深に微笑む。

そう、これはレネ兄様、直伝の必殺技……！

具体的には、顔がいいのだからとりあえず笑って誤魔化せという、阿呆らしいものではあるが。

「――――！」

だが、効果はてきめんだった。

女性陣の眼差しが緩んだのだ。侯爵夫人も先ほどまでの鋭さは消え、だんだんと眦が下がっていく。

……やっぱり僕の顔って、人間から見てもそれなりにいいんだよな？

ということは、だ。あんなにも間近で「好き好き」と言っても、一向に靡いてくれなかったスーちゃんの目が節穴なのだ。

僕は胸中でケッとへそを曲げながら、手に持つサングリアを呑もうと――して、後ろから誰かにぶつかられ、フゴッと吐き出してしまった。

「申し訳ありません！」

「い、いえ……」

気管に入らなくて良かった。

だが、唇から溢れ出たサングリアが、顎先を伝い落ちて、スーツにかかってしまう。ぽつり、と雫が弾けて、美しい空色の布地に赤色が広がっていった。

「ああッ、私としたことが、なんてことを……！　本当に申し訳ございません！　どうぞ私のハンカチをお使いください！」

「……ありがとうございます」

口調からもうかがえるが、そそっかしい性格なのだろうか？

差し出されたハンカチを唇に当てながら、ぶつかってきた男の顔を訝しんで見上げた刹那。

僕の体を緊張が駆け抜けた。

「王子？」

「――ッく、……お、まえ……っ」

「ど、どうされました？　――えっ、体調がすぐれないので、休憩がしたいと？」

僕にぶつかってきた男は、ズロー侯爵の手下である伯爵だったのだ。

原作にも出てきたその取り巻きの男は、舌が痺れて言葉を紡げない僕がまるでそう言っているかのように、一人で会話を始める。

「ええ、分かりました。では私が休憩のできるお部屋へご案内いたしましょう！」

全てコイツの仕組んだことだったのだ。わざとぶつかり、汚れた口元に、薬品を染み込ませたハンカチを使わせるために……

冷静になると、ハンカチからは弛緩薬と共に仄かな媚薬のにおいがした。

咄嗟に口から離したが、わずかに薬品を吸い込んでしまった体から、力が抜けていく。伯爵は、足に力が入らなくなった僕の腰を自分のモノのように、無遠慮に抱き寄せた。

「すまない、王子が体調を崩された。このまま私が休憩部屋にお送りするので、ベルデ大公にはそのことを伝えてもらえないか？」

給仕に話しかける姿はまるで善人そのもの。

原作通りの男だ。人当たりの良さそうな平凡な顔立ちで、巧みに言葉を操り、自分の好きなように相手を誘導する。

給仕は冷や汗をかく僕を見ると、焦りを浮かべて大公を捜しに行ってしまう。

周囲にいた者もこいつの言葉を鵜呑みにして、疑うどころか気が利くとでも思っていそうだった。

……助けは期待できない、か。

結局、ろくな抵抗もできない僕は、人気のない部屋に連れ込まれた。

乱雑にものが置かれた部屋は真っ暗で、カーテンから差し込む月明かりの他には光源が何もない。

そんな中、伯爵は迷うことなく、扉と相対するように置かれているソファへ、僕の体を寝かせる。

沈んでいた埃が舞い上がり、カビ臭さが鼻をかすめた。

ようやく暗闇に目が慣れた頃、こちらを見下ろすギラつく瞳と目が合った。

「ははっ！　王子、そんな誘うように私を見なくとも、今すぐご期待に応えますとも」

「〜ッ！」

僕の体を跨いだ伯爵は、僕の服に手をかけながら自らの唇を真っ赤な舌で舐める。

シャツのボタンを全て外し終えると、露わになった僕の肌をねっとりと手のひらで撫で回した。

たったそれだけのことで全身に悪寒が走り抜けて、思わず吐き気が込み上げる。

だめだ、きもちわるすぎる……

ゾゾゾ、と駆け抜ける嫌悪感に震えると、何を勘違いしたのか、伯爵はうっそりと笑った。

「ああ、なんて可愛いお方だ。怯えているのですか？　大丈夫ですよ。酷いことはいたしません。……ただ私は、この美しい顔を甘い快楽に染めたいだけなのです」

「……う、わぁ……きっ、しょ」

「え？」

自分に心酔しすぎじゃないのか？

なーにが、「甘い快楽に染めたいだけ〜」だ。お前がしていることは重犯罪だよ。

と、そこまで考えてハッとする。

「……ん、しゃべ、れる」

試しにもう一度声を出してみれば、途端に伯爵の顔が驚愕に染まる。

声を出すにもひと苦労ではあるが、先ほどよりも薬の効果が薄まっている証拠だ。小さい頃から多くの薬を飲んできたためか、効きが悪い体質であるのも関係しているだろう。

いや、それよりも今は……

「なあ。お前みたいな弱者が、僕を抱こうって？　一度、自分の価値というものを学んだらどうだ」

「な、なんだとッ⁉」

「何を怒っているんだよ。僕に手を出したんだ。罰を受ける覚悟はできているんだろ？」

僕の煽りに、伯爵は眦を吊り上げて怒る。だが、すぐにフッと息を吐くと、平凡な顔に余裕のある笑みを浮かべた。

僕はその様子を訝しんで、眉根を寄せる。

すると、伯爵は覆い被さるようにして、仰向けの僕の首を乱暴にわし掴みにした。

「――ッ、ぅ」

「私としたことが不甲斐ない。落ち着いて考えればなんてことない話じゃないか。今の王子は赤子も同然。いったい何ができるというのか」

「は、なせ……っ」

「哀れなことだ……。それとね王子、いたずらに相手を煽るのはやめたほうがいいですよ？　だって――獲物が強気であればあるほど、組み敷いて泣かせてやりたくなるものなのだから」

首を絞める手に一層力が入る。

息苦しさに呻(うめ)き声を漏らすと、伯爵の顔に快楽が混じった、酷薄な笑みが浮かんだ。

「ああ……そうして苦痛に歪む顔も大変美しい。こんなにいい玩具(おもちゃ)が傍にあるというのに、大公ももったいないことをする。ねえ、そう思うでしょう？　王子だって抱いてほしかったのでは？　男が欲しかったのではないですか？」

嫌な目付きだった。

自分よりも弱いと判断した相手を踏みつけて悦(えつ)に入(い)っている。醜(みにく)くて、どこまでも欲深い、ギラギラと暗い瞳。

スーちゃんとは大違いの瞳を持つ伯爵なんぞに、好きな男を愚弄されて許せるはずがない。

「……はっ。哀れなのは、お前だろうが」

僕は皮肉に笑うと、間近に迫ってくる顔に唾を吐く。

「うわっ」

生まれた隙をついて、首を掴む腕に両手の爪を立てた。

ようやく体に力が入るようになった僕は、上体を起こし、伯爵の鼻を目がけて頭突きをお見舞いする。

「ぐあっ、く、何をする貴様ァ……！」

とはいえ薬の影響でそれほど力は出ない。

すぐに起き上がった伯爵は、恨みがましい目で僕を睨みつけてきた。

「なあ、お前なんかが軽々しく僕の好きな人を語るなよ。二度と話せなくされたいのか？」

「貴様……っ、王子だからといい気になるなよ！　どうせ忘却魔法で全て忘れるのだから、めちゃくちゃにいたぶってやる！」

鼻を押さえながら伯爵が叫ぶ。

僕はぱちりと瞬いて、思わず笑い声を上げた。

「忘却魔法〜？　この僕に、たかだか人間ごときの魔法が効くと思っていたの？」

「な、なに？」

「ああ、本当に。お前のような馬鹿は救いようがないんだね」

全てが自分の思い通りだと信じて疑わない傲慢さ。

これまではどれだけの悪事を働いても、そのお得意の忘却魔法とやらで逃れてきたのかもしれない。

だが、今度ばかりはそうはいかない。

「魔法の基礎さえ知らないのだからお話にならないな」

精神に影響する類の魔法は、相手と同等の魔力を持たなければ、効力がないのだ。そんなことも知らないで、僕に忘却魔法をかけるだと？

哀れを通り越して可愛くさえ見えてきた。

全くピンときていないようだったのでご丁寧に説明してやると、伯爵は顔を青く染めて、唇をわななかせる。

「うそだ……そんな話は聞いたことがない」

「そりゃあそうだ。お前ら人間に魔法のなんたるかを教える他種族なんていないだろう」

「そんな、まさか……うそだ、うそだ……」

呆然とする伯爵から視線を外す。

これまで、こいつに泣かされてきた被害者を思うといたたまれない。好きなだけいたぶり、魔法を使用してそれらをなかったことにするなど、外道のすることだ。

僕はくずおれそうになる足に力を入れて立ち上がる。覚束ない足取りで扉へ向かおうとした。

だが。

「……どうせ、どうせ捕まるぐらいならば」

背後から震える声が聞こえた刹那。

「――壊してもいいでしょう？」

ゾッとするような低い声と同時に髪を掴まれる。

途端に走り抜けた激痛と、後ろへ引っ張られる力に、僕の体はその場に崩れ落ちた。

「はは、どうせ終わるなら、ぐちゃぐちゃにしてからにしましょうよ！」

「お前、いい加減に……！」

「いい加減にするのは貴様だ！　さっきから私を下に見やがって、後悔させてやる。それに知っているんだぞ。貴様が大公に嫌われていることをな！」

伯爵は僕の上に馬乗りになると、僕の両手首を床に押し付ける。

もがけばもがくほど体力ばかりが奪われていった。伯爵は力尽きるのを待つかのように、ぜいぜいと肩で息をする僕を、ただ静かに見下ろして嘲笑う。

「そうだ！　お前は愛されていないんだ。ならば、王子が助けを求めたところで、気を引きたいだけの嘘だと、あの大公なら思うかもしれない。どうせお前は——誰からも愛されない存在なのだし」

「——っ」

ふ、と抵抗する気力が削(そ)がれる。

どんな物理的な痛みよりも、心に負う傷のほうがよっぽど苦しくて重症化するものだ。

——愛されない存在。

その言葉が鼓膜に届いた刹那(せつな)、体の奥が凍りついたように冷えた。

思わずわななく唇を噛み締める。

ずっと痛くてたまらなかった傷が、静かに膿(う)んでいくのを感じていた。

「ようやく大人しくなりましたかね？」

「……」

真っ暗な天井を力なく見上げた。

だが、遮(さえぎ)るように視界の中央に伯爵の顔が現れて、僕は息を吹き返すように正気を取り戻した。

そして、自分に問いかける。

こんな男に好き勝手にされるなど許されるのか、と。

ニタニタと笑う男を見ていると、怒りが込み上げてきて、頭の中を覆っていた霧が晴れていくようだった。

確かに、この男の言う通りだ。

僕は本当の意味では、誰からも愛されない存在なのだろう。

でも、だからなんだというのだろうか。

家族として僕を慈しんでくれる存在がいる。

臣下として僕を気遣ってくれる存在がいる。

友人として僕を笑顔にしてくれる存在がいる。

じゅうぶんだった。

形は違えど、こんなにも多くの愛を注がれているのだから。

だからこそ、卑怯な男にくれてやる体などないのだ。

「そうそう、そうして大人しく抱かれていればいいんですよ」

僕の胸元に唇を寄せながら、伯爵がうっとりとため息を零す。

込み上げてきた嫌悪感を燃料にするようにして、手のひらに魔力を溜めた。

まだ確実に動けない体で魔法を使えば、僕も怪我をするかもしれない。魔法はコントロールが何よりも重要だから、下手をしたらこの辺りは全て燃やしちゃうかもしれないし……

けれど、悪いのはこの男だ。僕に手を出したのが悪いのだ。

全ての責任はこいつに背負ってもらうことにしよう。

胸中でそう納得した僕は、伯爵を見上げてニッコリと笑った。

「ねえ、伯爵、そんなに言うなら僕と一緒に燃えるような夜を過ごそうね」

手のひらに集めた魔力を、炎に変えようとした刹那——轟音と共に扉が吹き飛んだ。

廊下から差し込む橙色の明かりが、真っ暗な部屋を照らす。

温かな光を背にこちらへやってきたのは……

「——王子から離れろ」

恐ろしいほど冷たい眼差しをしたスーちゃんだった。

その姿を確かめると、伯爵は顔を青ざめさせて僕の上から退く。

スーちゃんは僕に目をやって、一瞬険しい顔をした。

紫の瞳が見たことのない色をしていた。怒りに染まった剣呑な瞳が、静かにその場を威圧する。

「王子……。少し待っていてくれ」

スーちゃんはそう言うと、自分の上衣を脱いで僕に被せる。そういえば、上半身は脱がされていたのだった。

床に座り込んだままの僕を持ち上げ、壊れ物を扱うようにソファに座らせてくれる。

「た、大公、これは違うのですよ！　私は——」

「黙れ。貴様は、即刻ここから立ち去れ」

僕を見つめながらスーちゃんが伯爵の言葉を切り捨てる。

抑揚のない冷めきった声音は、空気を切り裂くように息苦しさを与えた。

けれど、僕の頬を撫でる指先は、何よりも優しい。彼はいつも言葉よりも何よりも、その瞳や触れ方で思いを告げる。

今だってそうだ。

僕を見つめる眼差しがあまりにも優しくて、思わず涙腺が緩みそうだった。

震えそうになる唇を噛み締めると、それを阻むように親指が触れた。

「そんなに噛んではだめだ。傷ついてしまうから」

「スーちゃん。僕……」

迷惑をかけてごめん、と謝ろうとした。

だが、僕たちの会話を遮り、伯爵の手がスーちゃんの肩に触れた。そして、自分の保身のために、聞いてもいない言い訳を並べ始める。

「ですから私はただ、王子を介抱しようとしただけなのです。ですが王子が寂しいと――」

耳障りな言葉がいつ止むのかと思った時。

スーちゃんが、自分の肩に触れる伯爵の右腕を握った。

そして、思い切り外側に向けて捻り上げながら、左足を軸にしてくるりと一回転する。すると、腕の可動域を超えた伯爵の体は、叫び声と共に宙へ放り出され……けたたましい音を立てて床に叩きつけられたのだった。

背中を強く打ち付けたようで、伯爵は激しく咳き込みながら痛みに悶えていた。

僕はあっという間の出来事に驚愕し、言葉も出ない。

しかし、スーちゃんは息をつく間もなく、伯爵の腹に自分の右膝を乗せて動きを封じた。

「俺は消えろと言ったな。なぜか分かるか？」

「ぐっ、ぅああっ！　ぐるじ、っ、はな、はなじて、くれぇ！」

スーちゃんの左手が伯爵の髪をわし掴みにして持ち上げる。

上半身を圧迫するように押さえつけられた状態で、無理矢理に頭だけを起こされるのは相当に苦しいはずだ。けれどそれだけにとどまらず、スーちゃんは右手に握った短剣を伯爵の首に突きつけた。

「お前のその両腕を切り落とし、王子を映した両目を抉りとった後に、なぶり殺してやりたくなるからだ」

その言葉と共に、スーちゃんは短剣を手のひらで踊らせるように持ち直すと、伯爵の右目へと突き刺そうとした。

「――ひ、っヒィ！」

怯えて叫び声を上げた伯爵は、唯一自由な両腕でスーちゃんの右腕を掴む。

バタバタと暴れる様は、まるで虫のようで哀れだ。

「今、この場で殺されずに済んで良かったと、王子の前であることに感謝するんだな」

僕がいなければ殺していたと、スーちゃんは告げたのだ。

無機質な声音には、決して脅しや冗談ではないと思わせるほどの、殺気が込められていた。

伯爵はぶるぶると震え上がり、意味もなく口を開いたり閉じたりするばかり。

「連れていけ」

スーちゃんがそう告げると、廊下から隊長さん率いる黒陽騎士団が入ってくる。

腰が抜けたまま動けない伯爵は、ヒゲ騎士に引きずられるようにして連行されていった。

二人きりになると、スーちゃんが僕の傍で膝をついた。静かな視線は僕の首元や手首に流れる。

同じように見やれば、強く掴まれたせいか、両手首には手の痕が残ってしまっていた。

「手当をしてもいいか？」

そっとスーちゃんの指先が手首の内出血に触れる。

僕は皮膚を通して感じる熱に、思わず手を引いて、拒絶していた。

「ううん、大丈夫！　それより、また迷惑をかけてごめん」

「なぜ王子が謝るんだ。俺が傍にいたら――」

「それこそ違うよ。舞踏会だって僕たちからしたら仕事だ。それに、なんてことないから、スーちゃんは会場に戻って大丈夫だよ」

自分でも失礼なことを言っている自覚はあった。しかし、目を合わせているだけで、スーちゃんの声を聞くだけで、心が揺れてたまらない。

伯爵のことなどどうでも良かった。

スーちゃんの姿を見て泣きたくなったのは、伯爵が恐ろしかったわけでも、襲われた状況に怯（おび）えたわけでもない。

ただ、彼が静かに怒りを表す様子を見て、勘違いしそうな惨（みじ）めさに、泣きたくなったのだ。

「……大丈夫だからさ。お願いだから、戻っててよ」

言いたい言葉は別にあった。

――そんな顔をするのに、僕のこと本当に少しも好きじゃないのか？

寸前で押し込んだ思いは、グルグルと息苦しさとなって胸を覆い尽くす。

「王子、俺を見てくれ」

「……っ」

だが、スーちゃんは僕のお願いに応じることなく、傍を離れようとしない。

「王子」

再び祈るような切実な声に呼ばれて、つい抗えずに彼の顔を見つめてしまう。ゆらゆらと揺れる紫の瞳には、泣き出しそうな僕が映っていた。

「傍にいてやれなくて悪かった」

「……ちがう」

自分を責めるような震えた声に、涙が零れ落ちる。

僕が泣くと、スーちゃんは痛ましげに、苦しげに眉根を寄せた。

「守れなくてすまない」

「～っちがうんだって！　苦しいのは、泣いてるのは、自分が惨めだからだッ！」

何度も振られているのに、可能性なんてないと知っているのに。

それでも、縋り付きたくなる自分の浅ましさを。

額に汗が滲んでいる姿に、必死で捜してくれていたのかと、思ってしまうことにも。

何より、僕のことで感情を揺らすスーちゃんを見た時に、悦びを抱いた己を……

「勘違いしちゃうんだよ……。本当は、あんたが僕のこと好きなんじゃないかって！　振られた分際で、こんな状況になっても、諦められない自分の愚かさが、たまらなく惨めに感じるんだっ」

もしも、僕が逆の立場ならどう思うだろうか。

自分には昔から好きな相手がいる。そんなところに、押しかけるようにやってきた誰かが、何度も何度も好きだと言ってきたとしたら。

きっと、辟易するだろう。嫌悪感を抱くだろう。

気持ちには応えられないと真剣に告げたにもかかわらず、縋るように隣にいられたらなおのこと。

「……優しくされると勘違いしそうになるんだ。振られたって頭で分かっていても、そんなふうに見られたら、名前を呼ばれたら」

頭では諦めようと思っても、いつまでも心が離れられないから。

「僕は、勘違いしちゃうから。諦められなくなるから……。だからお願いだから、そんな顔しないでくれよ」

――プライドなんて捨て去るほどに。貴方が好きなのだ。

外聞なんて放り出して、縋り付いてしまいたくなる。

泣いて貴方の気が引けるなら、もう二度と笑顔はいらないと思う。

スーちゃんは、しばらくの間、口を閉ざしていた。痛いほどの静寂が僕たちを包んだ頃、ポツリと掠れた声が、雨粒のように落ちた。

「俺には、幸せになる資格がない」

静けさに呑まれてしまいそうなほど、小さな声だった。

ずっと押し込めてきた感情を、無理矢理にこじ開けたかのような、不器用な響き。

「俺は、あまりにも多くの人たちを犠牲にして生きてきた。だから幸せになってはいけないんだと、ずっと……」

スーちゃんは一度、そこで言葉を区切る。その様子は、どう話すのが正しいのか、それさえも分からないと言いたげに不安定で。

僕は胸に去来する痛みに耐えきれず、ぽろぽろと涙を零した。

泣きじゃくる僕の涙を、スーちゃんの指先が何度も何度も優しく拭う。

「……望むことを諦めてきた。全てを手離すことで、もう誰も犠牲にならないのなら、と。そうやって誰とも深い関係にならず、与えられるままに人形として生きてきたんだ」

そして、スーちゃんは笑った。

己を嘲笑うように、諦めるように。

どうしようもない悲しみさえ慣れてしまったのだと、感情を押し殺すようにして。

「こんな俺がお前を幸せにできるはずがないだろ」

「――ッ！」

「だから、お前はもっと相応しい男と幸せに――」

「なんだよそれッ！」

気づけば溢れ出る感情のままに、言葉を遮っていた。

悲しいのか怒りたいのかさえ分からなくて、感情がぐちゃぐちゃだ。

荒れ狂う思いをぶつけるように、力ない拳を目前の胸に何度も叩きつける。

「僕に相応しいってどんな人だよ……っ。お金持ち？　権力のある奴？　それとも優しい奴？」

そんなものは望んでいない。

僕が望んだのは、愛したいのは、仏頂面で、不器用で、けれど誰よりも人の痛みを知っているノクティス・ジェア・ベルデだけなのだから。

「……なんで、どうして、僕の幸せを勝手に決めるんだよッ！」

嗚咽を漏らしながら、スーちゃんの肩を掴んで縋り付く。

涙が溢れて止まらなかった。悲しくてどうしようもなかった。

「僕は――」

間違っていたのだ。

何もかも最初から僕は間違えていた。

「あんたを幸せにするなんて嘘だ」

だって、本当は……

「僕は二人で一緒に幸せになりたかったんだから」

＊　＊　＊

母と慕い、愛した人がいた。

彼女は目の前で無惨にも殺された。

まだ若く、俺と出会わなければ、幸せな人生を歩むはずの女性だった。

一夜で全てを失い、たった一人で生き残ってしまった時。

心に生まれたのは、二度と誰も失いたくないという、深い後悔。

だから、強くなることを望んだ。

もう二度と誰も失わないように、自分の手で守るために。

そうして、師と仰ぎ、兄のような男に出会い、守る力を教わった。

けれど、その人もまた失うことになる。

魔力を持つ俺を脅威に思った皇族や貴族により、師は冤罪をかけられて斬首の刑に処されたのだ。

絶望した。

愛した者がまた俺のせいで死んだ現実に。

何も望まなければ、誰も——死ななかったということに気がついて。

全てを諦めることが正しいのだとようやく思い知ったのは、名を呼び合った友人までもが事故を装い、殺された時だった。

その時には既に何も願わず、大人たちが望む人形として生きることを受け入れていた。

だが、それでも皇族貴族は満足しない。

その友人が、互いの秘密を共有し合う唯一の存在だったからだ。

俺が獣人であり人間であること、そして友人もまた同じ存在であると共有できるのは、俺にとってかけがえのないものだった。

己が何者であるのか分からない、そんな不安を笑い飛ばすように。互いの存在を認めることで、蔑まれるもうひとつの己を肯定することができた。

けれど、人間の帝国に余計な存在は不要。

だから皇族は友を消した。まるではじめから、何もなかったと謳うように。

そうして、再び心に決めたのだ。

誰も愛さない人生を送ろうと。

何も望まず、何も願わず、ただ時が過ぎるのを待つ。

与えられた役割だけを全うし、失うことがないようにと、誰も彼もを遠ざけた。

思い出の中だけで息をし、現実では死んだように心を殺す。

それで、満足していた。

それ以上誰も失うこともなければ、誰かが慟哭する姿を見ることもなかったから。

そうして笑いもせず、誰も愛さず、償うように生きてきたのだ。

ジョシュアに出会うまでは……

『――僕は二人で一緒に幸せになりたかったんだから』

そう言いながら、泣きじゃくるジョシュアが愛おしかった。

失う恐ろしさを誰よりも知っている。命の儚さを何よりも恐れている。

それを思うと、胸を埋め尽くす痛みや悲しみに、息もできない。

だというのに、なぜか温かいのだ。

ジョシュアを思うと、胸が引き攣るような悲しみや痛みと同時に、どうしようもない愛おしさを覚える。

泣きたくなる。

泣き虫な彼のように、子供のように一緒に泣いて、彼を腕に抱きしめてしまいたい。

――二人で。

そう、彼の口が言葉を象った時に、夢見てしまった。望んでしまったのだ。

他愛もないことを言い合い、明日も明後日も、当たり前のように、何十年も先までジョシュアと共に生きることを。

好きな相手に「好き」と、伝えることが許される幸福を。

「……望んでもいいのだろうか」

何度も何度も好きだと伝えてくれた、その唇に触れることを。

打算なんてない、嘘偽りのない純粋な空色の瞳を、これからも見つめていたいと。

「二人で生きたいと――望んでもいいのだろうか」

「――ッ」

目を見開いたジョシュアの両手が伸ばされる。

かすかに震える指先が、慈しむように俺の頬を包み込んだ。

「幸せになっていいんだ。貴方は誰よりも幸せになるべき人なんだからッ」

ジョシュアは温かい。紡ぐ言葉は真っ直ぐで、俺に勇気をくれる。

唇がわななき、言葉にできない思いが溢れた。

ジョシュアの手に己の右手を添える。笑おうとするのに、震える唇はうまく形を作ってはくれず、下手くそな笑い方になってしまう。

「泣かないで……っ、泣かないでよ、スーちゃんっ」

ジョシュアはそう言って俺を抱きしめると、子供のように泣いた。

華奢な腕の中、祈る。

どうかどうか、彼を不幸にはしないでくれと。

このささやかな幸福に触れることを、許してくれやしないかと。

――彼を愛してしまったから。

「守れる男になる。二度と誰も失わないほど強い男に」

今日のような目には遭わせない。誰も簡単には触れられないほど強固な、彼を守る盾になる。

ジョシュアを守るためならば、恐れられ憎まれようとも構わない。

命を懸けて彼を笑顔にできるのならば、それ以上の幸福などないのだから。

「好きだ」

もう二度と、諦めないと誓おう。

囚われ続けた、あの頃の幼かった俺（恐怖）を捨てるのだ。

いつだって前を見据えて進む彼のように。

「必ず相応しい男になる。だから傍で見ていてくれ」

このささやかな幸せを守るために現実（いま）を生きるのだ。

そして、この婚約期間が終わりを迎えた時には、俺から告げよう。

――俺と共に生きてほしいと。

＊　＊　＊

――好きだ。

目の前にいるこの世で最も大好きな人の唇が、この世で最も聞きたかった言葉を放った。

「……へ？」

ぐずぐずと嗚咽を漏らしながら、あまりの衝撃に惚けてしまう。

今、聞こえたのは幻聴？

いやでも、「相応しい男になる」って。「傍で見ていてくれ」って言ったのは……

「……ゆめ？」

自分の頬をつねる。

痛かった。凄く痛かった。

「スーちゃん」

スーちゃんの右手を握り、自分の頬に添える。

「つねって。思いっきりね」

「嫌だ」

そうお願いするが、スーちゃんは苦笑を漏らして首を横に振った。

やはり、全ては夢か幻なのだろう。

そう結論を出した時だった。

「ジョシュア、もう泣くな」

「――――!」

スーちゃんが僕を抱きしめたのだ。

そして、軽々と僕の体を持ち上げると、ソファに腰掛け、太ももの上に向かい合う形で座らせる。

「泣きすぎるとまた体調を崩してしまう」

「~っ、ひ、ひぃい」

こっ、これは本当に現実か!?

スーちゃんが僕を膝抱っこして、あまつさえ優しく愛でるように見つめているのだ。

泣き声なのか悲鳴なのか、わけの分からない声を上げると、スーちゃんはどうしてかますます嬉しそうに笑った。

「直接触ってもいいか？」

許可なんていらないし、好きなだけ触ってくれ……！

言葉にできない感情が溢れて止まらず、僕はただ頷くので精一杯だった。

スーちゃんが黒の革手袋を外す。

火傷の痕が露わになって、思わず包み込むように握りしめると、僕の手も優しく握り返された。

そしてスーちゃんが、僕の手にちゅっ、とキスを落としたのだ。

「ヒヒヒ⁉」

な。なな、なにごと⁉

ついに口から言語を喋るということも放棄した。僕の限界はとっくに超えたのだ。

だというのに、スーちゃんの攻撃はやむ気配がない。

「もう二度とこんな傷はつけさせない」

苦しそうに、そして静かな怒りを感じさせる声で、スーちゃんが呟く。

そしてその次には、僕の手首に残った傷痕にキスをした。魔力を伴った口付けは、みるみるうちに僕の傷を癒していく。

手首から痕が消えると、スーちゃんは満足そうに笑い、そうすることが当然のように今度は僕の首元にキスをした。

「〜ッ‼」

待って、待って！

推しの、好きな人の、唇！！！

紛うことなきスーちゃんの唇に、僕の頭は沸騰した。

首筋に熱く柔らかなものが触れている。

「よし、消えたな」

瀕死状態の僕には気づかず、スーちゃんは幼子のように嬉しそうで誇らしげだ。

その光景を見て考えた。それはもう頭から湯気が出るほど。

そして、認めた。これは夢じゃなくて現実だと。

いや、というか、これが夢オチだったら、この世界を滅ぼしかねない。

「……すーちゃん」

「なんだ？　他にも痛いところがあるのか？」

「ちがう。……ぼくのこと、好き？　ほんとうに好き？　ぼくがしつこいから、好きって言ったわけじゃない？」

涙を堪えて、ぷるぷると震えながら尋ねる。

これでもし「好きじゃない」と言われたら自害しよう。

うん、それがいい。このまま向こうに見える窓を突き破ろう。

でないとどっちみち、羞恥心で悶え死ぬことには違いないのだし。

うるさいほどの鼓動に、ますます緊張が深まっていく。

紫の瞳がより一層美しく輝いた時、スーちゃんが口を開いた。

「好きだ。間違いようがなく、この世でたった一人のジョシュア・アンニークが好きだ」

「――ッ！」

「よく笑い、美味しいものに目がなく、危ないことにもすぐに首を突っ込んで、誰かのために涙を流すお前が、大好きだ」

「～っ、ぅ、うぅ」

「それから泣き虫なところも、よくにこにこしているところも、怒った顔も、全部全部愛おしくて可愛い」

「うしょだ～～～っ」

もう、だめだった。涙を堪(こら)えるなんて無理だ。

何度も何度も、その言葉を夢見てきた。

もしスーちゃんと思いが通じ合ったらどんな感じだろうって。

幾度となく妄想して心を躍らせては、同時に落ち込んでもいたのだ。

絶対に叶わないと諦めていたから。なのに――

「ジョシュアが好きだ」

スーちゃんは優しく僕の頭を撫でながら、好きだと告げた。

グズグズに泣きながら、スーちゃんの首に顔を埋める。

背中に回された手が、とんとん、と優しく叩いて慰めてくれた。

「信じてくれたか？」

「う、うん……。でも、でも、ぼく、しゃなこうごうが、すきって、スーちゃん、すきって」

「どうしてそう思われたのかは分からないが……」

片言な僕の言葉を汲み取って、スーちゃんが困ったような声を出す。

僕が顔を上げると、スーちゃんは少し思案した後に話してくれた。

「確かに、ジョシュアと出会う前は特別だとは思っていたが」

「や、やっぱり……！」

「違うんだ。そうじゃなくて、唯一彼女が生きているから。だからきっと俺は、守らなければならないと思っていたんだろうな。……彼女が死んでいたら、俺に大切な記憶をくれた人たちを全て失ってしまうことになるから。でもそれは、『好き』ではない。俺に『好き』を教えてくれたのはお前だから」

遠い遠い過去を思い返すような眼差しをしていた。

触れれば痛くてどうしようもないのに、それでも手を伸ばしてしまう恋しさ。

スーちゃんが生きてきた、僕が知らない過去。

思えば、僕が知った気でいる過去なんて、ほんの一部分でしかない。そのことをまざまざと思い知らされる。

――唯一彼女が生きているから。

スーちゃんに大切な記憶と思い出をくれた誰かは、他にもいたのだ。

けれど、失ってしまった。傷ついていても思い返してしまうほど大好きな人々を。

……僕は決意した。

泣き腫らした目を乱暴に手の甲でこすり、スーちゃんの顔を両手で包み込む。

「これからは、僕とたくさん思い出を作ろうっ！　僕、これからもたくさんスーちゃんのこと好きになるから！」

楽しい思い出も、うんざりするような思い出も、全ていつの日か思い返す時には、宝物になっているはずだから。

いつ、どんな時に思い返しても切なくならない、優しい記憶を。貴方が寂しい時に笑顔になれる温かな記憶を。

これから二人でたくさん作っていきたい。

「ああ、楽しみだな」

スーちゃんは嬉しそうに笑うと、僕の額にキスをした。

「今はただ、こうしてジョシュアに好きと言えるだけで幸せだ」

「〜っ、ま、また、しょうゆうことを言う！」

突然のそういった台詞は良くない！

なぜなら、泣いてしまうからだ。

再びダバーと涙を流し始めた僕を見て、スーちゃんが困ったように背中を叩く。

「もう泣くな、どうしたら泣きやむんだ？」

「そ、そんなの、分からな――」

その時だった。

スーちゃんが僕の右瞼にキスをしたのだ。そして左瞼にも、ちゅっ、と優しく愛でるようにキスをする。

顔が離れてスーちゃんの顔が見えるようになると、胸がわし掴みにされた気分になった。

僕を見上げるスーちゃんの目元が、わずかに赤らんでいる。それから恥ずかしさを誤魔化すように、むっつりと、拗ねるような口調で言う。

「早く泣きやめ。……お前の笑顔が見たい」

「〜〜〜ッ！」

ツンデレとはまさにこのことかと。

僕は最大級のデレに心臓を射貫かれて、それからしばらくは何も手につかなかった。

この作品に対する皆様のご意見・ご感想をお待ちしております。
おハガキ・お手紙は以下の宛先にお送りください。

【宛先】
〒150-6008 東京都渋谷区恵比寿 4-20-3 恵比寿ｶﾞｰﾃﾞﾝﾌﾟﾚｲｽﾀﾜｰ 8F
（株）アルファポリス　書籍感想係

メールフォームでのご意見・ご感想は右のＱＲコードから、
あるいは以下のワードで検索をかけてください。

ご感想はこちらから

本書は、「アルファポリス」（https://www.alphapolis.co.jp/）に掲載されていたものを、
改稿のうえ、書籍化したものです。

悪役王子に転生したので推しを幸せにします

あじ

2023年 1月 20日初版発行

編集－堀内杏都
編集長－倉持真理
発行者－梶本雄介
発行所－株式会社アルファポリス
〒150-6008 東京都渋谷区恵比寿4-20-3 恵比寿ｶﾞｰﾃﾞﾝﾌﾟﾚｲｽﾀﾜｰ8F
TEL 03-6277-1601（営業） 03-6277-1602（編集）
URL https://www.alphapolis.co.jp/
発売元－株式会社星雲社（共同出版社・流通責任出版社）
〒112-0005 東京都文京区水道1-3-30
[illegible]L 03-3868-3275
[illegible]本文イラスト－秋吉しま
[illegible]イン－AFTERGLOW
[illegible]ォーマットデザイン―円と球）
[illegible]精版印刷株式会社

[illegible]バーに表示されてあります。
[illegible]の場合はアルファポリスまでご連絡ください。
[illegible]社負担でお取り替えします。
[illegible]23.Printed in Japan
[illegible]78-4-434-31487-2 C0093